GEVALLEN ENGEL

EEN GEVALLEN ENGEL DIE NIET KAN KIEZEN TUSSEN PLICHT EN VERLANGEN

CARYSSA COLE

SHENANIGANS PRESS

Inhoudsopgave

HOOFDSTUK ÉÉN

CAREENA

DE KAMER PULSEERDE MET een licht zo helder dat het in mijn ogen brandde, maar ik weigerde weg te kijken. De Raad van Aartsengelen torende boven mij uit op hun tronen van vuur en sterrenlicht, hun gezichten koud, onpeilbaar. Behalve dat van Raphael. Zijn blik rustte op me als een wond die niet wilde helen.

'Careena Seraphiel,' snerpte Michaels stem door de stilte, scherp als een mes. 'U wordt beschuldigd van onverzadigbare nieuwsgierigheid. Van het zoeken naar wat verborgen moet blijven. Ontkent u dit?'

Ik rechtte mijn schouders. De hitte van hun aanwezigheid drukte op mijn huid, maar ik hield mijn stem vast. 'Ik zocht alleen de waarheid.'

'De waarheid?' Gabriël leunde naar voren, zijn gouden vleugels vlamden op. 'U hebt u bemoeid met krachten die uw positie te buiten gaan. U riskeert het evenwicht te verstoren dat wij gezworen hebben te beschermen.'

'Uw arrogantie verblindt u,' voegde Uriël eraan toe, hun toon kouder dan de leegte tussen de sterren. 'Denkt u dat u boven de wetten staat die alle hemelse wezens binden?'

'Genoeg.' Raphaels stem was zachter, maar droeg ver. Zijn verdriet wikkelde zich om me heen, verstikkend. 'Careena, alsjeblieft. Toon berouw. Toon nederigheid en misschien... misschien is er genade mogelijk.'

Raphaels smeekbede bleef in de lucht hangen, zo breekbaar als een spinnenweb. Ik liet het vallen.

'Nederigheid?' Mijn stem kraakte als ijs onder je voeten, scherp en broos. 'U spreekt van genade terwijl u op tronen zit die zijn gehouwen uit de ruggen van hen die durfden te dromen buiten uw kooien.'

'Careena.' Michael stond op en zijn vleugels ontvouwden zich met een schittering die in mijn ogen stak. 'Let op uw woorden.'

'En anders?' Ik stapte naar voren en dwong mezelf mijn kin geheven te houden. Het licht brandde op mijn huid, maar ik kromp niet ineen. 'Zult u me verschroeien met uw rechtschapenheid? Mij ketenen met gehoorzaamheid? U noemt het evenwicht, maar het is tirannie. U bent bang voor wat u niet kunt beheersen.'

'Genoeg!' Michaels stem donderde en deed de lucht zelf trillen. Zijn zwaard materialiseerde zich, de snede witheet gloeiend. 'U trotseert ons zelfs nu nog. Ziet u de diepte van uw dwaasheid niet in?'

'Zien jullie die van jullie niet?' spuugde ik terug. Mijn vuisten ontspanden zich, trillend langs mijn zij, maar ik hield stand. 'Jullie houden de teugels zo strak dat jullie zijn vergeten hoe het voelt om vrij te zijn.'

Uriëls blik sneed door me heen, kouder dan ijs. 'U verdraait vrijheid tot opstandigheid. Er schuilt geen deugd in roekeloosheid.'

'Roekeloosheid? Nee. Dit...' Ik gebaarde naar de immense kamer, de torenhoge vlammen van hun tronen.

'...dit is het ware gevaar. Blinde gehoorzaamheid. Een Raad die te bang is om zichzelf te bevragen.'

'Careena, hou op,' drong Raphael aan. Zijn stem was zacht, wanhopig. 'Verbrand niet alles. Alsjeblieft.'

Ik keek hem aan. Even voelde ik het gewicht van zijn verdriet. Het drukte op mijn borst, zwaar, verstikkend. Maar ik kon niet stoppen. Nu niet. 'Je weet dat ik gelijk heb, Raphael. Jullie weten het allemaal. Maar rechtvaardigheid is makkelijker dan reflectie, nietwaar?'

Gabriël stond op, zijn vleugels spreidden zich uit als een naderende storm. 'Dan laat u ons geen keus.'

De lucht verschoof, werd zwaar. Mijn adem stokte.

'Careena Seraphiel,' dreunde Gabriël, elk woord een hamerslag. 'U wordt hierbij veroordeeld tot verbanning onder de stervelingen. Ontdaan van uw privileges. Voor eeuwig uit ons rijk verbannen.'

'Moge de aarde u de nederigheid leren die de hemel u niet kon bijbrengen,' zei Uriël, hun toon verstoken van medelijden.

'Wacht...' Raphaels protest haperde, opgeslokt door het aanzwellende gezoem van de kracht die zich om mij heen verzamelde.

'Het oordeel is geveld,' verklaarde Gabriël.

Licht barstte van boven los, verblindend en allesverslindend. Hitte klauwde naar mijn huid. Mijn vleugels sidderden, veren verspreidden zich als as. Pijn scheurde door me heen, scherp en onverbiddelijk.

En toen... viel ik.

De wind raasde in mijn oren, oorverdovend.

Ik kon niets zien, alleen licht, schroeiend en eindeloos, dat zich als ketenen om me heen wikkelde. Mijn vleugels klapten instinctief open en veren verspreidden zich in de leegte. Pijn golfde erdoorheen, rauw en elektrisch. Ik vocht om me te stabiliseren, maar de trekkracht van de val was meedogenloos.

'Rustig,' siste ik door samengeklemde tanden. Het woord was voor niemand anders dan voor mezelf bedoeld.

Beneden kolkten de wolken, donker en zwaar, en braken toen uiteen toen ik erdoorheen stortte. De hemel opende zich, eindeloos en uitgestrekt, geschilderd in tinten van goud en karmozijn. Aarde.

De lucht werd dikker. Elke ademhaling brandde. Mijn vleugels vingen weerstand, de scherpe pijn van hun beschadigde randen dwong me harder op mijn tanden te bijten. Glinsterende zwarte veren lieten een spoor achter me, als vallende sterren.

'Hou het nog even vol,' mompelde ik, niet zeker of ik mijn vleugels of mezelf bedoelde.

De grond kwam te snel dichterbij. Bomen vervaagden tot een zee van groen, hun kruinen klauwend naar de lucht. Instinctief kruiste ik mijn armen boven mijn hoofd. De inslag was hard en onverbiddelijk.

Takken versplinterden. Bladeren explodeerden in een wervelwind om me heen. Mijn lichaam smakte tegen de aarde met een kracht die me tot in mijn botten schudde.

De grond vormde een krater onder me, zachte aarde die bezweek onder het gewicht van mijn val.

Even was het stil.

Ik bleef liggen, mijn borstkas op en neer gaand, starend naar het gebroken bladerdak boven me. De hemel gluurde door de gaten, bleek en onverschillig. Mijn vleugels trilden zwakjes tegen de aarde, pijnlijk maar nog steeds vastgehecht. Een schrale troost.

Ik duwde mezelf overeind en trok een grimas toen elke spier het uitschreeuwde van protest. De geur trof me als eerste. Vochtige aarde, wilde bloemen, iets zoets en levends. Het was overweldigend, scherp en chaotisch na eeuwen van steriele perfectie.

Het woud omringde me, levendig en ongetemd. Zonlicht viel in vlekken op de grond en schilderde verschuivende patronen op mos en wortels. Een nabijgelegen beekje murmelde, zijn stem zacht tegen het verre gekwetter van vogels.

Ik hapte naar adem, wankeler dan ik had bedoeld. 'Dus dit is de aarde.'

De woorden voelden vreemd op mijn tong, zwaarder op de een of andere manier. Ik keek omlaag en veegde het vuil van mijn handen. Mijn eens zo smetteloze gewaad was gescheurd en met modder besmeurd. Mijn vleugels vouwden zich onhandig achter me op, hun gloed was gedimd maar hield koppig stand.

Het was niet de hemel. Het was geen thuis. Maar het was... levend.

Iets in me verkrampte, deels verdriet, deels verzet. Ik liet mijn vingers over de ruwe bast van een boom naast me glijden. De textuur was vreemd, onvolmaakt, echt.

'Prima,' zei ik zachtjes, tegen niemand anders dan het woud. Mijn stem brak, maar dat kon me niet schelen. 'Als dit de plek is waar jullie me naartoe hebben gegooid, zal ik het me eigen maken.'

Een vogel die boven mijn hoofd op een tak zat, hield zijn kop schuin en keek me nieuwsgierig aan. Zijn veren glinsterden blauw in de zon. Ik beantwoordde zijn blik en glimlachte flauwtjes.

'Jij lijkt tenminste geen bezwaar te hebben tegen gevallen engelen.'

De lucht was hier dik. Zwaar en vochtig, klevend aan mijn huid. Ik baande me een weg door het struikgewas; elke stap een herinnering dat deze wereld tanden had. Takken bleven in mijn haar haken. Doorns beten in mijn handpalmen. Het woud gaf er niet om wie ik was of wat ik had gedaan. Het toonde geen eerbied, geen oordeel. Dat was tenminste iets.

Ik stopte bij de beek. Koud water stroomde over gladde stenen, het ritme gestaag, onverzettelijk. Mijn spiegelbeeld trilde in de stroming. Donkere ogen staarden terug, zonder te knipperen, scherp van doelgerichtheid. Mijn vleugels strekten zich achter me uit en vingen het gebroken zonlicht. Ze gloeiden nog steeds zwak, violette fractalen die over zwarte veren rimpelden. Een fragment van wat ik was.

'Rechtschapen tirannie,' mompelde ik, de woorden bitter op mijn tong. 'Ze noemen het evenwicht, maar ze zijn bang. Bang voor iedereen die *waarom* vraagt.'

Mijn vuist klemde zich strak om een klein takje dat ik onbewust had opgeraapt. Het kraakte en versplinterde in mijn greep. Ik liet het vallen.

'Prima,' zei ik, ditmaal luider. 'Als ze me weg willen hebben, het zij zo. Maar ik zal de waarheden vinden die ze hebben begraven. Degene waarvan ze denken dat ze te gevaarlijk zijn voor ons om te weten.'

Het woud antwoordde met een geritsel, bladeren die geheimen fluisterden die ik niet kon horen. Het was niet de oorverdovende stilte van de hemel. Het was levend, veranderlijk, onvoorspelbaar. Daar kon ik mee werken.

Een geluid doorbrak het moment – een zachte kreun. Mijn hoofd schoot omhoog.

Hij stond net achter de bomenrij. Een man. Sterfelijk. Zijn bruine haar was verward, zijn kleren eenvoudig: een vervaagd groen flanellen hemd, een gescheurde spijkerbroek. Zijn grote bruine ogen waren op mij gericht, zonder te knipperen. Nee, niet op *mij*. Op mijn vleugels.

'Bent u...' begon hij, zijn stem gedempt, eerbiedig.

'Draai u om,' beval ik en deed een stap achteruit. Mijn toon sneed als staal, scherp genoeg om hem te doen verstijven. 'Nu.'

Maar natuurlijk luisterde hij niet. Stervelingen deden dat nooit. In plaats daarvan deed hij een langzame stap naar voren, zijn blik gleed over me heen alsof hij elk detail in zijn geheugen probeerde te prenten.

'Een engel,' fluisterde hij. Zijn gezicht werd zachter, ontzag vloeide over in een soort breekbare hoop. 'U bent een *engel*.'

'Niet meer,' zei ik binnensmonds. Mijn hart sloeg tegen mijn ribben. Ik kon hem me niet zo laten zien. Kon hem dit niet laten herinneren.

'Ga weg,' gebood ik en hief een hand. Magie stroomde op, warm en elektrisch, krullend door mijn vingers.

'Wacht...'

'Vergeet.'

Het woord sloeg in als een klok en gonsde in de lucht tussen ons. Zijn lichaam verstijfde, zijn pupillen verwidden zich terwijl de betovering in werking trad. Even stond hij daar, lichtjes wiegend, zijn lippen gespreid alsof hij nog iets wilde zeggen. Toen, langzaam, verslapte zijn uitdrukking.

'Ga naar huis,' zei ik. De melodie van macht verweefde zich met mijn stem, drong door in zijn gedachten. 'Dit is nooit gebeurd. U heeft hier niets gezien.'

Hij knipperde. Eén keer. Twee keer. Toen draaide hij zich om en strompelde terug zoals hij gekomen was, zijn stappen ongelijk maar gehoorzaam.

Ik keek toe tot hij verdween tussen de bomen, zijn aanwezigheid opgeslokt door het woud. Mijn vleugels vouwden zich strak tegen mijn rug, hun gloed doofde terwijl ik ze wegdrukte, het laatste overblijfsel van mijn hemelse zelf verbergend.

'Mensen,' mompelde ik hoofdschuddend. Ze waren nieuwsgierig. Te nieuwsgierig. Nu waren we met twee.

De lucht verschoof – scherp, elektrisch. Een aanwezigheid.

Ik draaide me om, mijn blote voeten groeven zich in de vochtige aarde, klaar om de magie die ik nog had op te roepen. Het woud verstilde om me heen en hield zijn adem in. En toen stapte hij naar voren, zijn zilveren haar ving flinters maanlicht die door het bladerdak sneden. Zijn vleugels glinsterden zwak, met een koude, metaalachtige glans.

Ik kende hem.

'Aurelius.' Zijn naam was vergif op mijn tong. De Beschermengel van Sanctuary, de oudste van alle engelen die op aarde leefden. Er werd gefluisterd dat hij slechts één stap onder de status van aartsengel stond.

'Careena,' zei hij, zijn stem zo vast en onverzettelijk als steen. 'U maakt het moeilijker dan nodig is.'

Ik rechtte mijn rug en sloeg mijn armen over elkaar. 'Wat is er moeilijker dan weggerukt te worden van alles wat ik ooit heb gekend? Verlicht mij eens.'

'Opstandigheid,' zei hij scherp. Zijn doordringende blik ontmoette de mijne, onwankelbaar. 'Uw insubordinatie heeft u al uw plaats in de hemel gekost. Moet het u nog meer kosten?'

'Moet het?' snauwde ik terug. De woorden brandden. Mijn handen balden zich tot vuisten, mijn nagels beten in mijn handpalmen. 'Of is dat slechts een nieuw dreigement verpakt in plichtsbesef? Bespaar me de preek, Aurelius. Ik heb het allemaal al eerder gehoord.'

'Duidelijk niet goed genoeg,' zei hij en kwam dichterbij. De grond onder hem kraakte niet eens. Te perfect, te precies. Hij droeg zichzelf altijd als de vleesgeworden veroordeling. 'U weigert het gevaar te zien dat u vormt – niet alleen voor uzelf, maar ook voor het evenwicht dat wij handhaven.'

'Evenwicht.' Ik lachte. Het geluid kraakte in de stilte, scherp en bitter. 'Is dat hoe u het noemt? Me van mijn vleugels beroven omdat ik vragen durfde te stellen? Omdat ik wilde weten wat jullie achter die vergulde poorten verborgen houden?'

'Omdat u kennis zocht die u verboden was,' corrigeerde hij, zijn toon hard. 'Kennis die kan ontrafelen wat het bestaan bijeenhoudt. U denkt dat uw nieuwsgierigheid nobel is, maar ze is roekeloos. Gevaarlijk. Deze opstand van u zal alleen maar tot verderf leiden.'

'Laat het dan maar,' zei ik en stapte naar voren tot ik de vage lijnen in zijn strenge gezicht kon zien. 'Laat het leiden waarheen het ook moet. Ik zal niet stoppen met zoeken, Aurelius. Niet voor uw Raad, voor niemand. Als dat verderf betekent, het zij zo.'

'Dwaasheid,' zei hij, zijn stem nu laag, bijna zacht. Maar onder die zachtheid lag onbuigzaam staal. 'U staat aan de rand van een afgrond die u niet kunt bevatten. Loop weg voordat die u volledig opslokt.'

'Weglopen?' Ik hield mijn hoofd schuin, een bittere glimlach trok aan mijn lippen. 'Dat moet u nodig zeggen, u die al eonenlang in het gareel loopt. Vertel me, Aurelius, wordt u er nooit moe van? Vraagt u zich nooit af wat er voorbij die rand ligt?'

'Genoeg.' Zijn vleugels vlamden lichtjes op, een flits van zilver licht die door het donker sneed. De lucht tussen ons spande zich aan. 'Dit is geen spelletje, Careena. Mijn waarschuwingen zijn geen loze woorden. Als u dit pad blijft volgen, zal er geen verlossing voor u zijn. Geen terugkeer.'

'Goed,' zei ik, mijn stem zacht maar vastberaden. 'Ik wil geen verlossing. Ik wil de waarheid. En als u dat angst aanjaagt, zou u zich misschien moeten afvragen waarom.'

Zijn kaken spanden zich aan en een onleesbare flits trok over zijn gezicht. Even dacht ik dat hij meer zou zeggen. In plaats daarvan draaide hij zich om en vouwde zijn vleugels netjes achter zijn rug.

'Koppig kind,' mompelde hij binnensmonds, hoewel ik wist dat het zijn bedoeling was dat ik het hoorde. 'U kunt niet ontsnappen aan het gewicht van uw keuzes. Het zal u vinden, waar u zich ook verbergt.'

'Laat maar komen,' riep ik hem na. 'Dan weet ik tenminste dat ik voor iets echts heb geleefd.'

'Komt u nog?' Hij keek niet om, en even stond ik daar besluiteloos, me afvragend of ik hem gewoon moest trotseren en er alleen opuit moest trekken. Maar een blik in de richting waar de sterfelijke man naartoe was gegaan, deed me besluiten; ik begreep deze wereld nog niet, noch hoe ik me erin moest bewegen zonder ongewenste aandacht te trekken.

Voorlopig moest ik in elk geval bij mijn eigen soort blijven. Met een zucht liet ik mijn armen zakken uit mijn uitdagende houding en marcheerde achter Aurelius aan, die een open plek had bereikt en zich klaarmaakte om op te stijgen, met wijdgespreide vleugels.

Hij keek niet naar me om, schonk me geen zelfvoldane glimlach die verraadde dat hij wist dat ik geen andere keuze had, en daarom mocht ik hem ietsje liever.

Een heel klein beetje maar.

De stilte van Aurelius was zwaarder dan de wind die om ons heen huilde. Zijn zilveren vleugels sneden door de lucht terwijl hij voorop vloog, een lichtstreep tegen de schimmige bergtoppen. Ik volgde, mijn eigen vleugels pijnlijk van de inspanning om hem bij te houden. Beneden ons rezen gekartelde kliffen op als tanden, hun scherpe randen beloofden geen genade als ik zou wankelen.

'Hoe ver nog?' Mijn stem droeg gemakkelijk in de ijle berglucht.

'Bijna,' zei Aurelius zonder om te kijken. Het woord was kortaf, zijn toon kouder dan de bijtende wind.

Ik klemde mijn kaken op elkaar en zette meer kracht, elke slag van mijn vleugels stuurde een doffe pijn door mijn schouders. De hemel boven was bewolkt, zwaar van nog niet gevallen sneeuw, en de wereld beneden leek zich uit te strekken in een eindeloze grijze massa. Toen Aurelius eindelijk begon te dalen, was ik opgeluchter dan ik wilde toegeven.

Het Toevluchtsoord verscheen uit het niets, uitgehouwen in de bergwand als een vergeten relikwie. Bleke stenen muren staken uit de rots, glad en zonder kenmerken. Geen banieren, geen zegels, geen teken van leven. Alleen kale leegte. Een plek die bedoeld was om genegeerd te worden. Aan de andere kant zag ik een poort, bij de enige toegangsweg voor hen die geen vleugels hadden, maar Aurelius ging daar niet naartoe. Poorten betekenden niets voor wie vleugels had. In plaats daarvan dook hij naar een richel aan de zijkant van een hoge toren, met daarachter een gapende boog die naar het hart van de vesting leidde.

'Welkom in uw nieuwe thuis,' zei Aurelius toen we op de kale richel landden. Zijn vleugels vouwden zich netjes achter hem, maar zijn ogen brandden van oordeel. 'Probeer deze niet te vernietigen met uw... nieuwsgierigheid.'

'Charmant,' mompelde ik en liep langs hem heen. De ingang was enorm, de boog gaapte als de monding van een grot. Binnen was de lucht kouder, stilstaand, alsof die al eeuwen niet was beroerd. De stenen vloer was koud tegen mijn blote voeten toen ik dieper naar binnen liep, met Aurelius vlak achter me.

'Uw vertrekken zijn hier.' Hij gebaarde naar een smalle gang. De muren waren van dezelfde bleke steen, onversierd en levenloos. Elke stap voelde alsof ik verder werd opgeslokt in een holle, eindeloze leegte.

'Natuurlijk zijn ze dat,' zei ik binnensmonds.

'Spreek luider als u iets te zeggen heeft,' snauwde hij.

'Waarom zou ik? U negeert me toch.' Ik wachtte zijn antwoord niet af en liep de gang in die hij had aangewezen. De deur van mijn kamer was kaal, niet te onderscheiden van de andere. Ik duwde hem open en stapte naar binnen.

Het was erger dan ik had verwacht. Een enkel bed met ruw linnen, wat kleding van een vaalgrijze stof over het voeteneind gehangen. Een tafeltje en een stoel. Kale muren, kale vloeren. Geen ramen. Het enige licht kwam van een zwak gloeiende bol die in het plafond was ingebed. Alles werd erdoor in een koude, steriele gloed gehuld.

'Gezellig,' zei ik droogjes.

'Doe ermee wat u kunt,' antwoordde Aurelius vanuit de deuropening. 'U hebt geluk dat u dit nog krijgt.'

'Moet ik u bedanken?' Ik draaide me naar hem toe en sloeg mijn armen over elkaar. 'Waarvoor? Dat jullie me alles hebben afgenomen wat me maakte tot wie ik ben en me in dit graf hebben gestopt?'

'Wie u bent, is precies het probleem,' zei hij. 'Maar misschien zal de tijd die u hier doorbrengt u herinneren aan wat u vergeten bent.'

'Zet er uw geld maar niet op in.' Ik wuifde hem weg. 'Sluit de deur achter u.'

Zijn ogen vernauwden zich, maar hij zei niets. Even later klikte de deur dicht, en ik was alleen.

Ik bleef een tijdje staan en nam alles in me op. De stilte drukte op mijn oren, te dik, te zwaar. Ik stak de kamer over, de ruwe steen schuurde over mijn voeten, en leunde tegen de muur. Die voelde koud aan, levenloos. Net als al het andere hier.

Ik kon het bos van eerder nog voelen: de zachtheid van het mos onder mijn vingers, de warmte van de zon op mijn huid. Deze plek was het tegenovergestelde. Ze wilden me hier breken. Me ontdoen van alles wat levendig was, alles wat leefde.

'Dat gaat niet gebeuren,' mompelde ik tegen mezelf.

Ik duwde me van de muur af en ijsbeerde door de kleine kamer. Mijn vingers streken langs de rand van de tafel. Gesplinterd hout. Goedkoop, functioneel. Ik hurkte bij het bed en liet mijn hand over de ruwe stof glijden. Zelfs de eenvoudigste sterfelijke huizen hadden kleur. Textuur. Leven.

Ik richtte me op, vastberadenheid balde zich samen in mijn borst. Ze hadden me misschien verbannen, me opgesloten, maar ik zou me niet door deze plek laten begraven. Ik zou niet opgaan in dit grijs. Welke waarheid ze ook verborgen, voor welke geheimen ze ook bang waren, ik zou ze vinden. En ik zou ervoor zorgen dat ze er spijt van kregen dat ze me ooit hadden onderschat.

Ik trok de grijze tuniek van het voeteneind van het bed, waar hij slap en levenloos hing. De stof voelde ruw aan onder mijn vingers, een weefsel dat de saaiheid van de kamer leek op te zuigen. Het stonk naar inschikkelijkheid. Naar nederlaag.

'Absoluut niet,' zei ik, terwijl ik hem uitschudde.

Ik hield hem op een armlengte afstand en kneep mijn ogen samen alsof ik er met pure wilskracht een gat in kon branden. Mijn magie roerde zich onder mijn huid, heet en rusteloos, smachtend naar een uitweg. Een zacht gezoem vulde de lucht terwijl ik me concentreerde. Ik stelde me iets rijks, gewaagds voor. Iets dat luider zou spreken dan alle woorden die ik naar deze plek kon slingeren.

'Eens kijken wat ze hiervan vinden.'

De zwakke gloed begon bij mijn vingertoppen en verspreidde zich als vloeibaar licht over de vale stof. De tuniek glinsterde, de randen krulden en vouwden zich terwijl de draden begonnen te verschuiven. Vaalgrijs veranderde in karmozijnrood, dat donkerder werd tot het gloeide met de warmte van bloed en vuur. Fluweel verving het ruwe linnen, zacht en weelderig onder mijn aanraking. Gouden borduurwerk tekende zichzelf langs de zoom en halslijn, ingewikkelde patronen die als ranken tot bloei kwamen.

Toen het klaar was, deed ik een stap achteruit en hield het kledingstuk omhoog. Een glimlach trok aan mijn lippen. 'Goed genoeg.'

Ik gleed in de jurk, de koele stof vlijde zich tegen mijn huid. Hij sloot aan op mijn lichaam, zwaar maar comfortabel. De spiegel boven de wastafel ving mijn spiegelbeeld op. Mijn ravenzwarte haar viel los om mijn schouders, een schril contrast met het levendige rood. Even zag ik er niet uit als iemand die verbannen was. Iemand die van haar kracht was beroofd en aan deze sombere ballingschap was geketend. Ik zag er weer uit als mezelf.

'Careena Seraphiel gaat niet op in de schaduwen,' mompelde ik, terwijl ik de plooien van het fluweel gladstreek. 'Laat ze maar fluisteren.'

De gang buiten was stil toen ik naar de eetzaal liep. De lucht rook vaag naar steen en as, droog en koud. Mijn hielen tikten bij elke stap op de vloer, scherp en doelbewust. Ik hield mijn hoofd hoog, mijn schouders recht, en daagde iedereen uit me tegen te houden.

Toen ik de zaal binnenkwam, verstomde het zachte geroezemoes van gesprekken. Hoofden draaiden zich om. Vorken bleven in de lucht hangen.

Ik liep langzaam, zodat hun blikken op mij konden rusten. De meeste bannelingen droegen dezelfde gedempte tunieken, alsof ze zich al aan deze plek hadden overgegeven. Bruin, grijs, wit. Saai. Vergeetbaar. Hun gezichten vervaagden, hun uitdrukkingen varieerden van schok tot afkeuring. Een paar fluisterden achter hun hand, hun stemmen nauwelijks hoorbaar.

'Wie denkt ze wel dat ze is?'

'Net aangekomen en nu al een scène schoppen.'

'Typisch Careena.'

Ik negeerde hen en koos een plek in het midden van de tafel. Mijn vleugels bewogen lichtjes, jeukend om zich te ontvouwen, maar ik weerstond de drang. Het was niet nodig om ze vanavond meer munitie te geven.

Een man tegenover me – een voormalige Deugd, te oordelen naar zijn nog steeds onberispelijke houding – schraapte zijn keel. 'Is dit echt nodig?' Zijn blik gleed naar de jurk en dan weer naar mijn gezicht. Minachting droop van elk woord.

'Nodig?' Ik trok een wenkbrauw op en liet mijn kin op mijn hand rusten. 'Wat nodig is, is overleven in deze beerput. De jurk is slechts een bonus.'

Hij fronste, maar zei niets. Om ons heen werd het gefluister stiller, hoewel de blikken bleven hangen. Ik liet ze. Laat ze me maar zien. Laat ze zich maar herinneren dat ik hier niet was gekomen om gebroken te worden.

'Geniet van je smakeloze dineetje,' mompelde ik en reikte naar het eten voor me.

De eerste hap raakte mijn tong als een openbaring.

Hartige hitte bloeide op, rijk en onverwacht. Ik verstijfde, mijn vork bleef in de lucht hangen, terwijl de smaak zich ontvouwde – lagen van specerijen, kruiden, iets rokerigs. Stervelingen noemden het in de eenvoudigste bewoordingen 'stoofpot', maar hier was niets eenvoudigs aan. Het was aards en levendig, anders dan de steriele ambrozijn van de feesten in de Hemel. Daar was voedsel een bijzaak geweest, levensonderhoud zonder ziel. Hier *zong* het.

Ik sloot mijn ogen en nam nog een hap. Een langzame warmte verspreidde zich door me heen, aardend, bevredigend. Hoe had ik dit nooit geweten?

'Ben je aan het... glimlachen?' De stem van de voormalige Deugd doorbrak mijn gedachten. Zijn toon was minachtend, maar het kon me niet schelen. Laat hem maar sudderen in zijn grijze eentonigheid.

'Misschien,' zei ik zonder op te kijken. Nog een lepel, dit keer met een stuk mals vlees dat bijna op mijn tong smolt. 'Het is lekker. Je zou eens moeten proberen ergens van te genieten.'

'Genot is hier niet bepaald het punt,' wierp hij tegen. 'Het is de bedoeling dat we volharden, niet toegeven aan genotzucht.'

'Volharding is overschat.' Ik legde mijn lepel neer en liet de smaken op mijn tong hangen. Mijn blik gleed naar zijn onaangeroerde kom. Beige bouillon, onaangeraakt brood. Hij had het niet eens geprobeerd. 'Jij hebt je al overgegeven, hè?'

'Careena,' waarschuwde hij met zachte stem.

'Spreek mijn naam niet zo uit,' snauwde ik. 'Alsof ik een waarschuwend verhaal ben. Alsof jij beter bent omdat je deze ballingschap als je kooi hebt geaccepteerd.'

Hij verstijfde, maar ik keerde me van hem af en besloot me te concentreren op het volgende gerecht. Een schaal met geroosterde groenten, gekaramelliseerd aan de randen, hun zoetheid gecompenseerd door iets scherps en pittigs. Ik prikte een stukje aan mijn vork, nam een hap en neuriede zachtjes terwijl de smaak over mijn tong danste.

'Is het altijd zo?' mompelde ik binnensmonds, meer tegen mezelf dan tegen iemand anders. De sterfelijke wereld – hun eten, hun zintuigen – was rauw, onvoorspelbaar, onvolmaakt. En toch bezat ze een vitaliteit die ik nog nooit had ervaren. Elke hap, elke geur, was een herinnering dat deze plek bruiste van het leven.

'Careena,' fluisterde een andere stem verderop aan tafel. Een vrouw dit keer. Haar toon droeg een waarschuwing. Zorg. 'Je trekt te veel aandacht.'

'Goed,' zei ik luid genoeg zodat zij – en alle anderen – het konden horen. 'Misschien wordt het tijd dat we stoppen met doen alsof we slechts schaduwen zijn van wat we waren. Misschien wordt het tijd dat we ons herinneren hoe we moeten leven.'

Een paar gezichten draaiden zich met grote ogen naar me toe. Anderen keken weg, beschaamd of misschien boos. Het maakte niet uit. Ik was hier niet om onzichtbaar te zijn. Iedereen hier was een engel; het was hier niet nodig om te verbergen wat we waren.

Naarmate de maaltijd vorderde, proefde ik alles wat binnen handbereik was. Brood dat nog warm was uit de oven, de korst knapperde onder mijn vingers. Een zure vruchtencompote die mijn lippen deed tuiten voordat de zoetheid inzette. Zelfs de wijn, hoewel dun, leek rijker in combinatie met het eten. Elke hap, elke slok, beitelde iets af van de bitterheid van mijn verbanning.

Tegen het einde was mijn honger verdwenen, maar er was iets anders voor in de plaats gekomen. Een vonk. Een besef.

Als de Raad dacht dat ze me hadden gebroken, hadden ze het mis. Ze hadden me verbannen, ja. Me van de perfectie van de Hemel beroofd. Maar ze hadden me ook dit gegeven – deze rommelige, levendige, chaotische wereld om te verkennen. Om van te genieten. Om te ontdekken.

Ik leunde achterover in mijn stoel, mijn vingers streelden de steel van mijn beker. Om me heen fluisterden de andere engelen nog steeds, staarden ze nog steeds. Hun oordeel deed er niet meer toe.

'De Aarde heeft zo haar charmes,' mompelde ik tegen mezelf, een kleine glimlach trok aan mijn lippen. 'En ik ben van plan er met volle teugen van te genieten.'

HOOFDSTUK TWEE
CAREENA

DE LUCHT WAS ZWAAR, vochtig van de geur van oud perkament en steen. Ik landde geruisloos, mijn laarzen raakten de koude vloer van de Vaticaanse archieven. De duisternis verzwolg me volledig, op wat zwak maanlicht na dat door hoge, smalle ramen naar binnen viel.

'Eerste missie,' mompelde ik binnensmonds, mijn stem nauwelijks hoorbaar. 'Dit mag ik niet verpesten.'

De boekrol. Een simpele taak. Erop en eronder. Aurelius had het doen klinken alsof het een fluitje van een cent zou zijn. Toch stond ik hier, in het hart van de theocratische macht in het sterfelijke rijk — waar geheimen zich achter gesloten deuren verborgen en gefluister in de schaduwen bleef hangen.

Ik bewoog me snel, elke stap was berekend. De kamer strekte zich eindeloos uit, met aan weerszijden planken die hoog boven me uittorenden. Manuscripten en relikwieën lagen ongestoord en straalden eeuwen van geschiedenis en mysterie uit. Mijn vingers streken langs een plank terwijl ik voorbijliep, de ruwe textuur gaf me houvast. *Blijf gefocust.*

Een zacht geschuifel weerklonk ergens voor me. Ik verstijfde en hield mijn adem in. Een bewaker. Zijn voetstappen waren gestaag en doelbewust. Ik drukte me in de schaduw van een pilaar en liet de duisternis me volledig verzwelgen. Mijn hartslag versnelde, maar slechts een beetje. Stervelingen waren voorspelbaar. Makkelijk te ontwijken.

De zaklamp van de bewaker sneed door het donker, de lichtbundel schampte langs de plek waar ik stond. Ik voelde de aantrekkingskracht van mijn hemelse krachten, die net onder mijn huid sudderden. Een stil gezoem, een herinnering aan wat ik kon doen als het nodig was.

'Is daar iemand?' zei een stem luid, en ik ademde uit. Ik reikte met mijn krachten uit en vertroebelde zachtjes de geest van de bewaker.

Er is hier niemand. Slechts de tocht die de lucht verstoort.

'Vervloekt tochtgat,' mompelde de bewaker, voordat hij rechtsomkeert maakte en wegliep.

Toen de voetstappen wegstierven, glipte ik tevoorschijn, stil als rook. Mijn blik schoot naar de sierlijke deur aan het uiteinde van de hal. Op slot, ongetwijfeld. Sterfelijke sloten waren nooit echt een probleem.

Ik bereikte de deur in enkele seconden en knielde om het mechanisme te inspecteren. Simpel. Ouderwets. Een relikwie die relikwieën bewaakte. Mijn mondhoeken krulden zich in een vage grijns. Met een beweging van mijn pols danste een zwakke glinstering van licht langs het slot en het klikte open.

'Te makkelijk,' fluisterde ik, terwijl ik de deur op een kier duwde.

Binnen werd de lucht zwaarder. Heilig. Het soort gewicht dat aan je longen bleef kleven. Mijn passen vertraagden terwijl ik de kamer afspeurde. Planken vol met boekrollen, folianten, artefacten. Ergens daartussen lag de rol die ik zocht. Onopvallend, had Aurelius gezegd. Maar krachtig.

'Careena,' mompelde ik tegen mezelf, terwijl ik verder naar binnen stapte. 'Niet te veel nadenken. Zoek dat verdomde ding gewoon.'

De zwakste trilling gonsde tegen mijn vingertoppen toen ik langs een rij liep. Ik stopte en kneep mijn ogen samen. Het was niet zichtbaar, niet precies. Maar ik kon het voelen. Een puls. Een fluistering. Iets wat me riep.

'Gevonden,' mompelde ik, een kleine vonk van triomf die in mijn borst opvlamde.

Maar toen, in de verte, de echo van laarzen. Meerdere. Dichterbij dit keer. Ik klemde mijn kaken op elkaar en balde mijn vingers. Tot zover de makkelijke missie. Tijd om te gaan, snel, en weg te komen uit deze plek voordat ik iets moest doen dat misschien herinnerd zou worden.

De boekrol gonsde onder mijn vingertoppen op het moment dat ik hem aanraakte. Een lage, gestage puls, als een hartslag. Het was niet zomaar perkament — het leefde. Hitte straalde door mijn vingertoppen, verspreidde zich door mijn arm en nestelde zich in mijn borst. Een seconde lang vergat ik adem te halen.

'Krachtig' was een understatement geweest.

Ik liet hem in de leren tas glijden die over mijn schouder hing, het gezoem resoneerde nog zwakjes tegen mijn zij. Het geluid van laarzen klonk dichterbij. Mijn spieren spanden zich aan.

Wegwezen.

Ik draaide me om en glipte terug door de rijen planken, voorzichtig om mijn stappen licht te houden. De bewakers waren nu dichtbij, hun gedempte stemmen vermengden zich met de zware stilte van de kamer. Ik drukte me tegen de koele stenen muur en hield me stil tot ze de deur passeerden.

'Te makkelijk,' fluisterde ik opnieuw, mijn adem nauwelijks hoorbaar. De woorden smaakten dit keer bitter.

De lucht verschoof toen ik de gang instapte, een lichte tocht streek langs mijn gezicht. Geen alarmen. Geen geschreeuw van 'Indringer!' of 'Dief!'. Alleen stilte, slechts onderbroken door het gestage ritme van mijn eigen ademhaling. Er klopte iets niet. Missies hoorden niet zo... simpel te zijn. Zeker mijn eerste niet.

Hij stelde me op de proef. Aurelius moest me op de proef stellen.

Ik schudde de gedachte van me af en concentreerde me op het terugvinden van mijn weg. Elke gang vloeide over in de volgende, maar ik bewoog me doelgericht, mijn lichaam herinnerde zich de weg, zelfs als mijn geest dat niet deed. Binnen enkele minuten was ik buiten en steeg ik op in de nachtelijke hemel, mijn zwarte vleugels onzichtbaar in de duisternis.

'U bent terug.'

Zijn stem begroette me voordat zijn aanwezigheid dat deed. Ik landde in het hoofd-atrium van Sanctuary, het vertrouwde gewicht van hemelse energie drukte op me als een zware lijkwade. Aurelius stond aan de voet van de marmeren trap, zijn zilveren gewaad viel om hem heen, zijn handen achter zijn rug gevouwen.

'Natuurlijk ben ik terug.' Ik richtte me op en keek hem boos aan terwijl ik mijn vleugels invouwde. 'Het was niet bepaald moeilijk.'

'Efficiënt, dus,' zei hij, zijn toon zo afgemeten dat mijn kaken zich spanden. Hij kwam niet naar me toe, zijn doordringende blik was genoeg om me op mijn plaats te houden.

'Behandel me niet als een kind, Aurelius.' Ik trok de tas van mijn schouder en haalde de boekrol tevoorschijn. Hij gonsde luider, alsof hij de energie van Sanctuary voelde. 'Wat is dit?'

'Een artefact van belang.' Zijn ogen schoten naar de boekrol en toen weer naar mij. Kalm. Beheerst. Woedend makend.

'Daar heb ik niets aan.' Ik stapte dichterbij en klemde de boekrol stevig vast. 'U stuurde me hierop af zonder enige uitleg. En nu zingt het praktisch zodra ik het aanraak. Wilt u het misschien toelichten, of blijft u in raadselen spreken?'

'Careena.' Zijn toon werd scherper, maar hij verhief zijn stem niet. Hij verhief nooit zijn stem. 'U heeft uw missie volbracht. Dat is wat telt.'

'Kom bij mij niet met dat verhaal aan.' Mijn vleugels sloegen lichtjes uit en vingen het zwakke licht van het gebrandschilderde glas van het atrium op. 'U wist dat hier meer achter zat — u weet altijd meer dan u laat blijken. Wat houd ik vast? Waarom voelt het... levend?'

Aurelius bewoog eindelijk, hij daalde de laatste trede af tot hij recht voor me stond. Door zijn lengte moest ik mijn kin optillen, maar ik deinsde niet terug. Zijn zilveren ogen keken in de mijne, onleesbaar en koud.

'Uw taak was om hem op te halen,' zei hij gelijkmatig. 'Niets meer. De inhoud van die boekrol is uw zorg niet.'

'Mijn zorg niet?' Ik lachte, scherp en humorloos. 'U stuurt me naar het sterfelijke rijk — naar het *Vaticaan*, nog wel — voor iets dat aanvoelt alsof het de hemel open kan splijten, en het is 'niet mijn zorg'?'

'Inderdaad.' Zijn stem was als ijzer. 'Omdat u nog niet klaar bent om de betekenis ervan te begrijpen.'

'Klaar?' Het woord siste als venijn uit mijn mond. 'Ik denk dat we allebei weten dat dat niet de reden is.'

'Genoeg.' Zijn blik verhardde. 'Stel me niet op de proef.'

'Misschien moet *u* mij eens niet op de proef stellen,' kaatste ik terug, mijn greep op de boekrol verstevigend. 'Als u denkt dat ik zomaar blindelings bevelen opvolg, dan heeft u duidelijk niets over mij geleerd.'

'Genoeg.' Het ene woord droeg het gewicht van een bevel en bracht de ruimte om ons heen tot zwijgen. De zwakke gloed van zijn zilveren vleugels intensiveerde een moment voordat hij weer doofde. 'U heeft uw plicht vervuld. Dat is het enige dat telt.'

'Nee, Aurelius.' Mijn stem daalde, scherp maar stil. 'Wat telt is de waarheid. En die verbergt u. Voor mij. Voor iedereen.'

'Wees voorzichtig, Careena,' waarschuwde hij, de scherpte in zijn toon was onmiskenbaar. 'Uw opstandigheid is voorspelbaar, maar er zijn grenzen — zelfs hier.'

'Voorspelbaar?' Ik deed een stap achteruit, de boekrol nog steeds zachtjes zoemend in mijn hand. 'Dat zullen we nog wel zien.'

'Waar denkt u dat u daarmee naartoe gaat?' Zijn rustige stem deed me op slag stoppen.

'Wat gaat u ermee doen?' pareerde ik met een eigen vraag.

'Nog meer vragen, Careena? Houden die dan nooit op?' Hij schudde zijn hoofd en stapte toen dichterbij en legde een hand op de boekrol, boven de mijne.

Verrast keek ik naar beneden toen de magische puls tot rust kwam.

'Hij moet vernietigd worden.'

Mijn blik schoot omhoog om die van Aurelius te ontmoeten en ik knipperde met mijn ogen. 'Vernietigd?'

'U zei het zelf. Genoeg kracht om de hemel open te splijten. Sommige dingen zijn te gevaarlijk om te laten bestaan.'

Voor het eerst sinds mijn komst naar Sanctuary was ik het ergens met Aurelius over eens. Langzaam opende ik mijn hand en liet hem de boekrol van me overnemen.

'Dank u,' zei hij zacht.

Ik knikte, maar kon de vragen die in me opborrelden niet bedwingen. 'Waar kwam hij vandaan? Wie heeft hem gemaakt? Hoe gaat u hem vernietigen?'

Hij maakte een geluid dat frustratie had kunnen zijn. 'Careena. Uw taak is volbracht. Sta mij toe de mijne uit te voeren.'

'Maar...'

'Genoeg,' zei hij, en dit keer ondersteunde hij het woord met een puls van hemelse kracht die sterk genoeg was om me achteruit te doen wankelen. 'Uw taak is volbracht. Ik zal spoedig een nieuwe taak voor u hebben. En nu, wegwezen.'

Zoveel kracht. Mijn voeten draaiden me om en begonnen te lopen, en ik was halverwege de gang voor ik

besefte wat hij had gedaan en me woedend omdraaide...
maar Aurelius was verdwenen.

De smetteloze hallen van Sanctuary strekten zich eindeloos voor me uit, een doolhof van koud licht en torenhoge bogen. Mijn vleugels ritselden achter me, veren die
tegen de albasten muren streken alsof ook zij mijn onrust
deelden.

Het gefluister begon voordat ik de hoofdgang bereikte.

'Ze heeft hem weer in twijfel getrokken.' Een stem
zweefde van ergens hoog boven, teer als spinrag maar
scherp genoeg om te snijden.

'Altijd zo opstandig,' mompelde een ander, nu dichterbij. Ik nam niet de moeite om omhoog te kijken om ze
te vinden. Engelen hier confronteerden me nooit rechtstreeks.

'Denkt ze dat ze boven de Heerscharen staat?'

'Gevallen en onverlosbaar.'

Ik klemde mijn kaken op elkaar en liet hun woorden
van me afglijden als water — maar elk woord liet een steek
achter. Ik balde mijn handen, mijn nagels groeven zich in
mijn handpalm. Laat ze maar praten. Laat ze maar sneren.
Ik was al diep genoeg gevallen om te weten dat de grond
niet zo angstaanjagend was als zij het deden voorkomen.

Aan het einde van de gang stonden twee schildwacht-
en, hun gouden speren in perfecte symmetrie gekruist. Ze
richtten zich op toen ik naderde, hun ogen schoten naar
mijn gezicht voordat ze wegkeken. Zelfs zij durfden mijn
blik niet lang te vangen.

'Careena Seraphiel,' zei een van hen, zijn toon broos van
geforceerd respect. 'Heeft u iets—'

'Niets,' snauwde ik, en liep langs hen heen zonder te
vertragen. Hun stilte volgde me, dik en zwaar.

Voor me opende het atrium zich, zonlicht stroomde door kristallijnen ramen die gebroken regenbogen over de gepolijste vloeren wierpen. Engelen bewogen zich hier in groepen, hun stemmen verhieven zich in een welluidende harmonie — of zouden dat hebben gedaan, als ze niet waren verstomd toen ik binnenkwam. Hoofden draaiden. Blikken vernauwden. Gesprekken verstilden, vervangen door het zachte geritsel van vleugels en het gewicht van oordeel dat tegen mijn rug drukte.

'Ze hoort hier niet thuis.'

'Waarom houdt Aurelius haar hier?'

'Misschien heeft hij medelijden met haar.'

'Of vreest hij wat ze zal worden.'

Ik stopte in het midden van de kamer en dwong mezelf adem te halen. Hun gefluister wervelde om me heen als rook, weeïg en verstikkend. Mijn vleugels ontvouwden zich lichtjes, hun violette tinten vingen het licht in een daad van verzet. Als ze een spektakel wilden, zou ik ze er een geven.

'Is er iets dat jullie tegen me willen zeggen?' Mijn stem klonk helder en sneed door het gemurmel van gefluister. Het bracht de kamer onmiddellijk tot zwijgen.

Niemand antwoordde. Natuurlijk niet. Lafbekken. Stuk voor stuk.

'Dat dacht ik al.' Ik draaide me scherp om, mijn laarzen echoden tegen het marmer terwijl ik wegliep. Mijn hart bonkte in mijn borst, maar niet van angst.

Ze konden fluisteren wat ze wilden. Aurelius kon alle antwoorden in het universum achterhouden, maar ik zou ze toch wel vinden. Ik was hier niet om de gehoorzame soldaat te spelen, om te buigen en te schrapen voor restjes waarheid terwijl de Raad achter hun vergulde gordijnen aan de touwtjes trok.

Nee, ik zou mijn eigen pad banen door dit web van leugens. En als ik dat deed, zouden ze zien hoe verkeerd ze het hadden om aan mij te twijfelen.

De bibliotheekvleugel doemde voor me op, gehuld in schaduw. In het hart van Sanctuary's bibliotheek bevonden zich de kamers van heilige kennis. Verboden. Op slot. Bewaakt.

Precies waar ik moest zijn.

Ik bleef staan bij de gebogen deuropening. Ingewikkeld snijwerk van hemels schrift versierde het oppervlak, zacht gloeiend als sintels. Een waarschuwing. Of een dreigement. De lucht knetterde van beschermingsmagie bedoeld om iedereen die onwaardig was af te weren. Iedereen zoals ik.

Mijn vingers trilden langs mijn zij. De herinnering aan de perkamentrol die ik uit het Vaticaan had gehaald, brandde heet in mijn handpalm. De kracht die het bevatte, was niet bedoeld om te gebruiken, dat wist ik wel, maar ik wilde er zoveel meer van begrijpen. De hele nacht had ik wakker gelegen, me afvragend wat ik ermee aan moest. Hier zou ik misschien de antwoorden vinden die ik zocht.

Ik raakte de deur aan. Hitte beet in mijn vingertoppen, scherp als een mes. Ik siste en deinsde achteruit.

'Bent u weer grenzen aan het opzoeken, Careena?'

Zijn stem sneed door de stilte als het luiden van een klok. Koud. Afgemeten. Ik draaide me langzaam om en hield mijn gezicht in de plooi.

Aurelius stond achter me, zijn zilveren haar glansde zelfs in het gedimde licht. Zijn gewaad glinsterde zachtjes en het gewicht van zijn autoriteit drukte op de ruimte tussen ons. Zijn ogen doorboorden de mijne, onleesbaar als altijd.

'Nieuwsgierigheid is nauwelijks een misdaad,' zei ik en sloeg mijn armen over elkaar.

'Nog niet.' Zijn blik schoot naar de deur. 'Maar u begeeft zich op gevaarlijk terrein.'

'De waarheid is niet gevaarlijk,' zei ik en tilde mijn kin op. 'Tenzij u er bang voor bent.'

'Waarheid vereist discipline,' zei hij en kwam dichterbij. 'En dat voorrecht hebt u nog niet verdiend.'

Ik balde mijn vuisten en vocht tegen de drang om te ruziën. Niet hier. Niet nu. Zijn spel was er een van controle, en ik zou hem niet de voldoening geven mij de mijne te zien verliezen.

'Waarom bent u hier?' vroeg ik in plaats daarvan. 'U bent toch zeker niet alleen gekomen om mij de les te lezen?'

'Nee,' zei hij. 'Ik kwam u uw volgende missie opdragen.'

'Nog een boodschap om me bezig te houden? Wat attent.'

'Genoeg.' Zijn toon verhardde en kapte mijn sarcasme af. Hij stak een hand uit en de lucht tussen ons veranderde met een stille autoriteit. 'U zult een konvooi stervelingen beschermen die de ontheemden van de oorlog helpen. Hun levens zijn broos. Zonder ingrijpen zo uitgeblazen.'

'Stervelingen,' herhaalde ik. Mijn vleugels spanden zich instinctief aan. 'U wilt dat ik nu beschermengel ga spelen?'

'Precies.' Zijn lippen vormden een dunne streep. 'VermoM u onder hen. Leid hen naar veiligheid. Zorg ervoor dat hun werk – of hun levens – geen schade wordt berokkend.'

'Oppassen,' mompelde ik binnensmonds. Maar ik keek hem weer aan, terwijl de opstandigheid onder de oppervlakte sudderde. 'Goed. Stervelingen spreken tenminste niet in raadsels.'

'Wees bij zonsopgang gereed,' zei hij en negeerde mijn sneer. Met een laatste blik op de deur draaide hij zich om en verdween de gang in, zijn gewaad achter hem aan slepend als rook.

Ik bleef een ogenblik staan en staarde hem na. De beschermingsrunen op de deur pulseerden zachtjes achter me, spottend. Nog een barrière. Nog een waarheid die me werd ontzegd.

'Niet voor eeuwig,' fluisterde ik en liet de woorden me verankeren. Toen draaide ik me om en liep naar mijn vertrekken. Als ik me in de chaos van een conflict tussen stervelingen moest begeven, dan zou ik het op mijn voorwaarden doen. En misschien – heel misschien – zou ik iets echts vinden te midden van hun breekbare, vergankelijke levens.

Het handje van de kleine jongen trilde in het mijne terwijl we de verbrijzelde resten van wat ooit een dorpsplein was, overstaken. Rook schuurde scherp en bijtend in mijn keel, vermengd met de koperachtige geur van bloed die in de lucht hing. Ik hield mijn stem laag en kalm.

'Nog een klein stukje,' zei ik. 'Je doet het zo goed.'

Zijn grote bruine ogen, roodomrand door tranen en roet, keken naar me op. Hij knikte, maar sprak niet. Zijn greep verstevigde alsof ik het enige was dat hem nog aan deze wereld bond. Misschien was dat ook zo.

Voor ons bewoog het konvooi zich voorzichtig door het puin, met bleke maar vastberaden gezichten. De uitputting drukte zwaar op hen, maar niemand durfde te aarzelen. Deze stervelingen – zo broos, zo breekbaar – en toch zetten ze door.

'Careena!' Een vrouwenstem, schor maar dringend, riep vanaf de voorkant. Clara, herinnerde ik me. De leider van deze gehavende groep hulpverleners. Ze wenkte me naar voren, haar arm besmeurd met vuil. 'We moeten sneller. Er wordt gefluisterd over patrouilles in de buurt.'

'Begrepen,' antwoordde ik, haar urgentie was aanstekelijk.

Ik gaf de jongen aan Clara en speurde de horizon af. Mijn zintuigen reikten verder dan de waarneming van stervelingen, op zoek naar het gezoem van gevaar, de vage rimpelingen van kwaadwilligheid die vaak aan geweld voorafgingen. De lucht hier gonsde van onbehagen, maar er was geen onmiddellijke dreiging. Nog niet.

'Ga,' zei ik tegen Clara. 'Ik dek de achterhoede.'

Ze aarzelde en keek naar het kind dat zich nu aan haar zijde vastklampte. Er was een moment van verstandhouding – onuitgesproken dankbaarheid, misschien – maar ze verspilde geen woorden. Met een knikje keerde ze zich weer naar de anderen.

Ik liep achteraan, elke spier aangespannen, elke veer van mijn verborgen vleugels jeukte om zich te ontvouwen. Deze missie ging niet over mij. Het ging niet over Aurelius of zijn eindeloze beproevingen. Het ging over hen – degenen die bloedden, die huilden, die vochten om levens te redden in een wereld die vastbesloten leek op vernietiging.

Voor het eerst sinds lang voelde ik... iets. Een doel. Trots.

Toen het konvooi eindelijk veiligheid bereikte – een haastig beveiligde buitenpost omringd door prikkeldraad en vermoeide soldaten – bleef ik aan de rand hangen. Kijken. Clara en de anderen werkten onvermoeibaar door, verbonden wonden, deelden voorraden uit, troostten de gebrokenen.

'Ben je een van hen?' vroeg een jong meisje, waardoor ik opschrok. Haar kleine gezichtje piepte achter een kist vandaan, haar donkere ogen nieuwsgierig.

'Niet helemaal,' zei ik en verzachtte mijn stem.

'Waarom ben je hier dan?'

'Om te helpen,' antwoordde ik eerlijk.

Haar lippen trokken op, bijna een glimlach, voordat ze wegschoot.

'Nou?' vroeg Aurelius toen ik terugkeerde naar het Sanctuarium. Hij had zijn armen over elkaar, zijn zilveren gewaad vloeide als water om hem heen.

'Nou wat?' kaatste ik terug, terwijl ik de restjes stof en as die aan me kleefden van me afschudde.

'Uw beoordeling van de missie.' Zijn blik boorde zich in me, onverzettelijk als altijd.

Ik aarzelde. Een deel van me wilde luchtig doen, hem stangen zoals ik altijd deed. Maar de waarheid duwde voorbij mijn verdediging.

'Het was niet vreselijk,' gaf ik toe. 'Hen helpen – het... deed ertoe.'

'Goed.' Zijn reactie was kortaf, maar een flits van iets wat bijna op goedkeuring leek, verscheen op zijn gezicht. 'Misschien ziet u nu de waarde van uw verbanning in.'

'Verbanning is niet bepaald inspirerend,' mompelde ik.

'Beschouw het als voorbereiding,' zei hij, zijn stem glad als steen. 'Misschien vindt u uw doel nog wel.'

Voordat ik hem verder kon ondervragen, draaide hij zich om, zijn volgende woorden smoorden elke overgebleven hoop. 'Uw volgende opdracht wacht.'

'Nu al?'

'Ja.' Zijn toon werd ijzig. 'De perkamentrollen in de bibliotheek moeten worden gecatalogiseerd. U zult onmiddellijk beginnen.'

'*Catalogiseren*?' Het woord schuurde langs mijn trots als verroeste ketenen.

'Ja.' Zijn zilveren ogen keken me onbewogen aan. 'Is er een probleem?'

'Natuurlijk is er een probleem.' Mijn vleugels sloegen onwillekeurig uit, de violette randen vingen het licht. 'Ik heb zojuist stervelingen door oorlogsgebieden geleid, en nu wilt u dat ik perkamentrollen opberg? U verspilt mijn talent.'

'Gehoorzaamheid is zelden glamoureus, Careena,' zei hij gelijkmatig. 'Maar het is noodzakelijk. U zult doen wat u wordt opgedragen.'

Ik stond daar, met stijve kaken, de woede kolkte onder mijn huid. Maar ik slikte het in. Voor nu. Ik wist al dat ik niet in de beperkte afdelingen zou werken waar ik niet mocht komen, maar misschien kon ik er mijn weg naartoe verdienen.

De geur van oud perkament drong mijn zintuigen binnen, droog en broos als het stof op mijn vingers. Mijn handen gleden over een perkamentrol, de randen brokkelden af terwijl ik hem voorzichtig uitrolde, hoewel mijn geduld opraakte. De bibliotheek was stil, op het vage geritsel van papier en het zachte schrapen van leren zolen op stenen vloeren na als ik me verplaatste. Planken strekten zich eindeloos boven me uit, hun schaduwen sneden grillige lijnen over de muren.

'Noodzakelijk,' had hij gezegd. Het woord galmde in mijn hoofd en schuurde tegen mijn gedachten bij elke krul van het schrift dat ik bekeek. Noodzakelijk? Voor wie? Zeker niet voor mij. Ik was al weken bezig met deze zinloze taak. Mijn vleugels voelden strak tegen mijn rug, een pijn geboren uit onbruik en frustratie.

Ik schoof een andere perkamentrol op zijn plaats in een gepolijst houten rek. De titel, gegraveerd in hemelse runen, vervaagde onder mijn boze blik. Catalogiseren? Dit was geen werk voor iemand die stervelingen in veiligheid had gebracht, die een doel had geproefd. Nee. Het was bezigheidstherapie. Een leiband.

'Genoeg,' mompelde ik en duwde het volgende perkament harder dan nodig terug. Het vage gezoem van de kracht erin trilde door mijn arm, onopgemerkt. Mijn voetstappen echoden terwijl ik de nis uitliep, de perkamentrollen vergeten. De gangen van het Sanctuarium kronkelden voor me, koud en vertrouwd, en ik volgde de aantrekkingskracht van mijn woede.

Aurelius stond waar hij altijd leek te staan – in het hart van de dingen, onaangedaan door tijd of gevolg. Zijn zilveren haar ving het licht van de gloeiende fakkels op, zijn aanwezigheid was zo scherp en imposant als een getrokken zwaard.

'Careena.' Hij keek niet op toen ik naderde, zijn aandacht was gericht op een etherische kaart die over een voetstuk was uitgespreid. 'Hoort u niet op uw post te zijn?'

Ik hield abrupt stil, mijn vuisten gebald. 'Dit is geen post. Dit is een straf.'

'Is dat wat u denkt?' Zijn stem was kalm, berekend. 'Dan hebt u de les misschien verkeerd begrepen.'

'Les?' Ik kwam dichterbij, de lucht tussen ons was gespannen. 'U noemt dit een les? Stoffige relikwieën sorteren terwijl stervelingen oorlogen voeren en lijden? Dat is verspilling. U verspilt mijn talent.'

Zijn ogen gingen toen omhoog, doordringend toen ze de mijne ontmoetten. 'U vermeet u beter te weten dan de Raad? Dan ik?'

'Ik vermetel me nergens toe.' Mijn stem verhief zich, de opstandigheid scherpte elk woord. 'Maar blinde gehoorzaamheid is geen groei, Aurelius. Het is stilstand. Hoe moet ik iets leren, begraven onder perkamentrollen die al eeuwen door niemand zijn gelezen?'

'Careena,' zei hij, laag en rustig, 'u begeeft zich op gevaarlijk terrein.'

'Iemand moet het doen. Waarom bent u zo bang voor vragen? Voor verandering?'

'Omdat vragen tot rebellie leiden,' snauwde hij, een zeldzame barst in zijn kalmte. Zijn zilveren blik verduisterde, hard als staal. 'En rebellie leidt tot vernietiging.'

'Alleen als u weigert te luisteren,' kaatste ik terug. Mijn borstkas spande zich aan, maar ik weigerde te wankelen. 'U denkt dat controle kracht is, maar het is angst. En ik laat me niet door uw angst ketenen.'

'Kettingen, Careena?' Zijn stem werd lager, gevaarlijk nu. 'Verwar leiding niet met kettingen. Het pad dat ik voor u uitstippel is bedoeld om u – en anderen – te beschermen tegen de ondergang die uw opstandigheid uitlokt.'

'Of misschien is het bedoeld om te voorkomen dat ik de waarheid zie.' Ik deed nog een stap naar voren, mijn stem daalde om zijn intensiteit te evenaren. 'U vertrouwt me niet. Geef het toe.'

'Vertrouwen moet verdiend worden,' zei hij koeltjes. 'En u moet nog bewijzen dat u het verdient.'

'Misschien wil ik uw vertrouwen niet,' zei ik met een snijdende toon, hoewel mijn hart in mijn borstkas hamerde. 'Wat ik wil is vrijheid.'

'Vrijheid zonder terughoudendheid is chaos,' antwoordde Aurelius, zijn woorden definitief, onveranderlijk. 'U zult terugkeren naar uw taak, Careena. Dat is geen verzoek.'

'Natuurlijk niet,' mompelde ik bitter, en draaide me op mijn hielen om voordat hij de hitte in mijn ogen kon zien opstijgen. De stilte die volgde, brandde heter dan welke vlam dan ook.

Terwijl ik wegliep, bereikte zijn stem me, zacht maar zwaar. 'Opstandigheid mag dan als vrijheid voelen, maar er hangt altijd een prijskaartje aan. Onthoud dat.'

'Die betaal ik wel,' fluisterde ik tegen de stille lucht. Het vuur in mijn borst brandde nu heter en schroeide elke twijfel weg. Ik zou niet geketend leven door angst of blinde gehoorzaamheid. Als ze wilden dat ik een verschoppeling was, prima. Dan zou ik dat omarmen.

Ik trok mijn gewaad uit en liet het op de grond vallen en ontvouwde mijn vleugels. Ze glinsterden in het schemerlicht, ravenveren met violette tinten kabbelden. Voor het eerst in te lange tijd liet ik ze zich in hun volle spanwijdte uitstrekken. Mijn spieren deden pijn van de opluchting.

'Genoeg,' zei ik hardop, het geluid weerkaatste tegen de stenen muren.

Ik draaide me naar een balkon, waar het maanlicht door een boograam naar binnen stroomde. Zonder aarzeling rende ik. Mijn voeten raakten amper de grond voordat ik de eindeloze nacht in sprong.

De wind brulde in mijn oren terwijl ik dook en vervolgens met een krachtige slag van mijn vleugels omhoog schoot. Mijn adem stokte in mijn keel. De hemel, uitgestrekt en wild, omarmde me. De sterren boven leken dichterbij, brandden feller, alsof ze mijn rebellie verwelkomden.

'Vrijheid,' mompelde ik en proefde het woord als iets verbodens en zoets.

Beneden kromp het Sanctuarium, de torenhoge spitsen en de strakke hallen werden niets meer dan schaduwen. Aurelius, de Raad, de regels – ze voelden allemaal ver weg. Onbeduidend.

'Ik zal de waarheid vinden,' zwoer ik, mijn stem ging verloren in de ruisende wind. 'Wat het ook kost.'

De horizon strekte zich voor me uit, eindeloos en onbekend. En voor het eerst sinds mijn verbanning glimlachte ik.

Het kon niet duren. Ik was er niet klaar voor; diep in mijn hart wist ik dat. Maar ik leerde ondertussen wel over de wereld van de stervelingen, en op een dag, weldra, zouden deze ketenen me niet langer binden.

Hoofdstuk Drie

Careena

Ik stond op de drempel van Aurelius' kantoor, de lucht zwaar van de wierook en het oordeel. Zijn oproep was abrupt geweest, een puls van zilveren energie die geen tegenspraak duldde. Die brandde nog zwakjes onder mijn huid. Ik veegde het gevoel van me af toen ik binnenstapte.

'Careena.' Zijn stem sneed als een mes door de stilte. Hij keek niet op van de perkamentrollen die over zijn bureau verspreid lagen. Zijn zilveren haar glansde in het schemerlicht en paste perfect bij de smetteloze vleugels die strak achter zijn rug gevouwen waren. Altijd zo beheerst. Altijd zo... perfect.

'Wachter,' antwoordde ik, en liet de titel van net genoeg sarcasme druipen om op het randje te balanceren. Zijn ogen schoten omhoog, tot spleetjes geknepen. Ik hield zijn blik onvermurwbaar vast.

'Doe de deur dicht.'

Ik trapte hem met mijn laars dicht, en het geluid galmde door de marmeren kamer. 'Wat is er zo dringend dat je me uit mijn bed sleepte?'

Aurelius richtte zich op en torende boven het bureau uit als een standbeeld dat uit oordeel zelf gehouwen was. 'Een coven in Frankrijk heeft iets gevaarlijks opgegraven. Een spreukenboek met duistere magie – eeuwenoud, dodelijk. Begrijp je wat dat betekent?' Zijn toon was kortaf, klinisch.

'Catastrofe, onheil, het einde van alles.' zei ik, met een wegwerpgebaar. 'Je bent niet bepaald subtiel, Aurelius. Zeg gewoon wat je nodig hebt.'

'Bespot me niet.' Zijn stem werd lager, staal onder een laag ijs. 'Dit is geen spelletje, Careena. Dat boek heeft de potentie om het bestaan van de stervelingen te ontrafelen als de heksen hun rituelen voltooien. Jij moet de coven infiltreren, de foliant terughalen en ervoor zorgen dat hun plannen worden ontmanteld...'

'Zonder onnodig mensen te kwetsen,' maakte ik zijn zin af, terwijl ik mijn armen over elkaar sloeg. 'Ja, ja, de gouden regel van de Heerschare. Ik heb het al duizend keer gehoord.'

'Misschien moet je voor een keer luisteren.' Hij liep om het bureau heen, en het gewicht van zijn aanwezigheid vulde de ruimte tussen ons. 'Jouw nieuwsgierigheid, jouw roekeloosheid – die mag deze keer niet in de weg staan.'

'En daar is het,' zei ik met een scherpere stem. 'Je vertrouwt me niet. Dat heb je nooit gedaan.'

'Omdat je me geen reden geeft om dat te doen,' snauwde hij, en zijn zilveren ogen vlamden op. 'Je doet alsof de regels niet voor jou gelden. Deze missie vereist precisie, niet het toegeven aan je... impulsen.'

'Toegeven?' Mijn vleugels sloegen uit en trilden van onderdrukte woede voordat ik ze terugdwong. 'Denk je dat ik alles in gevaar ga brengen omdat ik vragen stel? Omdat ik niet blindelings bevelen opvolg zoals een van je gehoorzame soldaatjes?'

'Precies,' zei hij, onvermurwbaar. 'Jouw ongehoorzaamheid is voorspelbaar, Careena. En voorspelbaarheid is gevaarlijk wanneer je met dit soort krachten te maken hebt.'

'Waarom stuur je mij dan?' kaatste ik terug en stapte dichterbij. De geur van wierook en oud perkament hing in de lucht tussen ons. 'Als ik zo'n risico ben, waarom handel je het dan niet zelf af? O, juist ja – je staat me hier liever de les te lezen dan daadwerkelijk iets te *doen*.'

'Genoeg.' Zijn stem klonk als een klok en smoorde de ruzie voordat die verder kon escaleren. Hij ademde scherp uit, zijn vleugels bewogen, het enige teken van zijn frustratie. 'Je bent gekozen omdat je capabel bent. Ondanks je gebreken ben je vaardig. Maar deze missie is belangrijker dan jouw trots of de mijne. Onthoud dat.' Hij hield een opgerolde perkamentrol voor; informatie die ik nodig zou hebben, veronderstelde ik. Ik nam hem met tegenzin uit zijn hand.

'Goed,' zei ik en draaide me om voordat ik iets ergers kon zeggen. 'Ik haal je kostbare boek. Maar verwacht niet dat ik mijn excuses aanbied omdat ik dingen op mijn manier doe.'

'Zorg gewoon dat je niet faalt,' zei Aurelius zacht. Het was geen bevel. Het was iets kouders. Iets definitiefs.

Ik reageerde niet. De deur kreunde toen ik hem optrok en de gang op stapte. Mijn handen balden zich tot vuisten, het perkament verfrommelde in mijn handpalm. Dit ging niet over vertrouwen. Het ging over controle. En ik weigerde gecontroleerd te worden.

De wind sneed door me heen terwijl ik afdaalde, scherp en koud tegen mijn huid. Het bos beneden strekte zich eindeloos uit, donker en levend, het bladerdak alleen doorbroken door de grillige vorm van het landhuis in de verte.

Het doemde op in de open plek als een wond in de aarde, met zijn zwartgeblakerde steen en scheve torenspitsen. Schaduwen kleefden eraan, dikker dan ze zouden moeten zijn, zelfs onder het maanlicht. Talismannen hingen aan dode bomen rondom het terrein – bot, metaal, kristalfragmenten – allemaal zoemend met een vage energie. Beschermingsbezweerders. Ze zouden me niet helemaal tegenhouden, maar ze zouden het... ongemakkelijk maken.

Ik landde zachtjes op de vochtige grond en hurkte neer. De lucht was hier zwaar, dik van rotting en magie. Elke ademhaling voelde verkeerd, bitter en metaalachtig. Ik stapte voorwaarts, voorzichtig om mijn bewegingen geluidloos te houden, en bestudeerde de talismannen die het dichtstbij hingen. Elk ervan pulseerde zwak, als een hartslag die niet synchroon liep met de rest. Ze waren niet ontworpen om mensen buiten te houden – het waren waarschuwingen. Voor wie, of wat, kon ik nog niet zeggen.

'Charmant,' mompelde ik binnensmonds. Mijn stem klonk te luid, hoewel het nauwelijks een fluistering was. Ik bewoog me snel, slingerde tussen de bomen door en bleef in de schaduw. Hoe dichter ik bij het landhuis kwam, hoe sterker de aantrekkingskracht van de beschermingen werd.

Het was niet fysiek – niet helemaal – maar het drukte tegen me aan als een onwelkome hand en drong me aan om weg te gaan.

Ik negeerde het. Ze waren niet bedoeld voor wezens zoals ik; ze hadden geen macht over hemelingen. Mensen, daarentegen? Ieder mens zou allang gillend zijn weggerend. Wat hier ook aan de hand was, het was niet de bedoeling dat iemand het zou vinden.

De hoofdingang was geen optie. Te veel ogen. Te veel licht. In plaats daarvan cirkelde ik naar de zijkant, op zoek naar iets minder voor de hand liggends. Een gebarsten raam. Een vergeten deur. Iets wat over het hoofd was gezien. Het duurde niet lang om het te vinden – een smalle kelderdeur, half verborgen onder verwarde klimop. De scharnieren waren verroest, het hout opgezwollen door jarenlange regen. Perfect.

Ik strekte mijn hand uit, mijn vingers streken over het oppervlak van de deur, en stuurde er een kleine rimpeling van kracht in. Net genoeg om het slot los te maken zonder de aandacht te trekken, om de verroeste scharnieren te bevrijden. Het hout kreunde zachtjes, en toen gaf het mee en zwaaide naar binnen. Een vage tocht bracht de geur van schimmel en aarde naar boven. Heerlijk. Ik rimpelde mijn neus van afkeer, haalde toen mijn schouders op en vouwde mijn vleugels strak achter me. In die donkere ruimte zou ik ze niet kunnen spreiden.

'Daar gaan we dan,' fluisterde ik en glipte naar binnen.

De duisternis slokte me volledig op. Een ogenblik kon ik niets zien, niets horen behalve het vage gedrup van water ergens dieper in de kelder. Toen pasten mijn ogen zich aan, en begonnen vormen zich af te tekenen – de omtrek van planken, kratten, potten gevuld met onidentificeerbare substanties. Sommige gloeiden zwak; andere leken het licht volledig te absorberen. Ik bewoog me voorzichtig en vermeed alles wat er breekbaar uitzag – of vervloekt.

De trap aan het andere uiteinde van de kamer leidde omhoog, naar het hart van het landhuis. Ik nam de treden langzaam, elke stap weloverwogen. Mijn kracht verspreidde zich als een dunne sluier naar buiten terwijl ik klom, waardoor de geest van iedereen in de buurt beneveld werd. Het was niet perfect – als iemand te lang rechtstreeks naar me staarde, zouden ze het opmerken – maar het was genoeg om de randen van hun bewustzijn te vervagen. Genoeg om door te komen.

Boven aan de trap veranderde de sfeer. De lucht werd warmer, met een vleugje rook en iets zoeters, bijna bloemigs. De gang was verlicht met kaarsen, hun vlammen flakkerden onnatuurlijk. De schaduwen die ze wierpen dansten over de muren en vormden figuren die oplosten op het moment dat ik probeerde te focussen.

Ik bewoog me voorwaarts, stil en onzichtbaar, mijn blik scande alles. Deuren omzoomden de gang, sommige open, andere hermetisch gesloten. Uit de ene hoorde ik gezang – laag en ritmisch. Uit een andere kwam gelach, scherp en wreed. Niets van dat alles deed ertoe. Nog niet.

Het spreukenboek. Dat was het enige wat nu telde, hoewel ik Aurelius wel even zou spreken als ik ermee terugkeerde naar het Heiligdom. Deze coven was kwaad van zin, en alleen het confisqueren van één spreukenboek zou dat niet stoppen.

Ik liep de eerste open kamer binnen. Planken strekten zich uit van de vloer tot het plafond, volgepropt met boeken en perkamentrollen in verschillende staten van verval. Tafels lagen hoog opgestapeld met artefacten –

dolken, amuletten, maskers. In de hoek borrelde een ketel, de inhoud ervan verspreidde een vage groene gloed. Ik weerstond de drang om verder te onderzoeken. Geen afleidingen.

'Waar ben je?' mompelde ik, terwijl ik een vinger langs de rug van een bijzonder oud boekwerk liet glijden. Stof kleefde aan mijn hand, korrelig en koud. Het boek was hier niet. Geen van deze waren juist. Ik ging verder.

De volgende kamer was erger. Botten hingen aan het plafond, aan elkaar geregen als groteske windgongen. Een cirkel was in de vloer geëtst, gevuld met symbolen die verschoven als ik ze probeerde te lezen. De energie die ervan uitstraalde, gaf me de kriebels.

'Hier ook niet.' Mijn frustratie groeide en spande zich in mijn borst samen. De tijd tikte weg. Ik moest sneller bewegen.

Kamer na kamer, artefact na artefact, en nog steeds geen spoor van het boek. Ik stopte in een gang, drukte mijn rug tegen de muur en sloot even mijn ogen. Mijn hartslag donderde in mijn oren. Het spreukenboek moest hier zijn. Ergens. Maar waar?

Een zwak geluid doorbrak mijn gedachten – een gekraak, ver weg maar opzettelijk. Voetstappen. Er kwam iemand aan.

Ik drukte me tegen de muur, schaduwen kleefden aan me als een tweede huid. Mijn ademhaling vertraagde, gecontroleerd. Ze konden me niet zien, zouden me niet zien – daar had ik voor gezorgd.

Aan het einde van de gang verscheen een gestalte. Groot. Indrukwekkend. Ze bewoog met geoefende gratie, haar donkere gewaden sleepten achter haar aan, de geborduurde arcane symbolen erop glinsterden zwak in het schemerige fakkellicht. Haar haar, zo donkerrood dat het bijna op bloed leek, glansde in het zwakke licht. Selene Nightshade. De leidster.

Ik voelde het onmiddellijk – de kracht die van haar uitstraalde. Het was niet subtiel. Het klauwde zich door de lucht en raakte mijn zintuigen aan als naalden. Mijn vingers trilden langs mijn zij. Dit was gevaarlijk terrein, maar ik had geen keus. Het spreukenboek zou zichzelf niet vinden.

Ze stopte net voor de kamer die ik zojuist had doorzocht. Haar hoofd kantelde lichtjes, alsof ze kon voelen dat er iets niet klopte. Ik kon het risico niet nemen dat ze me zo zou vinden. Nog niet.

Ik liet de illusie als een sluier over me heen glinsteren en transformeerde. Mijn vleugels verdwenen als eerste, en mijn zwarte haar veranderde in een meer onopvallende bruine tint. Mijn huid bleef donker en ging perfect op in het zwakke licht. En mijn naam... Lilith. Een fluistering op mijn lippen. Een nieuw gezicht voor een nieuw spel.

'Wie is daar?' Selenes stem sneed door de stilte, scherp en laag. Een uitdaging verpakt in zijde.

Ik stapte naar voren, voorzichtig om mijn bewegingen niet bedreigend maar wel doelgericht te houden. Haar ogen schoten onmiddellijk naar me toe, groene bliksem-schichten die me aan de grond nagelden.

'Vergeef me,' zei ik, waarbij ik een nederige toon aannam – iets zeldzaams voor mij. 'Het was niet mijn bedoeling om te storen.'

'Storen?' Achterdocht flikkerde over haar gelaat-strekken. Ze bestudeerde me alsof ik een puzzel was waar-van ze nog niet had besloten of ze die moest oplossen of vernietigen. 'En wie ben jij ook alweer?'

'Lilith,' zei ik soepel, terwijl ik mijn hoofd boog en licht tegen haar geest drukte. *Je kent me. Ik ben vertrouwd.* 'Je werk hier... het is buitengewoon.' Ik liet mijn blik over de gang om ons heen dwalen en veinsde ontzag.

Selenes lippen krulden zich, nauwelijks. Het was niet echt een glimlach. 'Met vleierij kom je nergens, Lilith.'

'Geen vleierij,' wierp ik snel tegen. 'Bewondering.' Ik stapte dichterbij, net genoeg om gretig maar niet roekeloos te lijken. 'Ik wil alles leren. Echte macht uitoefenen.' Ik liet die woorden tussen ons hangen, zwaar van betekenis.

Haar ogen vernauwden zich, op zoek naar barsten. Ik hield mijn uitdrukking open, hongerig, oprecht. Ze hield van controle – ik kon het voelen, de manier waarop ze zich hield. Als ik daarop inspeelde...

'Macht,' herhaalde ze met een bijna geamuseerde stem. 'Je praat alsof je weet wat dat woord betekent.'

'Nog niet,' gaf ik toe, en sloeg mijn ogen even neer voordat ik de hare weer ontmoette. 'Maar ik ben bereid om alles op te offeren wat nodig is.'

Dat trok haar aandacht. Er flitste iets onmiskenbaars in haar uitdrukking: berekening. Ze leunde iets naar voren, haar rode haar viel over een schouder.

'Wat er ook voor nodig is?' herhaalde ze zacht. Haar stem was als een mes verborgen in fluweel.

'Ja,' zei ik vastberaden.

'Interessant.' Toen draaide ze zich om en gebaarde me haar te volgen. Dat deed ik, en ik hield mijn passen beheerst ondanks mijn versnelde hartslag. Ze leidde me naar een andere kamer, uitgestrekt en koud, de muren bekleed met nog meer planken en vreemde artefacten. Een grote tafel domineerde het midden, bedekt met perkamentrollen en kaarsen.

'Vertel me eens, Lilith,' begon Selene, terwijl ze met haar vingers langs de rand van de tafel streek. 'Wat weet je van oude teksten? Van de krachten die ze beheersen?'

'Heel weinig,' gaf ik voorzichtig toe. 'Maar ik heb fluisteringen gehoord over wat je hebt gevonden. Een boek, nietwaar?' Ik hield mijn hoofd schuin en liet nieuwsgierigheid in mijn ogen glinsteren. 'Iets... krachtigs.'

'Fluisteringen,' zei ze op spottende toon. 'Is dat wat je hierheen heeft gebracht? Roddels?'

'Waarheid,' corrigeerde ik. Ik stapte dichterbij, voorzichtig om niet te ver te gaan. 'Als de geruchten waar zijn, is het niet alleen krachtig, toch? Het is gevaarlijk. Dodelijk.'

Selenes doordringende blik kruiste de mijne. Een moment lang dacht ik dat ze me ter plekke zou neerslaan. Maar toen glimlachte ze – niet warm, niet vriendelijk. Roozuchtig.

'Dodelijk is nog zacht uitgedrukt.' Ze liep naar een van de planken, haar vingers streken over een stapel perkamentrollen. 'Deze boekrol bevat kennis ouder dan je je kunt voorstellen. Woorden die de werkelijkheid hervormen. Maar zulke dingen hebben een prijs.'

'Welke prijs?' vroeg ik, en liet oprechte nieuwsgierigheid doorschemeren.

'Kracht,' zei ze eenvoudig. 'Opoffering. Geen enkele zwakke ziel zou het kunnen hanteren zonder verteerd te worden. Ben jij zwak, Lilith?'

'Nooit,' zei ik, en hield haar blik vast.

Selenes blik vernauwde. 'Je bent gretig, Lilith. Maar gretigheid is niet genoeg.'

'Onderwijs me dan,' zei ik, mijn stem verlagend tot een gefluisterde smeekbede. 'Laat me mezelf bewijzen.'

Haar lippen krulden op in iets scherps en onleesbaars. Ze antwoordde niet. In plaats daarvan draaide ze zich om, haar gewaad zwiepte achter haar aan terwijl ze naar de andere kant van de kamer bewoog. Daar stond een sierlijke kast, het oppervlak gegraveerd met symbolen die vage sporen van magie uitstraalden. Mijn polsslag versnelde.

'Nog niet,' mompelde Selene, bijna tegen zichzelf. Haar hand zweefde bij de kast maar raakte hem niet aan. Ze keek me weer aan, haar groene ogen sneden als glas. 'Macht moet worden verdiend. Je bent er niet klaar voor om te zien wat hierin ligt.'

Verdomme.

Ik boog mijn hoofd en veinsde onderdanigheid terwijl mijn gedachten op hol sloegen. Als zij het me niet wilde laten zien, zou ik het zelf moeten vinden.

'Natuurlijk,' mompelde ik, en deed een stap achteruit om op te gaan in de schaduwen van de kamer. Selenes aandacht dwaalde af naar iets anders – naar een van de heksen die in de buurt stond, een pezige vrouw die er nauwelijks sterk genoeg uitzag om de kelk in haar handen te houden. Een zwakkere schakel.

Perfect.

Ik concentreerde me en liet mijn kracht net onder mijn huid zoemen. De lucht om me heen leek te rimpelen terwijl ik fluisterend een subtiele bezwering uitsprak. De heks verstijfde. Haar ogen werden glazig.

'Spreek,' beval ik, en ik weefde de suggestie in haar geest als een draad door stof.

De vrouw hapte naar adem, trillend alsof ze door een onzichtbare kracht werd overmand. Haar stem klonk hol en bevend. 'Een schaduw valt... bloed bevlekt de sterren... het vat ontwaakt!'

'Profetie!' riep een andere heks, die naar voren snelde.

'Stilte!' snauwde Selene, hoewel haar aandacht al verschoof naar het schouwspel. De kamer barstte los in chaos toen de coven zich rond de trillende vrouw verzamelde.

Ik glipte onopgemerkt weg, mijn stappen licht en snel, en drukte een stille spreuk tegen Selenes afgeleide geest. *Vergeet Lilith. Ze is een niemand. Ze is hier nooit geweest.*

De kast was niet op slot. Dat hoefde ook niet – ik voelde de beschermingsrunen tegen mijn vingertoppen zoemen. Ze sisten als opgerolde slangen om me te waarschuwen... maar ook nu weer waren ze niet bedoeld voor mijn soort, en ze zouden me niet tegenhouden. Ik zette door en ontrafelde hun magie voorzichtig, in stilte.

Binnenin lagen perkamentrollen slordig opgestapeld, stoffig en broos. Mijn hand veegde ze opzij tot ik het voelde – een klein, in leer gebonden boek, dat koud en klam aanvoelde.

Ik haalde het tevoorschijn en hield het in het zwakke kaarslicht. Het leer was zwartgeblakerd, bijna verkoold, maar pulseerde zwakjes alsof het leefde. Donkere aderen spreidden zich uit over het oppervlak, kloppend op het ritme van een sinister deuntje.

Het bloedde.

Het gevoel sijpelde in mijn handpalm, warm en nat, alsof het boek zelf zich voedde met mijn aanwezigheid. Ik slikte zwaar en duwde het in mijn jas voordat ik te veel kon nadenken over wat ik zojuist had aangeraakt.

Mijn hart bonkte terwijl ik mijn handpalm plat op de kast legde. Met een diepe zucht weefde ik de illusie. Perkamentrollen verschoven, vielen op natuurlijke wijze op hun plaats en maskeerden de afwezigheid van het boek volledig.

'Rustig blijven, Careena,' mompelde ik tegen mezelf, terwijl ik mijn handen aan mijn jas afveegde. 'Verlies nu je zenuwen niet.'

Achter me steeg Selenes stem boven het tumult uit. De tijd begon te dringen.

'Er is iets mis.' Haar stem was zacht, maar doorweven met staal. Ze bewoog zich naar de kast, haar groene ogen vernauwden zich als zwaarden die door mist sneden. 'Ik voel... een verstoring.'

Haar hand zweefde boven de illusie die ik had gecreëerd – een perfecte nabootsing van de rustplaats van het boek, tot aan de onnatuurlijke polsslag toe. Ik balde mijn vuisten, elke spier aangespannen als een staaldraad. Als ze het aanraakte, als ze de spreuk verbrak—

'Selene?' klonk een stem van buiten de deuropening. Een van de heksen, onzeker, nerveus.

'Niet nu,' snauwde Selene zonder zich om te draaien. Haar vingers streken langs de rand van de illusie. Mijn hart sloeg als een razende. De tijd rekte zich uit, elke seconde zwaarder dan de vorige.

'Selene, je moet dit zien,' drong de heks aan, nu dichterbij.

Selenes lippen persten zich tot een dunne lijn. Ze liet haar hand zakken en richtte zich op, haar gewaad zwiepte elegant achter haar aan terwijl ze zich omdraaide. 'Dit kan maar beter geen tijdverspilling zijn.'

Ze verliet de kamer, de deur viel zachtjes achter haar in het slot. Ik bewoog me niet. Nog niet. De lucht voelde nog steeds scherp aan, als glas dat op het punt stond te breken.

Toen haar voetstappen wegstierven, ademde ik langzaam uit. Mijn borst brandde omdat ik mijn adem te lang had ingehouden. 'Dat was op het nippertje,' fluisterde ik, meer tegen mezelf dan tegen iemand anders.

Het spreukenboek pulseerde opnieuw tegen mijn ribben, ditmaal sterker, alsof het wist dat we nog niet veilig waren.

'Stil,' siste ik er zachtjes tegen, alsof het me kon horen. Misschien kon het dat wel.

Stemmen weerklonken in de gang. Te veel. Ze waren nu aan het zoeken. De afleiding die ik eerder had veroorzaakt, was uitgewerkt en achterdocht nam de plaats ervan in. Ik dook weg in een schaduwrijke hoek en mijn vingers streken voor evenwicht langs de koude stenen muur.

'Indringer.' Het woord dreef als gif door de lucht. Ze wisten dat er iemand was. Selenes geest was te sterk; ze zou beseffen dat iemand had geknoeid, zich Lilith herinneren.

Ik ademde langzaam uit en sloot mijn ogen. Het vertrouwde gezoem van mijn engelachtige kracht roerde zich in mijn aderen. Schaduwen kropen langs de muren om me heen, rekten zich uit, verdraaiden, bogen naar mijn wil. Ik liet ze me omhullen en hulde me in een duisternis zo compleet dat het zelfs geluid opslokte.

'Vind haar!' klonk een andere stem, scherp en bevelend. Laarzen stampten langs me heen, zo dichtbij dat ik mijn hand had kunnen uitsteken om ze te laten struikelen. Ik bleef stil, verborgen in de plooien van de schaduw. Hun fakkels flakkerden, het licht dimde onnatuurlijk toen ze mijn schuilplaats naderden.

'Blijf doorlopen,' mompelde er een, ongemakkelijk. 'De beschermingsrunen zouden haar nu wel hebben tegengehouden.'

Hun stemmen vervaagden terwijl ze verder de gang in liepen. Ik wachtte tot ze de hoek om waren voordat ik eruit glipte, stil als een geest. Duisternis volgde me als een trouwe metgezel en onttrok me aan het zicht terwijl ik de weg terug nam die ik gekomen was.

De nachtlucht trof me als een klap in mijn gezicht, scherp en koud. Ik glipte door de op een kier staande kelderdeur, sloot die achter me en kwam op de open plek in het bos. Mijn laarzen kraakten op broze bladeren terwijl ik achter een groep bomen dook.

Toen zag ik ze.

Een kring van heksen stond rond een laaiend vreugdevuur, hun schaduwen hoog en vervormd in het flakkerende licht. Rook kringelde omhoog en droeg de geur van brandende kruiden met zich mee – scherp, aards en verkeerd. Hun stemmen verhieven zich samen, een gezang in een taal die aan de randen van mijn geest prikkelde. Ik had het hemelse vermogen om alle sterfelijke talen te begrijpen, maar het duurde enkele lange momenten voordat ik het begrip van deze taal naar de voorgrond van mijn geest kon halen, want niemand had deze taal al millennia gesproken voordat ik zelfs maar was ontstaan.

Oud-Egyptisch.

Ik fronste en klemde het spreukenboek steviger onder mijn jas. Egyptische spreuken? Hier? In een Frans bos? De woorden stroomden als een geheel uit de monden van de heksen, hard en keelachtig, totaal niet zoals de vloeiende Latijnse bezweringen die ik eerder in het landhuis had gehoord. Dit was anders. Ouder. Krachtiger.

Mijn vleugels jeukten onder de glamour die ze verborgen hield. De vlammen van het vreugdevuur laaiden even blauw op, dan groen, en wierpen griezelige schaduwen over de gezichten van de heksen. Een van hen stapte naar voren en hield een dolk omhoog. Het lemmet glinsterde, zwart en gekarteld als obsidiaan.

'Waarom?' mompelde ik zacht. Mijn vingers streken langs de leren band van het boek onder mijn jas. Het pulseerde zwakjes, bijna als een hartslag. Ik slikte zwaar.

Concentreren, Careena. Wegwezen.

Maar mijn voeten bewogen niet. Mijn ogen bleven op de heksen gericht. Ze waren iets aan het aanroepen – iemand. Mijn nieuwsgierigheid brandde heter dan de vlammen, maar ik dwong mezelf weg te kijken.

'Niet jouw probleem,' fluisterde ik, hoewel de woorden hol klonken.

Een van de heksen draaide zich plotseling om, haar hoofd schoot in de richting van de rand van de open plek. Naar mij.

Ik verstijfde. Had ze me gezien? Nee, dat kon niet. Mijn schaduwmantel hield stand. Toch bleef haar blik hangen, haar donkere ogen vernauwden zich alsof ze iets voelde dat net buiten haar bereik lag.

'Blijf bij het ritueel,' blafte een andere heks. 'We hebben bijna geen tijd meer.'

'Iemand houdt ons in de gaten,' siste de eerste, haar stem zacht.

'Onmogelijk. De beschermingsrunen voorkomen dat.' Maar de tweede heks keek toch naar de bomen, ongemak rimpelde over haar gezicht.

Ik ademde langzaam uit en trok me verder terug in de schaduwen. Het toverboek klopte harder tegen mijn zij, bijna eisend om aandacht. Ik negeerde het. Niet hier. Niet nu.

Het gezang werd luider en bouwde op tot een crescendo. Ik gebruikte het lawaai om mijn aftocht te maskeren en glipte dieper de duisternis in. Mijn hart sloeg in mijn borst, elke stap was weloverwogen en stil. Selene zou niet lang tevreden zijn met zoeken in het landhuis.

'Bijna...' Mijn voet bleef haken achter een wortel en ik struikelde, maar kon me nog net aan een boom vastgrijpen. De schors schaafde mijn handpalm.

'Voorzichtig, verdomme,' mompelde ik. Het spreukenboek leek geamuseerd te zoemen.

Oud-Egyptische spreuken in een Frans bos. Offers. Kracht onttrokken aan oude, vergeten goden.

Hier was iets groters aan de hand. Iets ergers dan zelfs Aurelius had gewaarschuwd.

Achter me stopte het gezang abrupt. De stilte klonk luider dan welk geluid dan ook. Ik durfde me niet om te draaien.

'Doorlopen,' spoorde ik mezelf aan en duwde mezelf vooruit. Eén stap, dan nog een. De rand van het bos was dichtbij. Ik kon de vage omtrek van de onverharde weg daarachter zien. Vrijheid. Ik zou het luchtruim kiezen zodra ik genoeg ruimte had om mijn vleugels uit te slaan, en dan zouden ze me nooit vinden...

'Vind haar!' De schreeuw kwam van de open plek, gevolgd door het knappen van takjes en het geritsel van beweging.

Ze hadden zich verspreid. Aan het zoeken.

Tijd om te rennen.

HOOFDSTUK VIER

ALYSTER

DE LUCHT TRILDE ALS een luchtspiegeling, zwaar van magie. De soort die op je huid prikte en je waarschuwde om voorzichtig te zijn. Ik stapte de open plek in het bos binnen waar Maeves hof wachtte, elke stap knerpte zachtjes op smaragdgroen mos. Torenhoog kromden de bomen zich naar binnen en hun takken waren met elkaar verstrengeld als kathedraalbogen, zwak oplichtend met bioluminescerend licht. De Hoge Koningin zat in het hart ervan, haar troon gehouwen uit zwart kristal, even grillig als haar humeur.

'Je bent te laat,' sneed Maeves stem door de stilte. Die was zacht, maar met een stalen ondertoon.

'Uw oproep kwam plotseling, mijn koningin.' Ik boog diep en hield mijn blik op de grond gericht. Haar te vroeg recht in de ogen kijken zou voelen als in de zon staren — verblindend, gevaarlijk en het zou je waarschijnlijk brandwonden opleveren.

'Plotseling?' Haar gelach weerklonk, broos en koud. 'Misschien ben je traag geworden, Alyster.'

'Nooit.' Ik ging rechtop staan en dwong mezelf haar in de ogen te kijken. Lichtzilver, kouder dan wintervorst, ze nagelden me vast op mijn plek. Ze zag er etherisch uit, een buitenaardse perfectie gehuld in witblond haar dat neerviel als maneschijn. Maar schoonheid betekende weinig als je wist wat erachter schuilging — meedogen-loosheid die door de eeuwen heen was aangescherpt.

'Goed.' Maeve stond op en haar jurk sleepte achter haar aan, glinsterend als vloeibaar sterrenlicht. 'Want ik heb een taak voor je. Eentje die... precisie vereist.'

'Alles, mijn koningin.' De woorden verlieten mijn mond zonder aarzeling. Dat deden ze altijd.

'Er is iets kostbaars van me gestolen.' Haar toon werd harder. 'Een spreukenboek. Ouder dan dit hof, ouder dan jij. De kracht ervan is ongeëvenaard. En nu? Nu is het weg. Ontvreemd.'

'Door wie?' Wie zou het wagen om van de Hoge Koningin van de Fae te stelen? Het was onvoorstelbaar — de dief zou met zijn leven betalen wanneer hij werd gepakt, en hij *zou* worden gepakt.

'Dat is nog onduidelijk.' Haar lippen krulden zich tot een lichte grijns, een schijnvertoning van warmte. 'Maar dit weet ik wel: het is overgestoken naar de mensenwereld. Ik wil het terug, ongeschonden.' Ze pauzeerde en liet het gewicht van haar bevel bezinken. 'Jij zult het vinden. En jij zult het naar mij brengen.'

'Tegen elke prijs?' vroeg ik, hoewel ik het antwoord al wist.

'Tegen elke prijs.' Ze stapte dichterbij en de lucht om haar heen knetterde van de energie. Haar hand streelde mijn wang, bedrieglijk zacht. 'Stel me niet teleur, mijn ridder.'

'Zoals mijn koningin beveelt.' Ik dwong mezelf niet terug te deinzen voor haar aanraking. Haar glimlach werd breder, voldaan, en ze draaide zich om alsof ze me al had weggestuurd.

'Ga,' zei ze, haar stem een donderend gefluister. 'Stel me niet teleur.'

De woorden van de koningin galmden nog steeds in mijn hoofd toen ik door de kronkelende gangen van haar paleis glipte. Haar bevel was een lemmet tegen mijn rug, scherp en onverzettelijk.

'Ontvreemd,' had ze gezegd. Door wie? Dat antwoord bleef net buiten bereik, maar de geur van verraad hing zwaar in de lucht. Alleen een van de Fae zou onze beschermingsmagie zo feilloos kunnen doorbreken. Toch had ik het niet hardop gezegd. Maeve had geen vermoedens nodig — ze had resultaten nodig.

De lucht in mijn vertrekken was zwaar van de vertrouwde, scherpe geur van ijzerhoutrook uit de haard. Ik bewoog snel, trok laden en kasten open en mijn handen streken over gereedschappen die ik beter kende dan mijn eigen spiegelbeeld. Op de versleten eikenhouten tafel stond een tas, half ingepakt.

Eerst de kruiden — gedroogde lijsterbes voor bescherming, fijngestampte maanbloem voor helderheid. Hun geuren vermengden zich, scherp en aards. Daarna de flesjes. Elk drankje glinsterde zwak, een scherf gevangen licht: een om te helen, een om te branden, een om te verbergen. Ik legde ze voorzichtig naast de kruiden.

Mijn dolk kwam daarna. Gepolijst Fae-zilver, de snede ving het vuurlicht op en flitste alsof het een eigen wil had. Weinigen in dit rijk mochten zilveren wapens dragen, maar ik, als een van de vertrouwde ridders van de Hoge Koningin, was een van hen. Ik droeg deze dolk al zo lang dat het niet alleen een wapen was — het was een verlengstuk van mezelf. Het gewicht voelde volkomen natuurlijk in mijn hand toen ik de snede testte voordat ik hem in zijn schede schoof.

Tot slot, de mantel. Zo donker als de leegte tussen de sterren, met betoverde draden in de stof geweven die zwak glinsterden in het licht. Hij zou voorkomen dat sterfelijke ogen te lang bleven hangen, hun gedachten zouden van me afglijden als water van een steen.

Ik slingerde de tas over mijn schouder en stond een moment stil. Mijn blik schoot naar de spiegel aan de muur. Zilveren ogen staarden terug, op zoek naar iets wat ik niet langer kon benoemen.

'Een van ons,' mompelde ik tegen de lege kamer. De stukjes vielen te netjes op hun plaats. Te perfect. Maar wie? En waarom?

Het deed er niet toe. Nog niet. Eerst het spreukenboek. De koningin had het bevolen; zo zou het geschieden.

Ik sloeg de mantel om mijn schouders en stapte naar de deur, mijn magie oproepend om de sluier tussen de rijken te doorbreken. Ik had de tijd niet mee — dat had Maeve pijnlijk duidelijk gemaakt. Het duurde slechts een paar minuten voordat de zoekmagie die ik uitsprak een doorgang aan de andere kant vond, een liminale ruimte in de mensenwereld. Een spleet waar ik doorheen kon glippen.

De doorgang opende zich zoemend, levend met oeroude energie. De randen ervan trilden, een rimpelende sluier van licht die pulseerde op het ritme van mijn versnellende hartslag. Ik legde de tas over mijn schouder goed, verstevigde mijn greep op de dolk aan mijn heup en stapte naar voren.

Kou.

Het trof me als eerste — een bijtende, onnatuurlijke kou die aan mijn huid klauwde terwijl ik door de barrière stapte. Mijn adem stokte, mijn zintuigen tolden en toen —

Lawaai.

De mensenwereld overspoelde me in golven. Motoren brulden, stemmen botsten, verre muziek bonkte als een oorlogstrom. De lucht was dik van de rook en iets bijtends dat achterin mijn keel brandde. Licht — te fel, te hard — stroomde uit elke richting en wierp grillige schaduwen op torenhoge grijze structuren die boven me uittorenden als zielloze reuzen.

Ik struikelde voorwaarts op harde steen. Geen aarde. Geen gras. Steen, levenloos en onverzettelijk onder mijn laarzen. Mijn mantel wapperde om me heen en de betovering ervan stompte sterfelijke ogen al af voor mijn aanwezigheid. Ze zouden me niet zien, niet helemaal — maar hun wereld zag alles. Elke onvolkomenheid. Elke barst. Het schreeuwde om onbalans.

'Walgelijk,' mompelde ik in mezelf, hoewel er niemand was die me kon horen. Mijn stem voelde hier klein, verzwolgen door de chaos.

Een vrouw liep me gehaast voorbij. Haar jas stonk naar chemicaliën en vochtige wol. Ze keek niet op. Niemand van hen deed dat. Honderden stervelingen bewogen om me heen, hoofden naar beneden, ogen glazig, vastgeketend aan oplichtende apparaatjes in hun handen. Ik keek een moment naar hen, terwijl een ongemak zich strak in mijn borst samentrok. Zelfs Maeves hof — koud en genadeloos — bezat meer leven dan dit.

Focus.

Ik klemde mijn kaken op elkaar en drukte het opkomende ongemak weg. Deze plek was geen thuis, maar dat hoefde ook niet. Het was een slagveld, niets meer. Het spreukenboek vinden, het terugbrengen en de koningin dienen. Dat was alles.

En toch...

Het spreukenboek. Een fluistering van macht trok aan de rand van mijn gedachten, verleidelijk, dwingend. Welke geheimen bevatte het om iemand ertoe aan te zetten Maeves toorn te riskeren? Wat voor magie bezat het dat Maeve het zo wanhopig terug wilde hebben? De vragen zoemden als muggen, onmogelijk weg te slaan. Ik drukte ze weg en sloot ze op achter muren van plicht en loyaliteit.

'Niet jouw zorg,' zei ik scherp tegen mezelf. 'Je kent je doel.' Ergens te midden van deze chaos bevond zich mijn doelwit. Ergens wachtten antwoorden — of ik ze nu wilde of niet.

'Stap voor stap,' mompelde ik. En terwijl ik me in de menigte begaf, hield ik mijn hand stevig op het gevest van mijn dolk.

De geur van gepofte kastanjes trof me als eerste, warm en aards. Hij vermengde zich met de vettige geur van gefrituurd eten en de vage metaalachtige prikkel van uitlaatgassen. De straat leefde van het lawaai — verkopers die over elkaar heen schreeuwden, het af en toe getoeter van een auto, voetstappen die tegen de gebarsten stoep sloegen. Mensen bewogen zich in stromen, dromden, hoofden naar beneden of verdiept in gesprek.

Ik glipte gemakkelijk tussen hen door, onopgemerkt, de betovering van mijn mantel die mijn aanwezigheid net genoeg afstompte om afdwalende blikken op afstand te houden. Een verkoper trok mijn aandacht — een pezige man met een grijns die een paar tanden miste, die snuisterijen verkocht vanaf een houten kar. Zijn waren schitterden onder het zwakke zonlicht, goedkope edelstenen aan leren koorden geregen, aangetaste ringen opgestapeld in schalen. Maar het was niet de glans die me aantrok; het was het gezoem eronder. Magie, zwak maar onmiskenbaar.

'Interessante verzameling,' zei ik terwijl ik dichterbij kwam, terwijl ik de charme als honing in mijn stem liet glijden. De verkoper keek op, zijn grijns werd breder, hoewel zijn schouders zich lichtjes spanden.

'Heeft iets je aandacht getrokken?' Zijn toon was vriendelijk, maar er zat een zekere behoedzaamheid achter. Hij had hetzelfde gevoeld als ik — de draad van magie. Hij wist alleen niet met wie, of wat, hij te maken had.

'Misschien.' Ik pakte een ring op en draaide hem tussen mijn vingers. Er zat geen echte kracht in, slechts een fluistering van een betovering die allang vervaagd was. 'Maar ik ben meer geïnteresseerd in informatie.'

'Informatie is niet goedkoop,' zei hij, leunend op zijn kar.

'Gelukkig ben ik dat ook niet.' Ik keek hem aan en liet glamour in de lucht tussen ons sijpelen. Zijn pupillen verwidden, zijn adem stokte terwijl de magie zich als rook om hem heen krulde. 'Je hebt wel eens horen fluisteren over een plek genaamd *Whispering Tomes*.' Het was het enige stukje informatie dat de koningin me had gegeven om mijn zoektocht te beginnen, een stukje papier dat ik in mijn zak had gevonden toen ik haar troonzaal verliet en dat tot as verging terwijl ik de woorden las.

'Fluis... Fluis...' Zijn lippen struikelden over de woorden terwijl de glamour zich een weg in zijn geest baande. 'Boekhandel. Oude tent. Op de hoek van Ashby en Green. De eigenares is een beetje... vreemd.'

'Vreemd, hoezo?'

'Ze weet dingen. Rare dingen.' Zijn stem zakte tot een gemompel en zijn grijns vervaagde. 'Ze stelt geen vragen over wie wat koopt, als je begrijpt wat ik bedoel.'

'Perfect.' Ik bevrijdde hem met een knippering van mijn ogen van de glamour. Zijn lichaam zakte ineen, verwarring flikkerde over zijn gezicht terwijl ik me omdraaide om te vertrekken. Tegen de tijd dat ik in de menigte verdween, zou hij zich ons gesprek — of mij — niet meer herinneren.

Ashby en Green was niet ver. Tien minuten lopen, misschien minder. De winkelpui was onopvallend, weggestopt tussen een wasserette en een koffiebar. Het bord boven de deur was afgebladderd en verweerd, de gouden letters nauwelijks leesbaar: *Whispering Tomes*.

Zodra ik binnenstapte, luidde er zachtjes een bel. De lucht rook naar oud papier en wierook, zwaar en weeïg. Planken rezen boven me uit, volgepropt met boeken die vervaarlijk overhelden, hun ruggen gebarsten en verschoten. Achter de toonbank zat een vrouw, haar scherpe ogen keken over een metalen brilmontuur. Ze keek op toen ik binnenkwam, haar uitdrukking was neutraal maar onderzoekend.

'Kan ik je helpen?' vroeg ze kortaf.

'Dat hangt ervan af,' zei ik, terwijl ik de deur achter me liet dichtvallen. Ik kwam langzaam dichterbij en lette er zorgvuldig op mijn bewegingen nonchalant en niet-bedreigend te houden. 'Ik zoek iets wat onlangs is verkocht. Een spreukenboek. Het was niet van de persoon die het heeft verkocht.'

Haar ogen werden spleetjes, achterdocht vertrok haar gezicht. 'We handelen hier niet in gestolen waar.'

'Goed om te weten.' Ik glimlachte en leunde met één hand losjes op de toonbank. 'Maar dit specifieke boek...

het was niet gestolen toen het hier binnenkwam, hè? Of misschien heb je niet te veel vragen gesteld.'

'Luister, ik...' begon ze, maar ik liet de glamour over haar heen komen voordat ze kon uitspreken. Haar stem stokte, haar lichaam verstijfde toen mijn magie bezit van haar nam.

'Waar is het boek nu?' vroeg ik zachtjes.

'Ik heb het verkocht.' Haar stem was traag, dromerig.

'Vertel me wie het gekocht heeft,' zei ik, waarbij elk woord doordrenkt was met macht.

'Jonge vrouw,' mompelde ze. 'Begin twintig. Donker haar. Nerveus. Contant betaald.'

'Een adres?'

'Niet opgegeven. Maar ze heeft zich wel ingeschreven voor onze e-maillijst.'

Ik had geen idee wat dat was, dus ik moest doorvragen. Ze legde het uit en ik fronste, terwijl ik me hardop afvroeg of er een manier was om zo'n vage elektronische handtekening te traceren.

'Misschien.' Ze reikte naar het toetsenbord voor haar, typte snel en knikte een paar minuten later. 'Ja... ik heb het. Het e-mailadres is gekoppeld aan een socialmedia-account en ze heeft vaak dezelfde locatie getagd. Het is in Frankrijk.'

'Dank je wel.' Ik trok de glamour terug en zag hoe ze snel met haar ogen knipperde en haar hoofd schudde alsof ze uit een droom ontwaakte.

'Kan ik je verder nog ergens mee helpen?' vroeg ze op een kordate toon, zich niet bewust van het gat in haar geheugen.

'Vandaag niet,' zei ik, terwijl ik achteruit naar de deur stapte. 'Maar je bent zeer behulpzaam geweest.'

Buiten verwelkomde de drukte van de stad me weer, maar mijn gedachten waren ergens anders. Een menselijke koper. Een contante transactie. Waarom zou iemand een artefact met zo veel macht voor zo weinig verkopen? De dief – als het inderdaad een Fae was – had alles op het spel gezet om het spreukenboek naar dit rijk te brengen, om het vervolgens voor een schijntje van de hand te doen. Het sloeg nergens op.

Tenzij er natuurlijk iets anders speelde. Iets wat ik nog niet had gezien.

'Stap voor stap,' mompelde ik in mezelf. Maar de onrust bleef hangen en kringelde als rook diep in mijn buik terwijl ik me voorbereidde om weer terug te keren naar het Fae-rijk. Frankrijk. Ik kon er niet komen zoals mensen dat deden; zonder paspoort zou ik een nieuwe doorgang vanuit het Fae-rijk moeten maken.

Gelukkig zou dat niet lang duren.

De lucht rook naar lavendel en door de zon verwarmde aarde toen ik door een andere doorgang stapte, een die leidde naar een ongebruikte schuur in het zuiden van Frankrijk, niet ver van de locatie die de vrouw in de boekwinkel me had gegeven. Het groene platteland voor me stond in schril contrast met het vuil van de stad die ik zojuist had achtergelaten.

Ik trok de riem van mijn schoudertas recht en voelde het geruststellende gewicht van mijn gereedschap erin. Een briesje streek langs me heen en trok aan mijn mantel. Het voerde iets anders met zich mee: magie. Zwak maar onmiskenbaar. Hekserij. Mijn kaken spanden zich aan.

Het pad voor me was eenvoudig genoeg. Zandwegen, omzoomd met cipressen, strekten zich voor me uit en kronkelden loom de heuvels in, waar de zon achter zakte in een gloed van oranje glorie. Maar er was geen tijd voor bewondering. Elke stap bracht me dichter bij de bron van die magie, en dichter bij wat, naar ik vermoedde, een gevecht zou worden.

'Waarom heksen?' mompelde ik in mezelf. Het spoor van de dief had al te veel vreemde wendingen genomen. Eerst de menselijke koper, nu dit. Maeves spreukenboek had opgeborgen moeten zijn, onaanraakbaar. Maar hier was ik, schaduwen achterna jagend door verschillende rijken als een of andere beginnende spoorzoeker.

Een krachtigere golf van magie trof me toen ik een heuveltop bereikte. Ik stopte en haalde scherp adem. Het was nu zwaarder, hing dik in de lucht als een storm die op het punt stond los te barsten. Ze verborgen het niet meer.

Voor me, in de verte, lag het landhuis, een en al donkere steen en grillige silhouetten tegen de donker wordende lucht. Het doemde op, oud en uitdagend, omgeven door hoge heggen en smeedijzeren hekken. Achter de muren steeg rook op, vaag oranje licht flakkerde. Een vreugdevuur.

'Subtiel,' fluisterde ik, mijn lippen krulden zich in een spottende glimlach. Heksen wisten nooit wanneer ze zich moesten inhouden.

Ik bewoog me voorzichtig voort en bleef in de schaduwen terwijl ik dichterbij kwam. Elke stap was weloverwogen, mijn zintuigen stonden op scherp. De grond onder me gonsde van energie, oud en wild. Hun afweerspreuken waren sterk, maar niet ondoordringbaar. Als het moest, kon ik ze breken.

Nu ik dichterbij was, hurkte ik neer achter een dicht struikgewas aan de rand van hun terrein. Midden op de binnenplaats laaide het vreugdevuur op. Figuren cirkelden eromheen, gehuld in mantels met kappen, en scandeerden met lage, rauwe stemmen. Magie danste in de lucht, scherp en elektrisch. Het kronkelde rond het vuur, draaiend en knetterend als een levend wezen.

Maar het waren niet de heksen die mijn borstkas deden samentrekken. Het was de andere aanwezigheid.

Hemels.

Mijn adem stokte. Het was zwak, begraven onder lagen hekserij, maar het was er. Puur en koud, als zilver dat door rook snijdt. Een *engel*.

Wat deed een engel *hier*?

Ik verplaatste me, mijn spieren strakgespannen, mijn ogen speurden de binnenplaats af. De heksen bleven scanderen, zich van niets bewust. Hun vreugdevuur spuwde vonken hoog de lucht in en overstemde de vage glinstering van vleugels die achter hen door de duisternis sneden.

Daar.

Een schaduw maakte zich los van de rand van het landhuis, stil en beheerst. Mijn adem haperde toen ik een glimp opving van veren – zo donker als de nacht, met blauwe randen die vaag glinsterden in het schijnsel van het vuur. Een engel. Niet hier voor het feestgedruis van de heksen. Nee, die was aan het jagen.

Jagend op *mijn* prooi. Ik kon de donkere magie die ze bij zich droeg bijna proeven, heel anders dan de heldere, scherpe hemelse magie die ze uitstraalde.

'Niet vannacht,' mompelde ik in mezelf.

De gevleugelde gedaante bewoog zich snel en glipte langs de afweerspreuken met een gemak dat mijn kaken deed aanspannen. Of ze was hier eerder geweest, of haar magie kon die van de heksen evenaren. Geen van beide opties stond me aan.

Ik duwde mezelf af uit mijn gehurkte houding en bleef laag bij de grond. Voor me doemde het bos op, takken klauwden naar de hemel. Schaduwen slokten de engel in zijn geheel op toen die tussen de bomen door schoot. Ik volgde, elke stap voorzichtig, geruisloos. De aarde voelde levend aan onder mijn laarzen, haar energie gonsde synchroon met de mijne. Mijn Fae-zintuigen werden scherper en volgden elke beweging, elke verandering in de lucht.

De wind droeg het vage geritsel van vleugels met zich mee. Dichtbij. Te dichtbij om nu op te geven.

Ik glipte om een kluwen braamstruiken heen, mijn vingers streken langs de schors van een nabije boom. Zijn wortels fluisterden in oude talen tegen me terug en wezen me de weg. Mijn mantel golfde achter me aan, de betoveringen ervan dempten mijn aanwezigheid verder. Een schaduw die een schaduw achtervolgde.

Voor me kraakten takken. De engel versnelde, bijna wanhopig. Voelde die me? Of rende de engel naar iets anders toe?

'Dwaas,' mompelde ik, mijn lippen krulden zich in een grimmige glimlach. 'Je rent me er niet uit.'

Geschreeuw achter ons: het knappen van een tak. De engel verstijfde.

Mijn kans.

Ik schoot naar voren, de spieren strakgespannen als een veer terwijl ik sprong. De grond vervaagde onder me. Het hoofd van de engel draaide zich om, donker haar ving het vage maanlicht op, vleugels spreidden en zakten, klaar om op te stijgen. Te laat.

'Te pakken,' siste ik door mijn tanden, terwijl ik mezelf lanceerde.

Zacht vlees gaf mee onder mijn handen toen we hard op de bosbodem terechtkwamen, en ik voelde een moment van verrassing; de engel was vrouwelijk. Niet dat het iets uitmaakte. De klap benam me de adem, maar ik liet niet los. Haar vleugels vouwden zich onhandig onder ons, veren dwarrelden als as uiteen. Ze draaide zich, scherp en snel, en stootte een elleboog naar mijn ribben.

Ik ving hem op, ternauwernood.

'Ga van me af,' spuwde ze, haar stem laag en snijdend.

'Nee. Laat het boek vallen.'

Haar ogen keken in de mijne. Gitzwart, maar brandend van vastberadenheid. Er flikkerde herkenning in – ze wist waarom ik hier was. Net zoals ik wist waarom zij er was.

'Je staat me in de weg,' gromde ze.

'Jou?' Mijn greep om haar pols verstevigde. 'Dat is nogal komisch.'

Ze verplaatste haar gewicht en probeerde ons om te rollen. Een knie stootte in mijn zij. De kracht erachter verraste me. Geen zachte hemelse gratie hier – deze engel vocht gemeen.

'Blijf liggen,' waarschuwde ik.

'Dwing me dan.'

Een uitdaging vonkte tussen ons, elektrisch en explosief. Voordat ik haar goed kon vastpinnen, duwde ze hard en gebruikte haar vleugels als hefboom. We tuimelden opnieuw, door bladeren en aarde, ledematen verstrengeld, haar veren streken als schaduwen langs mijn gezicht.

'Koppig,' mompelde ik, half tegen mezelf.

'Fae,' snauwde ze terug, alsof het een vloek was.

Ik grijnsde ondanks mezelf. 'Gevleid.'

Blauw vuur glinsterde aan haar vingertoppen; hemelse magie. Als ze me daarmee zou raken, zou ik waarschijnlijk niet meer opstaan. Ik greep naar haar polsen en sloeg haar handen terug tegen de grond tot het vuur doofde.

'Niet vannacht,' zei ik, mijn stem kalm, bijna geamuseerd.

'Stop dan met tijd te verspillen,' beet ze me toe, haar adem warm op mijn huid.

'Met genoegen.'

Gedurende dat korte moment zweefden onze gezichten dicht bij elkaar, onze adem vermengde zich. Een hartslag van stilte in de storm. Toen vlogen we elkaar weer aan, het gevecht was nog lang niet voorbij.

Hoofdstuk Vijf

Careena

Het spreukenboek was ondanks zijn kleine formaat zwaarder dan ik had verwacht en het trok aan me vanuit de binnenkant van mijn jas. Het klopte zwakjes tegen mijn ribben, alsof het leefde, alsof het wist dat ik het niet had moeten stelen. Ik negeerde het ongemakkelijke gevoel in mijn borst. Dit was nu van mij. Ik was de heksen te slim af geweest en ik nam het boek mee terug naar Sanctuary, waar Aurelius er ongetwijfeld plannen voor zou hebben.

Een scherpe bries ritselde door de bomen boven me, koel op mijn gezicht. Het bos rook vochtig, aards en rijk aan magie – gevaarlijke magie. Mijn vleugels trilden, verlangend om ze wijd uit te strekken en me de lucht in te dragen, maar de bomen stonden nog te dicht op elkaar. Ik moest een open ruimte zien te vinden.

Achter me klonk geschreeuw – de heksen kwamen eraan. Mijn lippen krulden in een glimlach toen ik uit de bomen een laantje in dook, waar de opening in het bladerdak net breed genoeg was om mijn vleugels wijd uit te slaan. Niemand kon me te pakken krijgen zodra ik het luchtruim koos.

Ik hurkte, mijn vleugels uitgespreid en klaar om op te stijgen, toen de haren in mijn nek overeind gingen staan. Iets bewoog – een schaduw die donkerder was dan de rest en zich snel tussen de bomen verplaatste. Mijn maag kromp ineen. Er was hier iemand. Die toekeek. Nee, die dichterbij kwam.

De gedaante knalde tegen me aan voordat ik kon reageren. Een waas van goud en zilver sloeg de lucht uit mijn longen en ik kwam hard op de grond terecht, terwijl de bladeren onder me kraakten. Mijn ribben schreeuwden het uit van protest toen het boek erin werd gedrukt.

'Laat me los!' snauwde ik, en ik duwde terug tegen het gewicht dat me neerdrukte. Wie het ook was, hij was sterk – te sterk om een mens te zijn.

'Nee. Laat het boek vallen,' siste een lage stem bij mijn oor. Mannelijk. Zelfverzekerd, bevelend.

Dat ging niet gebeuren. Ik klemde mijn tanden op elkaar, kromde mijn rug en spande mijn benen om ons om te rollen. Hij vloekte terwijl we door het vuil rolden, een kluwen van ledematen en woede.

Ik ving een glimp van hem op in het maanlicht en mijn adem stokte in mijn keel. Haar als gesmolten goud, zilveren ogen zo scherp als messen. Fae.

Wat deed een *Fae* in hemelsnaam hier?

'Waarom wil je het hebben?' spuugde ik.

'Geef het aan mij, engel,' zei hij op een afgebeten, geïrriteerde toon. Het was geen verzoek.

'Geef eerst antwoord,' kaatste ik terug, terwijl ik me uit zijn greep wrong. Ik zette een knie tegen zijn ribben en duwde met alles wat ik in me had. 'Wat kan een Fae de magie van heksen schelen?'

'Dat gaat je niets aan.' Zijn grijns flitste voorbij, scherp genoeg om mee te snijden.

'Je bent koppig.' Zijn stem was laag, bijna geamuseerd, hoewel zijn ademhaling snel was. 'Dat moet ik je nageven.'

'Zwijg,' snauwde ik, en ik verplaatste mijn gewicht om zijn arm onder me vast te pinnen.

Hij draaide zich sneller onder me vandaan dan ik had verwacht, waardoor we weer omrolden. Ik verloor mijn geduld en reikte naar mijn magie, en voelde de branderigheid toen die zich in mijn vingertoppen verzamelde. Ik had maar een moment nodig; net genoeg om hem van me af te krijgen zodat ik kon opstijgen en buiten zijn bereik kon komen. Net genoeg magie om hem van me af te gooien...

De Fae moest de glinstering van magie in mijn handen hebben gezien, want hij greep mijn beide polsen en drukte mijn handen zo hard tegen de grond dat ik naar adem hapte van de pijn en de magie uitdoofde.

'Pas op,' mompelde hij, zijn stem zo scherp als een mespunt. Zijn zilveren blik was onverzettelijk op de mijne gericht. 'Als je hier magie gebruikt, vinden ze ons allebei.'

'Houd je preek voor je.' Mijn stem wankelde, net genoeg om me te ergeren. Hij had echter geen ongelijk. De magie van de heksen hing als een soort statische lading in de lucht om ons heen – afwachtend, waakzaam. Als een van ons ook maar een spreuk zou fluisteren, zouden ze als gieren op ons neerdalen.

'Vecht dan slimmer, engel,' zei hij, zelfvoldaan.

'Waarom geef je iets om dat stomme ding?' beet ik hem toe en ik probeerde me uit zijn greep los te schoppen. Hij gaf geen antwoord. Typische Fae-arrogantie.

Ik kon dit beëindigen. De gedachte trof me hard, koud in haar helderheid. Eén uitbarsting van mijn ware kracht en hij zou niets meer zijn dan een ineengedoken hoopje aan mijn voeten. Ik zou hem niet eens hoeven aan te raken. Slechts één woord, één ontlading – en ik zou winnen.

Mijn vingers trilden. Het boek klopte zwakjes tegen mijn borst, alsof het me bespotte omdat ik aarzelde.

'Wat is er aan de hand?' treiterde hij, zijn grijns scherp, tergend. 'Verlies je je moed?'

'Blijf maar praten,' gromde ik. 'Kijk maar wat er gebeurt.'

Maar ik bewoog niet. Kon niet. De gevolgen zouden catastrofaal zijn. Mijn genade was geen speelgoed om mee te smijten – het was bestraffing, oordeel, een wapen gesmeed voor heilige oorlogen, niet voor kleinschalige vechtpartijen in schimmige bossen. Als ik het hier zou gebruiken, zou elke heks in een omtrek van mijlenver het voelen. Ze zouden komen aanrennen. En de Raad – nee, daar kon ik nu niet aan denken.

'Wie ben je eigenlijk?' Ik probeerde tijd te rekken, na te denken.

'Alyster Vayir. Ridder van de Fae.' Hij glimlachte minachtend, zijn zilveren ogen glinsterend. 'Ik ben op een missie die ik niet kan opgeven, engel. Geef me het boek en maak het jezelf gemakkelijk, want anders zal ik de eeuwigheid moeten doorbrengen met jacht op je maken.'

Zijn woorden klonken bijna nonchalant, maar ik zag de doodse ernst in zijn blik. Een ogenblik twijfelde ik – zou het echt uitmaken als ik terugging naar Aurelius en zei dat de Fae me te vlug af was geweest bij het boek? Dan werd het weer het probleem van Aurelius.

Ik zag de teleurstelling op het gezicht van de Wachter echter al voor me. Hij zou me er waarschijnlijk weer opuit sturen om dat verdomde ding te vinden, alleen zou ik deze keer jacht moeten maken op deze stomme Fae-ridder en hem op zijn eigen terrein moeten bevechten.

'Tik-tak,' zei Alyster, en hij leunde dichterbij. Zijn adem streek langs mijn oor en joeg een rilling over mijn rug. 'Word je al moe?'

'Geen sprake van.' Ik draaide me om en gooide mijn gewicht in de beweging. Mijn elleboog raakte hem onder zijn ribben. Alyster kreunde en zijn greep verslapte net genoeg. Ik rukte me los en rolde in één vloeiende beweging op tot mijn knieën. Mijn vleugels ontvouwden zich instinctief en een golf van kracht stroomde door me heen toen ze het maanlicht opvingen dat door de takken boven ons sneed.

'Niet zo zelfvoldaan nu, hè?' spuugde ik, terwijl ik de lucht in sprong voordat hij zich kon herstellen. De koele nachtwind sneed in mijn gezicht, maar het was niets vergeleken met de hitte die nog in mijn borst brandde. Ik had gewonnen.

Het spreukenboek drukte niet tegen me aan.

De paniek sloeg in als een steen in mijn maag. Paniekerig keek ik naar beneden, verwachtend het in Alysters hand te zien. In plaats daarvan stond hij beneden, met een frons op zijn te perfecte gelaat naar me te staren. Met lege handen.

'Waar is het?' siste ik, terwijl mijn vleugels hard sloegen en ik boven hem zweefde.

'Wat bedoel je?' Zijn frons werd dieper. 'Heb je het soms *laten vallen?*'

'Houd je mond.' Mijn hart bonkte terwijl ik de grond afspeurde, waar elke schaduw in iets sinisters veranderde.

Geen spoor van het boek. Maar hij moest het hebben. Hij had het op de een of andere manier.

Zonder te wachten tot hij weer bewoog of minachtend glimlachte, dook ik naar beneden. De wind raasde langs mijn oren en overstemde alles behalve de scherpe focus van mijn duik. Hij had amper de tijd om te reageren voordat ik met hem botste en ons beiden in het vuil tackelde. Bladeren en twijgen knapten terwijl we rolden, onze ledematen verstrengeld, mijn vleugels die aan wortels en braamstruiken bleven haken.

'Geef het me!' siste ik en ik pinde hem onder me vast. Mijn handen grepen de voorkant van zijn tuniek vast en trokken hem dichterbij tot onze gezichten centimeters van elkaar verwijderd waren. Zijn zilveren ogen glinsterden, tergend kalm ondanks de chaos.

'Waarom kijk je niet eerst in je eigen zakken?' Hij glimlachte minachtend. Ik kreeg zin om hem te slaan – en misschien ook om hem te kussen, wat me alleen maar kwader maakte.

'Houd op met tijdrekken.' Mijn greep verstevigde. Mijn vleugels spreidden zich wijd achter me uit, donkere veren die de bladeren raakten. 'Waar is het?'

'Grappig,' zei hij, op een toon die veel te gelijkmatig was voor iemand die plat op zijn rug lag. 'Ik stond op het punt jou hetzelfde te vragen.'

Hij loog niet. De wetenschap was als een koud stroompje water in mijn nek. Engelen kunnen niet liegen, en we kunnen het merken als anderen liegen; de Fae sprak de waarheid. Hij had het boek niet.

'Verdorie!' Mijn vleugels sleepten zwaar achter me aan toen ik op mijn knieën ging zitten en de grond paniekerig afspeurde.

Het was er niet.

'Waar is het?' gromde ik, mijn stem laag genoeg om door de nacht te snijden. Mijn hartslag bonkte in mijn keel terwijl de angst zich strakker om me heen wond.

'Zoek je iets?' Alysters stem kwam van ergens links van me, zo glad als glas. Hij stond al en veegde het vuil van zijn tuniek alsof we niet net door de helft van het bos waren gerold.

'Speel geen spelletjes met me,' zei ik, terwijl ik opstond. Mijn vleugels sloten zich dicht tegen mijn rug, mijn veren stonden overeind. 'Jij had het.'

'O ja?' Zijn zilveren ogen glinsterden en vingen het zwakke maanlicht op. Hij hield zijn hoofd schuin, terwijl de gespeelde onschuld van elk woord afdroop. 'Want ik herinner me duidelijk dat jij er een paar seconden geleden mee wegvloog.'

'Waar *is* het dan?' De woorden schoten uit mijn mond voordat ik ze kon tegenhouden. Mijn handen balden zich tot vuisten, mijn nagels groeven halvemaantjes in mijn handpalmen.

Hij fronste en liet eindelijk zijn act vallen. Zijn blik verschoof langs me heen en hij speurde het schimmige kreupelhout af. Een flits van onbehagen trok over zijn gezicht. 'Het is hier niet.'

'Natuurlijk is het hier niet,' snauwde ik. 'Denk je dat ik tijd zou verspillen met jou te tackelen als het hier wel was?'

'Nou,' zei hij droog, 'je lijkt het leuk te vinden om jezelf op me te werpen, dus—'

'Concentreer je, Fae.' Ik kapte hem af en stapte dichterbij. 'De heksen zullen komen zoeken. Als ze ons vinden voordat wij dat boek vinden—' Ik liet de zin onafgemaakt hangen.

Dan zouden de dingen nog rommeliger worden dan ze al waren.

'Hoe charmant je bedreigingen ook zijn,' mompelde hij, en hij hurkte om door een stuk vertrapte bladeren te woelen, 'ik heb het ook niet. Dus tenzij het poten heeft gekregen en is weggelopen...'

'Of volledig verdwenen is,' zei ik, en mijn maag kromp ineen. Magie – heksenmagie – hing in de lucht, zwak maar scherp, het soort dat laag en beheerst brandde totdat het opvlamde tot iets dodelijks. Het kwam dichterbij.

'Wapenstilstand,' zei ik, en het woord smaakte bitter op mijn tong.

'Pardon?' Hij kwam half overeind, met één opgetrokken wenkbrauw.

'Alleen tot we het gevonden hebben,' zei ik, en ik dwong de woorden uit mijn mond. 'Ik werk met je samen. Maar alleen omdat ik liever met jou te maken heb dan met een hele coven heksen.' Mijn vleugels waaierden lichtjes uit toen ik een stap achteruit deed, waardoor ik hem de ruimte gaf, maar wel op mijn hoede bleef. 'Akkoord?'

Hij richtte zich volledig op en veegde zijn handen tegen elkaar af. Voor een keer was zijn grijns afwezig, vervangen door iets scherpers. Berekenend. Zijn zilveren ogen keken me strak aan. 'Voor nu,' zei hij zachtjes. Toen, na een korte pauze, keerde zijn minachtende glimlach terug. 'Maar als je me een mes in de rug steekt, engel—'

'Bespaar me het drama,' onderbrak ik hem, en ik draaide me scherp om naar de diepere bossen. 'We hebben geen tijd.'

'Akkoord,' zei hij nogmaals, deze keer zachter. En voor het eerst sinds ik hem had getackeld, was er geen spoor van vermaak in zijn stem te bekennen.

Het kreupelhout schraapte tegen mijn handpalmen terwijl ik kroop en elke centimeter van de bemoste grond afzocht. Bladeren kleefden aan mijn vingers, vochtig en koud, terwijl de geur van aarde en verval mijn neus vulde. Het maanlicht drong nauwelijks door het bladerdak, waardoor alles in grijstinten en schaduwen veranderde.

'Al iets?' Alysters stem klonk zachtjes een paar meter verderop.

'Zie je me het vasthouden?' snauwde ik, en ik veegde het vuil van mijn knieën terwijl ik opstond. Mijn vleugels bewogen onrustig achter me, verlangend om weer te vliegen, maar dat had nu geen zin. Niet nu het spreukenboek overal kon zijn – en niet nu de heksen zo dichtbij waren dat ik hun magie bijna tegen mijn huid voelde drukken.

'Prikkelbaar.' Hij klonk geamuseerd, maar toen ik me omdraaide om hem boos aan te kijken, was zijn uitdrukking net zo scherp als zijn toon eerder was geweest. Goed. Hij was tenminste niet zo dom om hier grappen over te maken.

'Blijf zoeken,' zei ik, mijn stem gespannen. 'Onze tijd raakt op.'

Hij mompelde iets binnensmonds – waarschijnlijk een belediging – maar ging weer verder met het omkeren van stenen en het doorschoppen van stapels bladeren. Zijn bewegingen waren weloverwogen, precies en elke veeg van zijn handen verraadde hoezeer hij dat boek wilde hebben. Fae stonden niet bekend om hun geduld en ik betwijfelde dat deze een uitzondering was.

Ik hurkte weer en sleepte mijn vingers door een ander stuk vuil. Een licht briesje beroerde de bomen en bracht gefluister van gelach met zich mee – laag, spottend en onmiskenbaar dichtbij.

Mijn hart kromp ineen. 'Ze zijn hier.'

'Nog niet,' zei Alyster, en hij richtte zich abrupt op. Hij speurde de schaduwen af met die verontrustend heldere ogen, zijn schouders gespannen. 'Maar dat zullen ze snel zijn.'

'Dat is wat ik net—' Ik onderbrak mezelf en schudde mijn hoofd. Geen tijd voor ruzie. Ik bewoog me verder het bos in, bleef laag en zocht. Het spreukenboek was ingebonden in zwaar leer, de randen versleten en bevlekt door de ouderdom; hoewel het klein was, had de magie die ervan uitstraalde het gemakkelijk moeten maken om te vinden, maar op de een of andere manier was het verdwenen. Alsof het in zijn geheel door de duisternis was opgeslokt.

'Misschien heeft het toch poten gekregen,' mompelde Alyster, waarmee hij de stilte verbrak.

'Grappig.' Mijn stem klonk scherper dan bedoeld. Hij reageerde niet.

Takken klauwden naar mijn vleugels terwijl ik me door het kreupelhout duwde. De bosbodem was een wirwar van wortels en schaduwen en mijn laarzen gleden meer dan eens uit op vochtig mos. Mijn borst deed pijn bij elke ademhaling, de frustratie brandde heter dan de uitputting. Het spreukenboek moest hier zijn. Het kon niet in het niets zijn verdwenen.

'Iets?' riep ik over mijn schouder, mijn stem laag maar scherp.

'Niets,' Alysters antwoord kwam van ergens achter me, dichterbij dan ik had verwacht. Zijn toon werkte op mijn zenuwen – niet paniekerig, niet bezorgd. Gewoon kalm. Te kalm.

'We moeten ons verspreiden,' voegde hij eraan toe. Maanlicht viel op zijn gouden haar, waardoor hij eruitzag als een of ander buitenaards prinsje. 'We verspillen tijd door hetzelfde gebied af te zoeken.'

'Opsplitsen? Zodat je ermee vandoor kunt gaan als je het als eerste vindt?' Ik kneep mijn ogen tot spleetjes en sloeg mijn armen over elkaar.

'Ja, want ik geniet er duidelijk van om in mijn vrije tijd door heksen te worden opgejaagd,' kaatste hij terug, zijn zilveren ogen glinsterend als ijsscherven. 'Vertrouw je me zo weinig?'

'Totaal niet.'

'Goed. Dan begrijpen we elkaar.' Hij glimlachte minachtend, maar het bereikte zijn ogen niet. 'Jij neemt het noorden, ik ga naar het zuiden. Vijf minuten. Als je dan nog niets gevonden hebt, ontmoeten we elkaar hier weer.'

'Prima,' snauwde ik, hoewel elk instinct schreeuwde dat ik hem niet de rug moest toekeren. Maar welke keus had ik? De tijd glipte ons door de vingers en de coven van Selene zou niet lang afgeleid blijven.

Ik draaide me op mijn hielen om en beende naar het donkerdere stuk bos, waarbij ik de neiging onderdrukte om verder te ruziën. Mijn vleugels streken tegen boomstammen terwijl ik bewoog en vingen spookachtige fluisteringen van maanlicht op door het bladerdak. Schaduwen dansten over de grond – net genoeg om me twee keer te laten kijken bij elke flikkering, elke beweging.

'Ga niet dood,' riep Alyster me na, zijn stem doorspekt met droge humor.

'Ben ik niet van plan.'

Het bos leek stiller te worden naarmate ik dieper ging, het gebruikelijke koor van insecten en ritselende bladeren werd vervangen door een griezelige stilte. Mijn vingers trilden aan mijn zijde, jeukend om zelfs maar een flikkering van kracht op te roepen, maar ik hield me in. Geen magie. Nog niet. Niet tenzij ik een baken rechtstreeks naar mijn positie wilde ontsteken.

'Kom op,' mompelde ik, terwijl ik de grond afspeurde naar enige glinstering van de vergulde randen van het boek. Bladeren kraakten onder mijn voeten, hun broze geluid veel te luid in de stilte.

En toen—'Careena!'

Zijn schreeuw sneed door de nacht, scherp en dringend.

Ik verstijfde midden in een stap, met een bonzend hart. Iets in zijn toon verraadde gevaar, geen ontdekking. Ik draaide me om en rende in de richting die hij was gegaan. Het duurde niet lang om hem te vinden. Alyster stond verderop, zijn zilveren ogen vlammend van urgentie, maar er was geen spreukenboek te bekennen.

'Waar is het?' eiste ik, en ik liep op hem af. Mijn stem sneed als een mes door de stilte. 'Zeg me dat je het gevonden hebt.'

'Careena, we moeten gaan. Nu.' Hij reikte naar me uit, maar ik deinsde achteruit en keek hem boos aan.

'Niet zonder het boek,' snauwde ik. Mijn hartslag bonkte in mijn oren. Het gewicht van het falen klauwde aan me. 'Je hebt het laten vallen, nietwaar? Dit is jouw schuld.'

'Mijn schuld?' Zijn lach was scherp en humorloos. 'Jij bent degene die opsteeg terwijl je het als een prijs vasthield. Als iemand het is kwijtgeraakt, dan ben jij het.'

'Waag het niet—' Mijn vleugels bewogen achter me, veren borstelden overeind terwijl woede heet in mijn borst opvlamde. 'Als je me niet had getackeld—'

'Blijf vooral schreeuwen. Het bespaart ze de moeite om ons op te sporen.'

'Stop met afleiden!' siste ik, en ik wees met een vinger naar hem. 'Het kan je niet eens schelen wat hier op het spel staat, hè? Jij geeft alleen om—'

'Genoeg,' gromde Alyster, zijn scherpe toon bracht me tot zwijgen. Zijn blik schoot langs me heen en vernauwde zich. Iets oerachtigs rimpelde over zijn gezicht. 'We hebben grotere problemen.'

'Probeer niet van onderwerp te veranderen—' begon ik, maar toen voelde ik het: de grond die onder mijn laarzen trilde. Een diep, keelachtig gegrom vibreerde door de lucht achter me, zo laag dat het mijn ribben leek te doen rammelen.

Ik draaide me langzaam om, angst kroop als een levend ding in mijn maag.

Ogen brandden in de duisternis – twee speldenprikjes gesmolten rood, die feller gloeiden naarmate ze dichterbij kwamen. Enorme klauwen schraapten tegen steen, elke stap weloverwogen, afgemeten. Toen kwam het uit de schaduwen tevoorschijn.

De hellehond was enorm, zijn zwarte vacht vervilt en doorweven met iets stroperigs dat glom in het zwakke maanlicht. Zijn kaken hingen open en onthulden rijen gekartelde tanden, terwijl speeksel sissend op de bosbodem druppelde. Rook kringelde uit zijn neusgaten, de geur van zwavel dik in de lucht.

'Wegwezen,' zei Alyster, zijn stem gespannen.

Ik kon niet. Mijn voeten stonden aan de grond genageld, elke zenuw schreeuwde dat ik moest rennen en toch bleef ik staan. Mijn vleugels trilden, half uitgespreid, alsof ze niet wisten of ze moesten beschermen of vluchten.

'Careena,' blafte Alyster, deze keer luider. 'Ren!'
De hellehond snauwde, zijn spieren spanden zich aan.
En toen sprong hij.

Hoofdstuk Zes

Careena

Het gegrom van het beest verbrak de stilte; laag en keelachtig, als stenen die over elkaar schuren. Mijn hartslag bonkte in mijn oren toen het uit de schaduwen tevoorschijn kwam – massief, log, zijn donkere vacht glibberig van iets wat glom als olie. Zijn ogen brandden met een dieprode kleur, twee sintels die op mij gericht waren. Een hellehond.

'Blijf achter', waarschuwde ik, ook al beefde mijn stem. De lucht om me heen trilde zachtjes terwijl ik mijn hemelse magie opriep. Een bleke, violetblauwe gloed verspreidde zich over mijn handen. Ik concentreerde me en voelde het vertrouwde gezoem van kracht door me heen spiralen.

De hond aarzelde niet. Hij sprong.

Ik had amper tijd om te reageren. Zijn klauwen haalden uit door de ruimte waar ik momenten eerder had gestaan en versplinterden de steen toen ik mezelf opzij wierp. Een scherpe pijn flitste door mijn schouder toen ik hard de grond raakte. Grind beet in mijn handpalmen. Het beest slipte, draaide zich op zijn krachtige achterpoten en snauwde.

'Oké dan', mompelde ik, op mijn tanden bijtend. 'Eens zien hoe je hiermee omgaat.'

Ik stak mijn hand naar voren. Een speer van licht schoot uit mijn handpalm, knetterend van goddelijke energie. Het raakte de hond vol op de borst. Een halve hartslag lang stond ik mezelf toe te hopen.

Toen doofde het licht. Zomaar... het loste op.

De hond vertrok geen spier.

'Dat is nieuw', ademde ik, terwijl ik overeind krabbelde.

Hij viel opnieuw aan, sneller dit keer. Hitte golfde in vlagen van hem af, verstikkend terwijl hij de afstand over- brugde. Mijn vleugels flikkerden instinctief tevoorschijn, maar ik hield ze strak tegen mijn rug. Vliegen zou me hier niet redden. Niet in zo'n krappe ruimte.

'Careena!' Alysters stem sneed door de chaos, ver weg maar dringend.

'Bezig!' snauwde ik, terwijl ik nog een uithaal van die klauwen ontweek. Mijn ribben schreeuwden het uit van protest, maar ik kon niet stoppen met bewegen.

De hond cirkelde nu om me heen, langzaam, welover- wogen. Zijn lippen werden opgetrokken en onthulden gekartelde hoektanden bedekt met bloed - of erger.

'Denk na', siste ik in mezelf, terwijl ik mijn pols vast- greep waar de laatste vonkjes van mijn magie nog zwakjes sprankelden. 'Kom op, denk na.'

Maar er kwam niets. Niets nuttigs. Mijn hemelse kracht - mijn grootste wapen - was nutteloos tegen dit ding.

En hij wist het.

Een waas van goud en zilver sneed door mijn gezichtsveld. Alyster.

'Blijf achter!' schreeuwde ik, maar hij was er al, en glipte als een schaduw tussen mij en de hellehond.

'Blijf in leven', riep hij terug, zijn stem zo scherp als zijn kling.

Zijn dolk flitste in het schemerlicht, snel en precies. Hij bewoog met dodelijke gratie en haalde uit naar de flank van het beest. De kling trof doel - en ketste toen af, zo onschadelijk als een takje dat tegen steen breekt. De vonken vlogen eraf, en de hond wankelde niet eens.

'Dat is... spijtig', mompelde Alyster, terwijl zijn zilveren ogen vernauwden. Hij verplaatste zich op de bal van zijn voeten, klaar voor een nieuwe aanval.

'Spijtig?' beet ik hem toe, mijn borstkas op en neer gaand. 'Het is een wandelende oven met een bijpassend pantser. Hou op met die spitsvondigheid en—'

De hellehond sprong. Alyster dook weg, weefde net buiten bereik, maar niet ver genoeg. Een klauw groter dan mijn hoofd haalde uit over zijn borst en scheurde door leer, vlees en bot.

'ALYSTER!'

Hij struikelde achteruit, naar adem happend. Bloed stroomde uit de houwen en kleurde zijn tuniek donker. Zijn linkerarm hing slap, van schouder tot pols aan flarden gescheurd. Toch bleef hij op de been, de dolk trillend in zijn goede hand.

'Niet ideaal', hijgde hij, zijn lippen die zich in een zwakke grijns vertrokken.

'Hou je mond!' Mijn stem brak. Paniek steeg op, heet en onwelkom. 'Je bloedt overal!'

'Dat was me opgevallen', zei hij, nauwelijks meer dan een fluistering. Maar zijn blik bleef op het beest gericht, uitdagend, zelfs terwijl het bloed aan zijn voeten een plas vormde.

De hellehond gromde, laag en keelachtig, zijn gesmolten ogen nu op hem gevestigd. Hij rook de zwakte, de kwetsbaarheid. Hij proefde het.

'Niet—' Mijn adem stokte toen hij opnieuw sprong, dodelijk en genadeloos.

De gesmolten adem van de hellehond schroeide de lucht toen hij opnieuw op Alyster af stormde. Dit keer kon hij niet snel genoeg bewegen. Zijn knieën knikten, vertraagd door het bloedverlies.

'NEE!' schreeuwde ik, en ik wierp me zonder na te denken tussen hen in. Mijn handpalmen schoten omhoog, maar mijn magie sputterde nutteloos tegen zijn helse huid. Een verspilde vonk licht barstte en verdween, waardoor ik onbeschermd achterbleef.

Alysters dolk viel op de grond aan mijn voeten. Nutteloos. Ik bewoog niet. Kon niet. Het gegrom van het beest vibreerde door mijn botten. Ik was hier niet sterk genoeg voor - niet in mijn huidige staat. Maar ik zou niet toestaan dat het hem te pakken kreeg. Niet nadat hij zich net tussen mij en het gevaar had geworpen.

'Denk na, verdomme', siste ik binnensmonds. Mijn blik schoot naar Alysters dolk. Eenvoudig, onopvallend, doorweekt met zijn bloed. Het zou er niet toe moeten doen. Hij was niet hemels, niet goddelijk. Het was niet genoeg.

Maar misschien... misschien kon het dat worden.

'Vergeef me', fluisterde ik, al wist ik niet tot wie ik sprak. De Hemel? Mezelf? Terwijl ik de beslissing nam, werd de lucht om me heen zwaar, elektrisch. Scheppingskracht roerde zich in mij, rauw en onbeteugeld - dat hadden ze niet van me afgenomen toen ze me verbannen.

'Brand jezelf niet op', hijgde Alyster. Altijd spitsvondig. Altijd ergerlijk, zelfs terwijl hij doodbloedde.

'Zwijg, Fae.' Mijn handen sloten zich om de dolk. Hitte straalde uit mijn kern, schroeiend, trekkend, en boog zelfs de tijd. Het lemmet kreunde onder de druk, vervormde, rekte uit. Licht stroomde uit de barsten die langs het oppervlak ontstonden. Goud en wit. Pure scheppingskracht.

'Kom op', mompelde ik, op mijn tanden bijtend. 'Blijf heel.'

De dolk barstte uit in een schittering, verblindend en fel. Toen de gloed wegebde, hield ik het vast - niet langer een simpel lemmet, niet langer aards. Het gevest glom van de engelrunen, de kling zoemend met nauwelijks ingehouden vuur. Het pulseerde in mijn greep, levend en doelgericht - maar het was niet van mij. Hoe lang had de Fae-ridder dit lemmet al gedragen? Duizend jaar? Hoe lang het ook was geweest, hij had het doordrenkt met genoeg van zijn wil en geest dat het niet naar mijn hand zou luisteren, zelfs niet na zijn transformatie. Ik kon het niet gebruiken. De Fae zou het klusje moeten klaren.

'Hier.' Ik duwde het naar hem toe, hurkend om zijn dovende blik te vangen. 'Neem dit.'

'Dat is absurd fel.' Zijn lippen krulden omhoog, vaag en plagend, hoewel hij zijn hoofd amper kon optillen.

'Pak het aan, Alyster!' Mijn stem brak van de urgentie. 'Jij bent de enige die dit kan afmaken!'

Zijn goede hand reikte ernaar uit, trillend. Toen zijn vingers zich om het gevest krulden, vlamde het zwaard opnieuw op, feller dit keer, alsof het hem herkende. Zijn schouders rechtte zich een beetje, kracht die terugkeerde waar er geen was geweest.

'Het lijkt erop dat je jezelf overtroffen hebt, engel', zei hij schor, een vage grijns die aan zijn lippen trok.

'Laat het alleen niet vallen', snauwde ik, en ik deed een stap naar achteren toen de hellehond brulde, klaar voor zijn laatste aanval.

Alyster ging de aanval frontaal aan, het engelzwaard vlammend in zijn greep als een scherf puur zonlicht.

'Kom dan, klootzak', snauwde hij door samengeklemde tanden. Hij wankelde even, maar herstelde zich en zwaaide omhoog net toen het beest op hem sprong. De kling zong, snijdend door de lucht.

Het trof doel.

De hellehond slaakte een geluid dat zowel een brul als een schreeuw was, keelachtig en buitenaards. Zijn zwarte vacht vatte vlam, vlammen die langs zijn massieve lichaam likten. Vuurlicht danste in zijn lege rode ogen voordat ze tot as vervaagden. De vorm van het wezen stortte in elkaar, verteerd door heilig vuur tot er niets overbleef dan de scherpe stank van verbranding en een vage trilling in de lucht waar het had gestaan.

Alyster wankelde achteruit, het zwaard glipte uit zijn greep. Het kletterde op de grond en doofde tot een zachte gloed. Hij zwaaide, met één hand zijn opengereten borst vasthoudend, bloed dat tussen zijn vingers door sijpelde.

'Blijf bij me', zei ik, terwijl ik naar voren snelde. Mijn stem klonk kalmer dan ik me voelde. Vanbinnen klauwde de paniek aan me. Te veel bloed. Toen knikten zijn knieën.

Ik ving hem op voordat hij de grond raakte, zijn gewicht zwaar tegen me aan. 'Alyster?'

'Gewoon... even een momentje nodig', mompelde hij, hoewel zijn ademhaling oppervlakkig en snel was. Zijn huid was bleek, te bleek, en zijn gouden haar was verklit door zweet en bloed.

'Dat is geen optie.' Ik legde hem zachtjes neer, terwijl mijn handen al boven zijn wonden zweefden. Energie roerde zich in mij, traag en onwillig. Ik klemde mijn tanden op elkaar. Geen tijd voor aarzeling.

'Engel, niet—'

'Zwijg.' Mijn stem brak. 'Mijn naam is Careena.' Dat verdiende hij op zijn minst van me, hij verdiende het mijn naam te weten, als hij hier in mijn armen zou sterven nadat hij me had gered van dat hellebeest.

Ik sloot mijn ogen en concentreerde me op het goddelijke licht dat diep in mij begraven lag. Het reageerde traag, flakkerend als een stervende vlam. Ik had te veel gebruikt om de hemelse kling te creëren, en hier op Aarde vulde de bron van kracht zich langzaam. Te langzaam. Toch steeg de kracht op, verzamelde zich in mijn handpalmen en stroomde over zijn opengereten vlees.

De warmte verspreidde zich, zoemend met hemelse resonantie. Zijn ademhaling stabiliseerde zich een fractie, de houwen die zich onder de gloed hechtten. Mijn zicht vervaagde aan de randen; de uitputting sloeg harder in dan ik had verwacht. Het laatste restje van mijn energie steeg op en verzegelde zijn ergste wonden.

Toen het licht doofde, zakte ik hijgend naast hem in elkaar. Hij bewoog en testte voorzichtig zijn arm.

'Beter', mompelde hij.

'Goed', zei ik, mijn stem zwak. 'Probeer nu niet weer dood te gaan.'

'Zou er niet over peinzen', antwoordde hij, zijn grijns vaag maar tergend aanwezig, en even lagen we daar gewoon op de koude grond, terwijl we probeerden de energie terug te vinden om te bewegen.

Eerst kwam de stank van zwavel. Toen het gefluister - laag, keelachtig en steeds luider.

Ik strompelde overeind, mijn spieren schreeuwden. Alyster lag nog steeds neer, zijn borstkas ging te langzaam op en neer. De lucht knetterde van energie, dik en verstikkend. Mijn vleugels trilden onrustig tegen mijn rug, paraat.

'Careena.' Zijn stem was een hees gefluister, nauwelijks hoorbaar.

'Niet doen', zei ik scherp, terwijl ik de bomenrij afspeurde. De schaduwen bewogen onnatuurlijk, verdraaiden. 'Ze zijn hier.'

Alysters hand greep zwakjes het gevest van het zwaard. Hij probeerde overeind te komen, maar vloekte alleen binnensmonds en zakte weer terug.

'Blijf liggen', beval ik.

'Alsof ik veel keus heb', mompelde hij, maar zelfs zijn sarcasme klonk geforceerd.

Het gefluister werd gelach. Spottend. Te dichtbij.

'Prima', gromde ik. Mijn handen gleden onder zijn armen en hesen hem overeind. Hij siste van de pijn, maar ik stopte niet. Geen tijd voor zachtzinnigheid. Ik spreidde mijn vleugels terwijl de eerste figuur uit de schaduwen stapte - een vrouw in het zwart gehuld, haar ogen gloeiden onnatuurlijk groen.

'Beweeg of sterf', spuugde ik naar haar. Ze glimlachte, haar tanden scherp als gebroken glas.

'Dappere woorden, gevallene', spinde ze. Achter haar kwamen meer figuren tevoorschijn, hun vormen veranderend, flikkerend tussen mens en iets veel ergers.

'Houd je goed vast', fluisterde ik tegen Alyster, terwijl ik mijn armen om hem heen sloeg.

'Wacht, wat ben je—' begon hij, maar toen waren we in de lucht.

De grond verdween onder ons met een windvlaag. Mijn vleugels sloegen krachtig, elke beweging stuurde pijnscheuten door mijn rug. Alysters gewicht trok aan me, zwaarder dan ik had verwacht. Onder ons krijsten de heksen, hun stemmen stegen op in een wanklankig gehuil. Er siste iets langs mijn oor - magie, wild en onbeheerst. Te dichtbij.

'Careena', kreunde Alyster, zijn hoofd rolde tegen mijn schouder. Zijn bloed trok in mijn tuniek, warm en plakkerig.

'Niet nu', snauwde ik, mezelf hoger dwingend. De bomen vervaagden onder ons, een zee van zwart en zilver in het maanlicht. Mijn ademhaling werd onregelmatig, elke ademteug zwaarder dan de vorige. Het gekrijs van de heksen stierf weg, maar ik vertraagde niet. Pas toen ik het zag - een afbrokkelende toren die boven het bladerdak van het bos uitstak. Een schuilplaats, hoopte ik.

Het kasteel doemde grillig en donker op tegen de nachtelijke hemel. Zijn afbrokkelende torens klauwden naar de sterren als skeletvingers. Ik landde hard op de overwoekerde binnenplaats, mijn vleugels vouwden zich strak tegen mijn rug terwijl ik hurkte om mezelf te stabiliseren. Alysters gewicht was een loden last op mijn schouders, zijn bloed trok door mijn gescheurde mouwen waar ik hem onder zijn armen vastgreep.

'Blijf bij me', mompelde ik, terwijl ik hem naar de dichtstbijzijnde booggang sleepte. Zijn hoofd tolde, zijn gouden haar glad van het zweet en met karmozijnrode strepen. Een laag gekreun ontsnapte aan zijn lippen, maar hij verzette zich niet.

De lucht binnenin rook naar vochtige steen en rot. Mijn laarzen schuurden tegen gebroken tegels terwijl ik hem sleepte naar wat ooit een grote hal moet zijn geweest. Maanlicht filterde door gebarsten muren en glinsterde op verbrijzeld glas en verroeste ijzeren schansen. Het was niet veilig - niet echt - maar voor nu zou het volstaan.

'Careena...' Zijn stem was nauwelijks een hees gefluister. Zwak.

'Stil.' Ik legde hem neer op een stuk met mos bedekte vloer en knielde naast hem. Mijn handen zweefden trillend boven zijn borst. De wonden waren diep - dieper dan ik had gedacht. Houwen die door spieren en botten waren gegaan. Zijn tuniek was aan flarden, plakkerig van het bloed. Ik beet zo hard op mijn lip dat ik koper proefde.

'Maak je... geen zorgen.' Hij probeerde te grijnzen, maar het verviel in een grimas. 'Ik heb erger gehad.'

'Niet als ik er wat aan kan doen.' Ik drukte mijn handpalmen plat tegen zijn huid, terwijl ik de laatste vonkjes licht in mij opriep. Ze sputterden als dovende sintels, aarzelend en ijl. Warmte verspreidde zich onder mijn aanraking terwijl de magie grip kreeg en vlees aan elkaar hechtte, steek voor pijnlijke steek. Elke golf van kracht putte me verder uit. Tegen de tijd dat ik klaar was, werd mijn zicht wazig en voelden mijn ledematen als lood.

'Beter?' vroeg ik, terwijl ik achterover op mijn hielen zakte.

'Nauwelijks.' Alyster ging langzaam rechtop zitten, met een grimas. Zijn zilveren ogen keken in de mijne, scherp, zelfs door de nevel van pijn heen. 'Al denk ik dat je zelf op het punt staat om om te vallen.'

'Nog niet.' Ik dwong mezelf overeind, wiebelend op mijn benen. 'We moeten praten.'

'Praten?' Hij trok een wenkbrauw op en leunde achterover tegen de muur. 'Weet je zeker dat dit het moment is?'

'Ja.' Ik sloeg mijn armen over elkaar en negeerde hoe mijn knieën dreigden te knikken. 'Het spreukenboek...'

'Ah. Dat vervloekte ding weer.' Hij ademde uit door zijn neus en legde zijn hoofd in zijn nek. 'Wat is ermee?'

'Weet je wat het is?' Ik stapte dichterbij, mijn stem zacht. 'De taal, de symbolen... ze zijn Egyptisch. Oud. En niet alleen ceremonieel. Dit is gevaarlijke magie. Magie die bedoeld is om goden te binden of te breken.'

'Goden.' Hij grinnikte, al zat er geen humor in. 'Jouw soort of de mijne?'

'Beide, misschien.' Ik aarzelde en bestudeerde zijn gezicht. 'Je wist het, hè? Wat het was. Wat het kon doen.'

'Nee.' Zijn blik gleed weg, maar ik bespeurde geen leugens in hem; misschien een ongemak met de waarheid, maar hij loog niet tegen me. 'Ik ben gestuurd om het op te halen. Niets meer.'

'Gestuurd door wie?' Mijn toon was kortaf. Er was geen tijd voor raadsels. Niet met heksen die waarschijnlijk op ons jaagden en het lijk van die hellehond dat nog ergens in het bos lag te smeulen.

Hij duwde zichzelf overeind en steunde met één hand tegen de gekartelde steen. Zijn zilveren ogen glinsterden, scherp, zelfs in zijn vermoeidheid. 'De rechtmatige eigenaar van het boek. Het is gestolen… van koningin Maeve zelf. De Hoge Koningin van de Fae.'

De woorden kwamen aan als een klap. Ik verstijfde. 'Je vertelt me nu dat dat ding van *haar* is?' Mijn vingers balden zich tot vuisten langs mijn zij. 'Vond je dat niet de moeite waard om eerder te vermelden?'

Mijn gedachten schoten alle kanten op, terwijl ik fragmenten van kennis die ik door de eeuwen heen had verzameld aan elkaar reeg. Oude Egyptische magie. Een levend spreukenboek. Gestolen van de Fae-koningin. Dit was niet zomaar gevaarlijk; dit was catastrofaal.

'Jouw beurt,' zei hij, de stilte verbrekend. 'Waarom zit jij erachteraan?'

'De Bewaker van het Heiligdom heeft me gestuurd.' De bekentenis voelde zwaarder dan ik had verwacht. 'Ik ben een Gevallene, maar dat betekent niet dat ik op eigen houtje handel. Ik voer missies uit voor het Heiligdom, dingen die gedaan moeten worden, taken waarvoor mijn vaardigheden bijzonder geschikt zijn. De Bewaker heeft me gestuurd om het boek bij het heksencollege weg te halen.'

'Nou, het heksencollege heeft het niet meer.' Alyster spreidde zijn handen. 'Taak volbracht, toch?'

'O, dat zou jou wel goed uitkomen, hè? Dat ik gewoon wegga en jou het laat oprapen?'

'Het lijkt me voor ons allebei handig,' wierp hij tegen.

'Leuk geprobeerd, maar nee. Ik moet het boek terugbrengen naar het Heiligdom.'

'En ik moet het terugbrengen naar Maeve, dus het lijkt erop dat we in een impasse zitten.' Hij ging nu volledig rechtop staan, een beetje ineenkrimpend van de pijn, maar weigerde zwakte te tonen. 'Maar op dit moment hebben we een nijpender probleem. Geen van beiden heeft dat verdomde ding en we hebben elkaar nodig om het uit handen van anderen te houden. Zodra we het veilig hebben gesteld, bespreken we wie het waarheen brengt. Of, verdomme, we laten jouw Bewaker en koningin Maeve het onderling maar uitvechten, want ik heb nu al het gevoel dat dit me boven het hoofd groeit. Akkoord?'

Zijn woorden hingen in de lucht, bezwaard met onuitgesproken consequenties. Hem vertrouwen voelde als lopen op het scherp van de snede, maar ik had geen andere keus. Niet als ik deze missie wilde voltooien.

'Akkoord,' zei ik uiteindelijk en stak mijn hand uit.

Hij aarzelde maar een moment voordat hij mijn hand in de zijne klemde, zijn greep stevig en warm ondanks de aanhoudende trilling van vermoeidheid. 'Probeer er geen spijt van te krijgen, engel.'

'Hetzelfde, Fae.' Maar we gingen vannacht nergens heen. We hadden allebei rust nodig en het heksencollege was daarbuiten in het bos naar ons op zoek. Morgen was er tijd genoeg om terug te gaan en te zoeken waar het boek tijdens ons gevecht was gevallen, want het moest daar ergens zijn.

Dat moest gewoon.

Het bos stonk nog steeds naar bloed en as.

Ik landde lichtjes, zette Alyster op zijn voeten, en samen liepen we naar het stuk grond waar we de vorige avond hadden gevochten. Zijn hand rustte op het gevest van het hemelse zwaard aan zijn heup, terwijl zijn zilveren ogen met een roofdierlijke focus de gehavende grond afzochten.

'Zie je iets?' vroeg ik met gedempte stem.

'Nog niet.' Hij knielde bij een stuk omgewoelde aarde en veegde met snelle, precieze bewegingen het puin weg. Het ochtendlicht viel op zijn gouden haar en maakte het gesmolten. 'Maar er voelt iets... niet pluis.'

'Hoe bedoel je, 'niet pluis'?'

'Alsof de lucht haar adem inhoudt.'

Ik fronste. Hij had geen ongelijk. Zelfs de vogels waren stilgevallen. Mijn huid tintelde; de restanten van de magie van gisteren zoemden nog zwakjes in mijn aderen. Het lichaam van de hellehond was verdwenen... in het niets opgelost... maar de schroeiplekken en de sporen van zijn klauwen waren er nog. Een grimmige herinnering aan hoe dicht we bij een nederlaag waren gekomen.

'Het is hier niet,' moest ik een klein uur later concluderen. We hadden elke centimeter van de grond afgespeurd. 'Iemand heeft het opgepakt, dat moet wel.'

'Wie het boek ook heeft meegenomen, diegene heeft niet veel achtergelaten,' zei Alyster, en hij kwam soepel overeind van waar hij gehurkt op de grond had gezeten, kijkend naar... een pootafdruk? 'Maar niemand verdwijnt zomaar spoorloos. Niet voor mij.'

'Grote woorden,' mompelde ik, terwijl ik over een versplinterde wortel stapte. 'Hopelijk kun je ze waarmaken.'

'Altijd, engel.' Hij glimlachte flauwtjes en haalde toen uit de tas over zijn schouder een flesje tevoorschijn. Langzaam, weloverwogen, goot hij een stroom lichtgroen poeder op de grond in de vorm van een teken. Een machtsrune. Een laag gezoem vulde de lucht toen de rune voltooid was en trilde door mijn ribbenkast.

'Gaat dit ontploffen?' vroeg ik en deed instinctief een stap achteruit.

'Alleen als je me afleidt,' kaatste hij terug, zijn lippen trillend. Toen verdween de humor van zijn gezicht en maakte plaats voor scherpe concentratie.

Het gezoem werd dieper. Lichtgroene schaduwen verzamelden zich bij de rune en kringelden omhoog als rusteloze rook. De randen van de open plek leken te vervagen en naar binnen te vervormen, alsof ze naar hem toe werden getrokken. Ik hield afstand en keek zorgvuldig toe. Ik wist niets van Fae-magie, behalve dat er werd gezegd dat het te wild en te onvoorspelbaar was, maar Alyster hanteerde het als een zwaard: beheerst, weloverwogen, vernietigend.

'Te pakken,' mompelde hij plotseling.

Eerst was het wazig, kleuren die in elkaar overliepen. Toen werd het scherper: een figuur die door de nevel van de strijd schoot. Klein. Snel. Een streep roodbruine vacht en scherpe, slimme ogen. In zijn kaken, de onmiskenbare vorm van het spreukenboek.

'Een vos?' Alyster fronste.

'Dat is geen gewoon dier,' zei ik. Mijn maag draaide zich om toen ik bestudeerde hoe de vos bewoog: onnatuurlijk, vloeiend, bijna te precies. De ogen glinsterden met menselijke intelligentie. 'Vormveranderaar?'

'Zonder twijfel,' zei Alyster grimmig. 'Hij wist wat hij meenam. Dit was niet willekeurig.'

'Perfect,' mompelde ik binnensmonds. Natuurlijk kon niets aan deze missie eenvoudig zijn. 'Enig idee waar hij naartoe is gegaan?'

'Geef me een moment.' Hij hield zijn hoofd schuin, zijn uitdrukking afwezig terwijl hij zich op de spreuk concentreerde. Het beeld verschoof en volgde het pad van het wezen. Het schoot door de bomen, zijn bewegingen snel en doelbewust, voordat het in het struikgewas verdween.

'Oost,' zei Alyster en stofte zijn handen af. 'Die kant leidt het spoor op.'

'Dan volgen we het,' zei ik vastberaden. 'Vooruit, voordat het spoor vervaagt.'

'Maak je geen zorgen. Ik raak het niet kwijt,' zei Alyster met een spottend lachje. 'Speuren is een van mijn specialiteiten.'

Ik trok een wenkbrauw op, geïntrigeerd door de bewering. 'O? Vertel eens.'

'Mijn familie... onze familienaam, Vayi-, betekent 'gave van de aarde'. We hebben een afstemming met alles wat groeit en leeft. Zelfs een echte vos zou niet kunnen vluchten zonder een spoor achter te laten dat ik kan volgen. Deze vormveranderaar... hij is nog meer van de aarde dan ik, maar ik kan de sporen van zijn passage in de grond zelf voelen. Hij kan me niet ontglippen.'

Het struikgewas was dicht en klauwde aan mijn benen terwijl ik me vooruit duwde. Alyster liep voor me uit, zijn stappen vreemd stil. Bladeren en breekbare takjes kraakten onder mijn laarzen, maar hij leek geen geluid te maken. Om de paar momenten pauzeerde hij, zijn zilveren ogen priemend alsof hij een geur opving in de lucht.

'Weet je zeker dat dit de goede kant op is?' vroeg ik met gedempte stem.

'Absoluut,' zei hij zonder zich om te draaien. Hij hurkte plotseling neer en streek met zijn vingers over een stuk mos op een omgevallen boom. De allerzwakste lichtgroene gloed verspreidde zich vanuit zijn aanraking, als rimpelingen in een vijver.

'Kijk.' Hij wees naar een vage afdruk in het mos: een pootafdruk. Hij gloeide zwakjes, een residu van magie dat aan het spoor kleefde.

'Nog vers,' mompelde hij en stond snel op. 'Hij is niet ver.'

'Laten we dan sneller gaan,' drong ik aan en keek achterom over mijn schouder. De heksen waren hier nog niet, maar ze zaten ons op de hielen, net zoals wij de vos-veranderaar volgden. Hun aanwezigheid doemde op als onweerswolken aan de horizon, zwaar en drukkend, ook al waren ze nergens te zien.

'Geduld, engel,' antwoordde Alyster, met een van zijn irritante grijnzen. 'Speuren gaat niet om snelheid, het gaat om precisie.'

'Zeg dat maar tegen hen wanneer ze ons aan stukken rijten,' beet ik hem toe, maar hij had zich al omgedraaid, zijn focus vastgepind op het spoor.

Hij schreed weer voorwaarts, nu langzamer. Ik volgde, mijn vleugels jeukend om uit te slaan en op te stijgen, maar het bladerdak van het bos was te dicht. Schaduwen kronkelden tussen de bomen en de lucht voelde scherp tegen mijn huid, bijna metaalachtig. Magie hing hier zwaar in de lucht: wild en eeuwenoud.

'Hier,' zei Alyster abrupt en stopte zo plotseling dat ik bijna tegen hem aan botste.

'Wat?' fluisterde ik, maar hij wuifde met een hand en gebaarde me tot stilte, terwijl hij zijn hand op de grond legde en even langzaam ademhaalde met gesloten ogen.

Ik bleef stil en keek hoe hij te werk ging. Zijn uitdrukking veranderde niet, maar ik zag de spanning in zijn kaak, de lichte trilling van zijn vingers. Na een moment schoten zijn ogen open.

'De vormveranderaar,' zei hij en ging soepel staan. 'Zijn vorm blijft niet constant. Hij blijft veranderen.'

'Geweldig,' mompelde ik. 'Dus het kan van alles zijn.'

'Alles wat slim genoeg is om het boek te stelen en zijn sporen te wissen.' Hij hield zijn hoofd schuin, een vage grijns die om zijn lippen speelde. 'Slimmer dan de meeste jagers, eigenlijk.'

'Dat helpt niet. Kun je hem volgen?'

'Natuurlijk.' Zijn stem droeg die irritante zelfverzekerdheid, het soort dat me zin gaf om hem te slaan en hem tegelijkertijd te vertrouwen. Hij stapte langs me heen en duwde een laaghangende tak opzij. 'Het spoor is zwak, maar het is er.'

'Wijs de weg dan maar.' Ik gebaarde hem verder te gaan en liep achter hem aan.

Hij aarzelde niet, zijn bewegingen vloeiend en precies terwijl hij zich door het bos baande. Ik volgde, mijn zintuigen gespannen voor elk teken van beweging of magie. Elke schaduw voelde levend, elke windvlaag een bedreiging.

'Careena,' zei Alyster zacht en keek achterom. 'Je bent gespannen.'

'Goh, vraag me af waarom.'

'Ontspan.' Hij glimlachte flauwtjes, het soort glimlach dat geruststellend had kunnen zijn als hij niet zo zelfvoldaan was. 'Als hij ons in een hinderlaag had willen lokken, had hij dat al gedaan.'

'Dat is niet geruststellend.' Ik duwde een tak opzij en keek boos naar zijn rug. 'En stop met zo te glimlachen. Het is griezelig.'

'Genoteerd.' Hij grinnikte binnensmonds en richtte zijn focus weer voorwaarts. Zijn tempo vertraagde toen we een open plek bereikten, waar de bomen plaatsmaakten voor zacht, vertrapt mos. Hij knielde, zijn vingertoppen streelden de verstoorde grond.

'Hier.' Hij wees naar een vage afdruk in de aarde: pootafdrukken, langwerpig en ongelijk. Ze glinsterden zwakjes van resterende magie. 'Hij is weer veranderd, midden in zijn pas.'

'In wat?' Ik hurkte naast hem neer en bestudeerde de sporen. Ze zagen eruit alsof ze dit keer van iets groters dan een vos waren. Een wolf, misschien? Het was niet duidelijk.

'Moeilijk te zeggen.' Alyster stond op, zijn blik over de boomgrens vegend alsof hij verwachtte dat de dief zou verschijnen. 'Maar hij gaat nog steeds oostwaarts.'

'Naar de rivier.' Ik fronste. Dat was niet goed. Te veel plekken om daar het spoor te verliezen.

'Precies.' Hij keek me aan, een vonk van uitdaging in zijn ogen. 'Denk je dat je het kunt bijhouden?'

'Probeer me maar,' zei ik, al in beweging. Laat hem maar grijnzen, ik liet dit ding niet ontsnappen. Ik keek nog een keer weemoedig naar de lucht, me afvragend of ik boven kon vliegen en Alyster me naar beneden kon roepen als hij de dief vond... maar nee. Als hij de heksen tegenkwam, had hij misschien mijn hulp nodig om ze af te weren. Met een zucht trok ik mijn vleugels strak tegen mijn lichaam om ze te beschermen en vertrok weer, de Fae volgend.

Hoofdstuk Zeven

Rafail

Het bos vervaagde om me heen, een waas van groen en bruin terwijl mijn poten in rap tempo de grond raakten. Mijn kaken deden pijn van het vastklemmen van het spreukenboek, maar ik was niet van plan het los te laten. Mijn vossengedaante maakte het rennen makkelijker, maar het vasthouden van dingen moeilijker.

Ik kon niet stoppen. Nog niet.

De geur van vochtige aarde vulde mijn neusgaten, vermengd met de scherpe geur van dennen. Takken klauwden naar mijn flanken, laaghangende takken zwiepten tegen mijn gezicht terwijl ik door het kreupelhout schoot. Ergens achter me, ver weg maar niet ver genoeg, bulderde de rivier – een wrede herinnering aan hoe dicht ik erbij was gekomen in het nauw gedreven te worden.

'Blijven bewegen,' mompelde ik, hoewel mijn kaak in deze vorm niet goed meewerkte en de woorden niet meer waren dan een gegrom rond het boek.

Mijn oren trilden en draaiden naar elk geluid, elk geritsel. Een eekhoorn die een boom in scharrelde. Een vogel die opvloog. Mijn eigen hartslag die te luid, te snel bonsde. Ik haatte hoe kwetsbaar dit lichaam aanvoelde. Klein.

Blootgesteld. Maar ik had het gekozen voor zijn snelheid, en snelheid was nu het enige dat telde.

De heksen zouden niet zomaar opgeven. De engel evenmin. Of de Fae. Ze wilden het allemaal – het boek. Maar nu was het van mij. Van mij, omdat ik het harder nodig had dan zij ooit zouden kunnen.

De vloek zoemde onder mijn huid, een constante herinnering aan waar ik van wegrende. Waar ik *voor* rende. Honderden jaren. Eindeloos veranderen. Nooit volledig mens, nooit volledig... wat dan ook. Het boek was mijn enige kans. Het enige dat tussen mij en een eeuwigheid van op deze manier gevangenzitten in stond.

Voor me liep de grond schuin af, ongelijk en glibberig van het mos. Ik sprong over een omgevallen boomstam en mijn klauwen zochten naar grip terwijl ik hard aan de andere kant landde. Mijn achterpoot glipte weg en ik struikelde. Een hartverscheurend moment lang glipte het boek los.

Nee.

Ik klemde mijn kaken steviger eromheen, voelde mijn tanden in de eeuwenoude leren kaft zakken, en schoot toen vooruit. Geen tijd te verliezen. Geen ruimte voor fouten.

Voor me opende zich een open plek, waar het zonlicht in gouden strepen door de bomen viel. Ik aarzelde een halve seconde – te onbeschut – maar mijn longen brandden en mijn poten schreeuwden om verlichting. Heel even maar. Net genoeg om op adem te komen.

Ik gleed de open plek op en stortte op mijn zij neer, waarbij het boek onder me terechtkwam. De wereld kantelde en draaide lichtjes terwijl ik mijn ademhaling onder controle probeerde te krijgen. Mijn instincten schreeuwden dat ik door moest gaan, dekking moest zoeken, maar uitputting won het. Ik moest rusten. Ondanks de harde grond onder me vielen mijn ogen dicht en de slaap kwam snel.

De geur van geroosterd vlees was het eerste dat mijn neus bereikte. Daarna het gelach – scherp, spottend, te luid voor zijn eigen bestwil. Mijn maag draaide zich om, leeg en pijnlijk. Ik dook dieper weg in de schaduwen, mijn vingers verstrakten zich om het mes dat in mijn mouw verborgen zat.

'Houd je ogen open,' mompelde ik tegen mezelf. Mijn adem vormde een wolkje in de koude nachtlucht, nauwelijks een fluistering. 'Snelle handen. Snelle voeten.'

Drie mannen zaten ineengedoken rond een vuur in het steegje onder me, hun gezichten oranje verlicht door de vlammen. Een spit draaide loom boven de hitte, het vet druipend in de sintels. Ze namen niet de moeite om op te kijken. Waarom zouden ze? Niemand zag me ooit aankomen. Ik was klein, behendig, en snel ter been. De beste kinder-dief van Athene.

Ik bewoog geruisloos, stap voor stap, mijn laarzen schampten amper langs de richel. De rand van het dak was glad van de rijp, maar ik hield mijn gewicht in evenwicht. Net als altijd. Mijn hartslag bonkte gestaag in mijn oren toen ik de hoek bereikte en me klaarmaakte om naar beneden te springen.

'Nu of nooit,' zei ik tegen mezelf.

De landing schokte mijn knieën, maar ik rolde mee en reikte al naar het mes. De dichtstbijzijnde man slaakte een kreet toen ik langs hem schoot, het lemmet flitsend. Eén diepe haal door het touw van het spit, en het vlees viel naar beneden.

'Hé!' schreeuwde hij, terwijl hij overeind krabbelde.

'Bedankt voor het avondeten,' riep ik terug, al rennend.

'Grijp hem!'

Zware voetstappen denderden achter me. Mijn benen brandden terwijl ik door de kronkelende straten sprintte, het dampende vlees tegen mijn borst geklemd. Het was niet de eerste keer dat ik eten had gestolen. Het zou ook niet de laatste zijn. Honger maakt je stoutmoedig. Wanhopig. Dom.

Ik dook een nis in en luisterde hoe de mannen voorbij denderden, hun vloeken vervaagden in de verte. Het vlees was nog heet genoeg om mijn vingers te branden, maar ik beet er toch in. Vet maakte mijn kin glibberig, zout brandde op mijn gesprongen lippen. Het maakte niet uit. Het was nu van mij.

Het hield me in leven. Dat was het enige dat telde.

Een paar weken later vond ik de toren. De oude man die er woonde, zou gouden munten hebben opgestapeld als bakstenen. Ik had het gefluister op de markt gehoord – 'rijke klootzak' dit en 'pot alles op' dat. Het was niet moeilijk te vinden. Bedenken hoe ik binnenkwam, was lastiger.

'Gewoon naar binnen gaan, grijpen wat je kunt, en weer wegwezen,' mompelde ik terwijl ik de buitenmuur beklom. Mijn nagels schraapten tegen de steen, mijn mes stevig in mijn riem. 'Snelle handen. Snelle voeten. Zoals altijd.'

Het raam bovenaan was niet vergrendeld. Makkelijk. Te makkelijk. Ik glipte naar binnen, mijn laarzen geruisloos op de gepolijste houten vloer. De kamer rook naar oud perkament en kruiden, het stof lag dik in de lucht. Planken vol boeken stonden langs de muren, maar ik had alleen oog voor de kist in de hoek.

Goud. Genoeg om maanden van te eten. Misschien jaren. Genoeg om deze stad voorgoed achter me te laten.

'Denk niet te groot,' zei ik tegen mezelf, terwijl ik naast de kist knielde. Mijn vingers werkten snel en vonden het zwakke punt van het slot. 'Neem gewoon wat je kunt dragen.'

Het deksel kraakte open en onthulde de glinstering van munten eronder. Mijn hart sloeg een slag over.

'U bent een hebberig ding, nietwaar?'

Ik verstijfde.

De stem kwam van overal en nergens tegelijk. Laag en zacht, als honing vermengd met gif. Een schaduw verschoof aan de rand van de kamer en vormde zich tot de gedaante van een man. Zijn gewaad glinsterde donker en zijn ogen schitterden feller dan vuur.

'Dacht u van mij te kunnen stelen?' vroeg de man, terwijl hij dichterbij kwam.

Mijn mes was in mijn hand voordat ik er zelfs maar aan dacht ernaar te reiken. 'Blijf achteruit,' waarschuwde ik.

Hij lachte, scherp en wreed. 'O, kind, u heeft geen idee wat u zojuist heeft gedaan.'

Zijn hand ging omhoog, zijn vingers krulden zich tot een klauwachtig gebaar. De lucht om me heen werd dikker en drukte op me neer als een storm. Mijn ledematen verstijfden, paniek golfde heet door mijn aderen.

Magie!

Dit was geen rijke oude man. Dit was een *magiër*!

'Wacht...'

'Misschien is een lesje op zijn plaats,' zei hij, me de mond snoerend. 'Iets passends voor een dief die er zo van houdt weg te glippen.' Hij pakte een klein boek van een standaard, opende de leren kaft en bladerde door de pagina's. 'Ah ja. Deze. Perfect.'

De spreuk raakte me als een hamer, beukte in mijn borst en verspreidde zich naar buiten. Mijn huid brandde, mijn botten verschoven op manieren waarop ze dat niet zouden moeten doen. De pijn benam me de adem en ik stortte naar de grond, happend naar lucht.

'Geniet van uw nieuwe leven,' zei de magiër, zijn stem nu ver weg, bijna geamuseerd.

De wereld vervaagde om me heen toen de transformatie mijn lichaam weer in zijn greep kreeg. Mijn poten – nee, handen – groeven in de aarde, klauwend naar wortels en stenen terwijl ik naar adem snakte. De scherpe geur van dennen vulde mijn neus, te scherp, te sterk. Mijn botten kraakten als droge twijgen, knapten en herschikten zich met kwellende precisie.

'Niet nu,' gromde ik, hoewel het geluid eruit kwam als half gejank, half gebrul. Mijn stem was al aan het wegglippen, gevangen ergens tussen mens en beest.

Het bos kantelde en deinde terwijl mijn zicht zich opsplitste in kleuren die ik niet hoorde te zien. Elke schaduw, elke flikkering van beweging werd een bedreiging. Mijn hartslag denderde in mijn oren en dreef oerinstincten naar de oppervlakte. Rennen. Jagen. Verstoppen.

Ik vocht ertegen. Ik vocht er altijd tegen.

Mijn huid rimpelde als water onder druk, waar plukken vacht uit sproten die eerst heet, dan koud brandden. Een staart zwiepte achter me voordat hij weer verdween. Mijn handen verdraaiden zich weer tot poten, en dan weer tot vingers.

'Concentreer je.' Het woord was nauwelijks hoorbaar, maar enkel en alleen de moeite die het kostte om het te vormen, hield me verankerd. Voor nu.

Dit was de vloek. Eeuwen later, en hij scheurde nog steeds door me heen als de eerste keer. Een herinnering dat mijn lichaam niet meer van mij was. Het behoorde toe aan de spreuk, aan de chaos die onder mijn huid leefde.

Jarenlang – verdomme, decennialang – had het me volledig beheerst. Het ene moment was ik een mens, het volgende een vos, een valk, een wolf. Geen waarschuwing. Geen reden. Gewoon rauwe, onverbiddelijke verandering. Ik verloor dagen, soms weken, gevangen in een of andere dierlijke gedaante, gedreven door instincten die ik niet kon begrijpen.

Ik was vergeten hoe het was om gewoon mezelf te zijn. Om wakker te worden in dezelfde gedaante waarin ik in slaap was gevallen. Om één gedachte vast te houden zonder dat die werd overstemd door het gebrul van instincten die niet van mij waren.

Het had eeuwen gekost om enige controle terug te winnen. Kleine overwinningen in het begin: een uur lang de menselijke vorm vasthouden, dan twee. Door de pijn heen vechten om te veranderen wanneer ik wilde, niet wanneer de vloek het eiste. Maar zelfs nu was het niet perfect. Momenten als deze herinnerden me aan de prijs die ik nog steeds betaalde.

De verandering vertraagde eindelijk, mijn ademhaling was onregelmatig. Mijn vingers – weer menselijk – trilden terwijl ik mezelf overeind sleepte. Het bos was stil, op het ritselen van de bladeren boven mijn hoofd en de verre roep van een uil na. De nachtlucht was koel tegen mijn bezwete huid, maar mijn pols sloeg nog steeds op hol, wild en onvast.

Ik drukte een hand op mijn borst en voelde de hartslag onder mijn eeltige vingers. 'Ben er nog,' mompelde ik, hoewel ik niet zeker wist of ik mezelf probeerde te overtuigen.

De vloek had niet gewonnen. Nog niet. Maar hij was altijd op de loer.

Ik bleef stil liggen, verzamelde mijn krachten, mijn vingers gekruld om het zachte, versleten leer van het spreukenboek. Ik dacht terug aan de vorige nacht. Niets was gegaan zoals ik had verwacht, en toch was ik op de een of andere manier weggekomen – nou ja, weggerend – met het boek.

De wind droeg de vage geur van verbrande salie en ijzer met zich mee. Heksen.

Ik dook diep weg en mijn vossengedaante ging op in het kreupelhout. Het landhuis doemde voor me op – scherpe hoeken van zwartgeblakerde steen die afstaken tegen het maanlicht. Een enkele lantaarn flikkerde in een hoog raam.

Erachter bewogen schaduwen, te snel om te kunnen onderscheiden.

Het spreukenboek was hier. Het was eeuwenlang uit de wereld verdwenen geweest; ik had gedacht dat het vernietigd was, en toen, een paar weken geleden, werd ik midden in de nacht wakker met elk haartje op mijn lichaam dat overeind stond. Het was terug; het boek dat de magiër had gebruikt om me te vervloeken. De enige kans die ik had om de spreuk te verbreken.

Ik had het spoor feilloos gevolgd. Dat boek en ik waren met elkaar verbonden. En deze keer zou ik het pakken en uitzoeken hoe ik deze vloek kon verbreken.

Een plotselinge verandering in de lucht deed mijn vacht recht overeind staan. Niet alleen heksen. Iets anders.

Een gedaante glipte weg van het landhuis, haar vleugels strak tegen haar rug gevouwen. Zwart als pek, de randen met een zwakke violette schittering. Een engel, van alle wezens die ik hier niet had verwacht te zien, stond een engel zeker bovenaan die lijst. Ze bewoog zich doelgericht de nacht in, op weg naar de boomgrens.

En ze had het boek. Ik kon het voelen.

Ik deed een stap achteruit, mijn klauwen schraapten over de aarde. Dit was niet goed. Engelen stalen niet van heksen, tenzij ze een doodswens hadden – of erger nog, een plan. Hoe dan ook, ze pakte wat van mij was.

Ik volgde haar.

Ver kwam ze niet voordat iemand haar tegenhield. De Fae verscheen alsof hij uit de schaduwen zelf was geboren – lang, goudharig, met ogen die het maanlicht vingen als zilveren munten. Hij ging recht op haar af, net toen ze haar vleugels ontvouwde om op te stijgen.

Ze botsten op elkaar voordat ik weer adem kon halen. De Fae bewoog als water, vol gratie en precisie. De engel, pure energie, haar slagen meedogenloos. Ze spraken nauwelijks terwijl ze vochten. Alleen het geluid van vuisten en handen die vlees raakten, vleugels die sloegen, en af en toe een grom van inspanning.

Ik bleef laag, in een wijde boog om hen heen cirkelend. Mijn hart bonsde in mijn borst, maar ik dwong mezelf te concentreren. Dit was mijn kans. Terwijl zij te druk waren elkaar te vermoorden, hoefde ik alleen maar...

Daar. Het boek was tijdens hun worsteling uit de jas van de engel geglipt en in het gras tussen hen in beland. Geen van beiden leek het op te merken, ze rolden er zelfs van weg terwijl ze vochten. Perfect.

Ik schoot naar voren, mijn poten stil op de aarde. Eén sprong en mijn kaken sloten zich om de leren band. Het smaakte bitter, doordrenkt met oude magie. Ik dacht er niet bij na. Stopte helemaal niet. Ik keerde me gewoon om en rende.

Het woud schoot als een groene en zwarte waas aan me voorbij. Mijn poten raakten de grond amper voordat ik weer sprong, slalommend door braamstruiken en duikend onder lage takken. Het spreukenboek zwaaide onhandig tussen mijn kaken en het gewicht ervan bracht me uit balans. Bittere magie prikte op mijn tong, scherp en metaalachtig, maar ik durfde het niet los te laten.

Achter me de vage echo's van geschreeuw. Ver weg, maar niet ver genoeg. De engel en de Fae zouden er snel genoeg achter komen. Ze zouden achter me aan komen. Maar voor nu was de nacht voor mij.

Ik zette meer kracht, mijn adem brandde in mijn borst. Het vossenlichaam was hiervoor gemaakt: licht, snel, stil.

Elke spier werkte samen, elke sprong was berekend. Ik had kilometers kunnen rennen als het had gemoeten. En dat deed ik.

Het geluid stierf weg, opgeslokt door het woud. Nu was er alleen nog het geritsel van bladeren en het gestage ritme van mijn hartslag. Ik vertraagde toen ik een open plek bereikte, waar het bleke maanlicht over het vochtige gras vloeide. Het stelde niet veel voor, maar het was ver genoeg. Voor nu.

Het was nog donker toen ik wakker werd van het boek dat oncomfortabel in mijn ribben prikte. Ik rolde op mijn zij en pakte het op. Ik staarde naar de leren kaft, gehavend en eeuwenoud, nu ontsierd door een paar gaten waar mijn tanden het hadden doorboord. Na al die jaren voelde het bijna onwerkelijk.

De open plek rook naar aarde en mos, puur en onvermurwbaar. Het deed me denken aan plaatsen waar ik eeuwen geleden was geweest, toen wouden de wereld bedekten en steden slechts gefluister aan de horizon waren. Destijds wist ik niet waar ik naartoe rende. Alleen waar ik voor op de vlucht was.

Het begon met honger. Altijd honger. Een jongen die te slim was voor zijn eigen bestwil, die op plekken sloop waar hij niet thuishoorde. Eén fout, één verkeerde beweging, en mijn leven veranderde voorgoed.

'Waar was het allemaal voor?' Mijn lach was bitter, zelfs in mijn eigen oren. Het geluid werd door de bomen gedragen en was bijna onmiddellijk verloren.

Dit boek bevatte het antwoord. Dat moest wel. Ik had levenslang snippers kennis nagejaagd, geruchten over spreuken opgespoord die de vloek van de heksen zouden kunnen verbreken. Geen daarvan werkte ooit. Deze keer zou anders zijn. Het moest anders zijn.

Ik duwde mezelf overeind, mijn benen trilden terwijl ik terugkeek in de richting waar ik vandaan was gekomen. Nog geen teken van achtervolging. Niet dat het iets betekende. Ze zouden niet snel opgeven. Zeker de engel niet.

'Laat ze maar komen,' zei ik, vooral om mezelf te overtuigen, en reikte naar de magie, diep vanbinnen. Een wolf dit keer, groter en sneller dan de vos. Mijn klauwen schraapten over de grond toen ik het boek weer vastpakte, voorzichtig om het niet te beschadigen. De smaak van magie bleef hangen, maar ik negeerde het. Er was nu geen weg meer terug.

Hoe dan ook, ik zou deze vloek verbreken. Zelfs als het mijn dood zou worden.

De lichten van het dorp sneden als grillige sterren door de bomen en flikkerden in het donker. Ik sloop dichterbij, mijn poten stil op de vochtige aarde. Mijn hart bonkte hard, zo standvastig als een tromslag. Het spreukenboek klemde zich vast in mijn kaken, het gewicht ervan trok aan mijn nek. Het smaakte naar oud leer en iets vaag metaalachtigs, misschien magie. Of gewoon eeuwen van handen die veel hebberiger waren dan de mijne.

Een auto stond stationair te draaien aan de rand van het dorp, geparkeerd onder een doorgezakte lantaarnpaal. Perfect. Geen hekken, geen camera's voor zover ik kon zien. Alleen rijen halfdode struiken langs het gebarsten trottoir.

Ik schoot naar voren, me tussen de schaduwen door wevend. De lucht stonk naar benzine en oud brood. Ergens in de straat zoemde een televisie zachtjes achter gesloten gordijnen. Stil. Bijna te stil.

'Rustig maar,' dacht ik. Stap voor stap. Erin en eruit. Een oude auto vinden, iets wat ik kon kortsluiten, en dan zou ik hier sneller weg zijn dan zelfs de Fae me zou kunnen volgen.

Het duurde niet lang om een oude Peugeot te vinden, die stomdronken scheef tegen de stoeprand geparkeerd stond. Ik grijnsde. Dit zou een koud kunstje worden.

Ik liet het boek aan mijn voeten vallen en transformeerde; vacht smolt in huid, botten knapten op hun plaats. Pijn schoot door me heen, kort maar hevig. Seconden later zat ik daar gehurkt, volledig menselijk.

'Oké,' fluisterde ik, terwijl ik mijn stijve vingers strekte. 'Eens kijken wat je in huis hebt.'

Ik greep naar de deurklink. Op slot. Natuurlijk. Mijn kaken spanden zich aan, maar ik had geen tijd om te vloeken. Met snelle handen viste ik een dun mes uit mijn zak en schoof het in de opening bij het raam. Het metaal schraapte zachtjes, maar niet luid genoeg om de aandacht te trekken. Bijna daar...

Geblaf. Luid, verwoed en dichtbij. Mijn hoofd schoot omhoog. Twee honden, grote, een en al tanden en spieren, stormden uit de schaduwen, hun ogen gloeiden van woede.

'Verdorie.' Ik greep het boek en zette het op een lopen, mijn blote voeten kletsten op het trottoir. De honden waren snel, grommend, hun klauwen schraapten over de weg. Te snel. Ik zette meer kracht, mijn longen brandden, het spreukenboek stak in mijn zij.

Hun geblaf sneed door me heen, zo scherp als messen. Paniek stroomde heet en wild op, en slokte mijn verstand op. Ik verloor de controle. De transformatie overviel me voordat ik hem kon stoppen.

'Niet nu...' Mijn stem brak en werd een grom. Ik struikelde toen mijn lichaam zich verdraaide, botten kraakten en vervormden. Vacht explodeerde over mijn huid. Mijn handen krulden halverwege een stap tot klauwen, waardoor ik op handen en voeten neersmakte. Het boek rolde voor me uit.

Pijn golfde door elke zenuw, maar ik kon niet stoppen met bewegen. Niet hier. Niet nu. De wolf kwam volledig tot leven, instincten schreeuwden luider dan gedachten. Het geblaf kwam dichterbij, happend naar mijn hielen.

Ik griste het boek tussen mijn kaken en rende, dit keer sneller, wilder. Mijn klauwen scheurden in het zand toen ik van de weg afweek en terug de veiligheid van het woud indook. De bomen slokten me volledig op en het geblaf stierf achter me weg.

De grond was een waas onder me. Elke stap stuurde schokken door mijn poten, maar ik vertraagde niet. Het woud drong dichter op, takken klauwden naar mijn vacht. Mijn adem kwam in horten en stoten, hete lucht brandde in en uit mijn longen. De leren kaft van het spreukenboek smaakte bitter tussen mijn tanden, het gewicht was onhandig maar noodzakelijk.

Achter me was het geblaf verstomd. Maar ik vertrouwde het niet. Nog niet.

Nooit.

De instincten van de wolf drongen op en spoorden me aan om door te rennen. Door te gaan tot de wereld vervaagde tot niets. Maar mijn lichaam, menselijk of dierlijk, had zijn grenzen. En het mijne schreeuwde het uit.

Ik week uit naar links, dieper het bos in. Het kreupelhout werd dichter, elke stap verstrikte me verder. Een braamstruik scheurde langs mijn flank, zo scherp als glas. Ik kromp nauwelijks ineen. Pijn was een oude vriend.

Voor me opende zich een open plek, het maanlicht stroomde zilver over de vochtige aarde. Te open. Te blootgesteld. Ik gromde zacht en dwong mezelf verder te gaan. De bomen slokten me weer op, schaduwen wikkelden zich strak om me heen als een tweede huid. Mijn poten vonden zachtere grond, mos dempte mijn stappen.

Eindelijk zag ik het: een holle boomstam, half verrot maar breed genoeg om in te kruipen. Een schuilplaats. Het was niet veel, maar het moest maar. Ik glipte naar binnen, dook diep weg en liet het spreukenboek uit mijn kaken vallen. Mijn flanken rezen en daalden bij elke ademhaling, mijn borstkas trilde van de inspanning.

Veilig. Voor nu.

De wolf gromde zacht en ijsbeerde rusteloos achter in mijn gedachten. Hij wilde altijd meer, meer afstand, meer veiligheid, meer bloed. Ik drukte het instinct weg en sloot mijn ogen. Concentreren. Nadenken. *Transformeren.*

De pijn kwam snel, scherp en vertrouwd, als messen die door spieren en botten sneden. Mijn lichaam verdraaide zich in de krappe holte van de boomstam, mijn ledematen knikten terwijl ze strekten, knapten, hervormden. Mijn adem siste tussen opeengeklemde tanden. Hitte golfde onder mijn huid, te veel hitte, alsof ik van binnenuit in brand was gestoken.

'Kom op,' beet ik van me af, mijn voorhoofd tegen het vochtige hout gedrukt. 'Krijg het gewoon achter de rug.'

Het luisterde niet. Dat deed het nooit.

Ik onderdrukte een gil toen mijn ruggengraat op zijn plaats knapte. De vacht trok zich terug en liet een rauwe, tere huid achter. Mijn handen, weer menselijk, beefden tegen de grond, mijn nagels groeven zich in zacht mos en aarde om me vast te ankeren. Eindelijk, na wat uren leken, maar misschien minuten waren, lag ik daar, zwetend en happend naar adem. Menselijk. Voor nu.

'Nog steeds in leven,' mompelde ik met een schorre stem. 'Dat is tenminste iets.'

Het spreukenboek lag waar ik het had laten vallen, de randen besmeurd met modder. Ik reikte er met trillende vingers naar en trok het dichterbij. De leren kaft was zwaarder dan hij leek, ruw onder mijn aanraking. Oude magie kleefde eraan, vaag maar onmiskenbaar, als statische elektriciteit die in de lucht prikkelde. Toen ik het vasthield, kromp mijn borst samen, een mengeling van hoop en vrees die zich ineenvlochten.

'Verknal dit niet,' zei ik tegen mezelf. 'Niet na alles.'

Ik sloeg het open. De eerste pagina staarde me aan, spottend in haar stilte. Symbolen die ik niet herkende, vulden het perkament: gebogen lijnen, kleine tekeningetjes, ingewikkelde vormen die op elkaar gestapeld waren. De moed zonk me in de schoenen.

'Hiërogliefen?' fluisterde ik, terwijl ik dichterbij leunde. De inkt glinsterde vaag in het schemerige licht, gouden accenten op elke haal. Egyptisch, als ik het me goed herinnerde.

'Natuurlijk,' zei ik bitter en sloeg het boek dicht. Een lach borrelde op, scherp en humorloos. 'Waarom zou het ook makkelijk zijn?'

Eeuwenlang dit ding nagejaagd. Eeuwen van bloed, zweet, rennen tot mijn benen het begaven, en nu? Nu had het net zo goed in een andere dimensie geschreven kunnen zijn. Mijn greep om het boek verstevigde, mijn knokkels werden wit.

'Typisch,' mompelde ik, starend naar de gesloten kaft. De wolf roerde zich weer, rusteloos, maar ik negeerde hem.

Goed. Tijd voor een nieuw plan.

Het boek plofte met een doffe klap in mijn rugzak. Ik trok de riemen strak aan, mijn tanden op elkaar geklemd tegen het trekken van het stugge leer. De hiërogliefen zwommen voor mijn ogen en tartten me met hun geheimen. Ik had geen tijd te verspillen met zelfmedelijden. Niet wanneer elke seconde de achtervolging dichterbij bracht.

'Denk na,' mompelde ik binnensmonds, laag gehurkt in de holle boomstam die mijn korte toevluchtsoord was geweest. Het woud om me heen gonsde van het leven: krekels die tjirpten, bladeren die ritselden in de wind. Normale geluiden, maar ze werkten me op de zenuwen. Ik spande mijn oren voor iets onnatuurlijks: vleugels die door de lucht sneden, zachte voetstappen, gefluisterde bezweringen.

Nog niets. Maar dat zou niet zo blijven.

'Een engel en een Fae,' zei ik zacht. 'En heksen.' Mijn lippen vertrokken tot een grimmige glimlach. 'Fantastisch. Wat is het volgende? Draken?'

Ik duwde mezelf van de grond, mijn spieren deden pijn toen ik opstond. Mijn benen voelden aan als lood, maar ik kon nu niet stoppen. Het dorp was niet ver en het werd bijna dag. Mensen stelden geen vragen, in ieder geval geen die ik niet kon ontwijken. En er was altijd wel iemand die iets wist, iemand die bereid was kennis te ruilen voor munten of gunsten. Ik had alleen de juiste persoon nodig.

'Hiërogliefen,' mompelde ik weer, het woord proevend als as. Egyptische geleerden waren dezer dagen niet bepaald dik gezaaid. Maar iemand daarbuiten moest het weten. Iemand kon het vertalen, of me op zijn minst in de richting wijzen van het volgende broodkruimel op dit vervloekte spoor.

Ergens achter me klonk een knappend geluid. Ik verstijfde, elke spier spande zich aan. Hield mijn adem in. Hart bonkte. Er volgde nog een geluid, een zacht geritsel, te opzettelijk om de wind te zijn. Mijn polsslag versnelde.

'Nu al?' Mijn stem kwam nauwelijks boven een gefluister uit. 'Verdorie.'

Ik verplaatste mijn gewicht en testte de ondergrond. Losse aarde, verspreide bladeren. Niet ideaal, maar het moest maar. Als ze me zo ver hadden opgespoord, zouden ze niet stoppen. Zoveel wist ik wel. De grijns van de Fae flitste door mijn geheugen, scherp en spottend. De zwarte ogen van de engel, koud als ijs. En de heksen? Die speelden nooit eerlijk.

'Oké,' ademde ik, en wierp een laatste blik op de boomstam achter me. Geen weg terug. Geen verstoppertje meer. Ik legde de rugzak op mijn schouders recht en schoot naar voren, zo stil als ik kon. Het woud slokte me volledig op, takken klauwden naar mijn armen en gezicht. Elke stap voelde als een gok, te luid, te onhandig, maar ik vertraagde niet.

'Zoek iemand,' herinnerde ik mezelf, keer op keer. 'Laat het vertalen. Maak hier een einde aan.'

Want als ik dat niet deed, zouden ze me te pakken krijgen. En na eeuwen op de vlucht weigerde ik het zo te laten eindigen.

Hoofdstuk Acht

Alyster

Ik ademde diep in en concentreerde mijn fae-zintuigen terwijl ik de slaperige dorpsstraat overzag. De aanhoudende aura van magie hing als een elektrische lading in de lucht. De dief was hier geweest, en nog maar kortgeleden. Hij was in een mens veranderd voordat hij brutaalweg door deze straat liep.

Mijn hartslag versnelde van verwachting. We zaten op het juiste spoor.

Ik hurkte neer toen we langs een auto liepen waarvan de deur op een kier stond. De magie was hier sterker; de dief was weer van gedaante veranderd en zijn geur was opnieuw veranderd.

Ik kwam snel overeind en greep het gevest van mijn betoverde zwaard, waarvan de kracht gretig zoemde. Careena stond naast me, haar vleugels fladderden van verwachting.

'Hij is die kant op gegaan', zei ik, en ik knikte naar de boomgrens. 'Het bos in. Ik denk dat hij deze auto probeerde te stelen, werd afgeschrikt en er weer vandoor ging.'

Careena fronste haar wenkbrauwen. 'Weet je zeker dat hij het is?'

'Die aura zou ik overal herkennen. Als kaneel en ozon.'

Ze trok een wenkbrauw op. 'Je bent beter op hem afgestemd dan ik dacht.'

Ik negeerde haar insinuatie, ook al voelde ik een blos in mijn nek opkomen. 'Laten we gaan. Hij heeft een voorsprong.'

Het bos omhulde ons weer, een labyrint van verwarde takken en grijpende ondergroei. Doornige ranken bleven aan onze kleren haken, terwijl wortels uit de aarde leken op te rijzen, vastbesloten om ons te laten struikelen. Het bladerdak boven ons werd dichter en filterde het zonlicht tot een troebele groene nevel.

Ik baande me een weg voorwaarts, glijdend door het dichte gebladerte op een manier die alleen een fae van mijn afkomst kon. Achter me hoorde ik Careena's gestage voetstappen, onderbroken door het af en toe knappen van een takje of het ritselen van bladeren. Ze was luidruchtig in het bos. De dief zou ons kunnen horen aankomen; iets om in gedachten te houden als we dichterbij kwamen, hoewel ik er op dit moment vrij zeker van was dat hij mijlenver op ons voor lag.

We kwamen bij een smal stroompje, waar water over bemoste rotsen naar beneden klaterde. Ik sprong er gemakkelijk overheen, maar pauzeerde aan de andere kant en keek toe hoe Careena haar weg over de gladde stenen baande. Haar vleugels bleven ongebruikt dicht tegen haar lichaam gevouwen.

'Weet je', riep ik haar na, 'het is misschien makkelijker als je vliegt.'

Ze keek naar me op, met een vastberaden trek om haar kaak. 'Ik geef deze dief niet de voldoening te weten dat hij me heeft vertraagd.'

Ik onderdrukte een glimlach. Haar koppigheid was vreemd genoeg vertederend.

Naarmate we dieper het bos in trokken, werd het terrein verraderlijker. Gekartelde rotsen staken uit de aarde, met randen die scherp genoeg waren om in vlees te snijden. De ondergroei werd een dichte wirwar die ons dwong om te zigzaggen en terug te keren op onze stappen.

Toch hield Careena gelijke tred. Terwijl ik vertrouwde op mijn door de fae versterkte behendigheid om de obstakels te overwinnen, ging zij elke uitdaging aan met pure vastberadenheid. Haar uithoudingsvermogen was indrukwekkend, vooral voor iemand die meer gewend was aan de vrijheid van het luchtruim.

Tijdens een korte rustpauze wendde ik me tot haar. 'Ik moet toegeven dat ik verrast ben. Ik dacht dat je nu meer... gefrustreerd zou zijn.'

Ze keek me aan, een flikkering van vermaak in haar donkere ogen. 'Gefrustreerd? Waarom, omdat ik niet boven je zweef terwijl jij hier beneden worstelt?'

Ik grinnikte. 'Zoiets, ja.'

Careena schudde haar hoofd. 'Ik ben niet zo teer als je misschien denkt, Alyster. Ik heb veel ergere dingen meegemaakt dan een paar doorns en rotsen.'

Er lag een gewicht in haar woorden, een hint naar de beproevingen die ze moet hebben doorstaan. Ik merkte dat ik meer wilde weten, de mysteries wilde ontrafelen die haar omhulden.

Maar het spoor wenkte en de aura van de dief werd met elke stap sterker. We konden het ons niet veroorloven om onze focus te verliezen, niet nu we zo dichtbij waren.

Ik schikte de geïmproviseerde schede die ik voor mijn nieuwe zwaard had gemaakt en voelde de onbekende, nieuwe kracht door me heen suizen toen mijn hand het gevest beroerde. 'Laten we dan verdergaan. We moeten een dief vangen.'

Toen de dag ten einde liep, werden de schaduwen in het bos langer. De schemering kleurde de lucht in tinten van amber en violet. Ik wist dat we snel ons kamp moesten opslaan, maar een deel van mij was terughoudend. Stoppen betekende de groeiende spanning tussen ons onder ogen zien, de onuitgesproken vragen en de treuzelende blikken.

Ik vond een kleine open plek, beschut door eeuwenoude eiken. 'Dit lijkt me een goede plek voor de nacht.'

Careena bekeek het gebied, haar vleugels ritselden zacht. 'Eens. Ik zal wat brandhout verzamelen.'

Terwijl zij aan haar taak begon, trok ik mijn zwaard uit de schede en verwonderde me over de ingewikkelde patronen die in het glimmende metaal waren geëtst. Ik voelde de kracht die ervan uitging, een tastbare kracht die in mijn vingertoppen tintelde. Ik was Careena meer verschuldigd voor dit geschenk dan ik kon uitdrukken.

Ik testte het lemmet op een nabijgelegen jonge boom en sneed door de stam met een gefluister van staal op hout. De precisie, de balans – het was voortreffelijk. In al mijn jaren als ridder had ik nog nooit een wapen van een dergelijk kaliber gehanteerd.

Careena kwam terug, haar armen vol sprokkelhout. Ze trok een wenkbrauw op bij het gevelde boompje. 'Zo te zien ben je al aan het wennen aan je nieuwe zwaard.'

Ik stak het lemmet in de schede, een grijns speelde om mijn lippen. 'Het is buitengewoon. Ik kan nog steeds niet geloven dat je het kon transformeren. Dank je, Careena. Echt waar.'

Ze knielde om het brandhout neer te leggen, maar ik ving de kleine glimlach op die om haar lippen speelde. 'Graag gedaan, Alyster. Die hellehond had ons allebei de kop kunnen kosten als ik niet had ingegrepen; ik heb er geen spijt van.'

We werkten in een gemoedelijke stilte en zetten een bescheiden kamp op. Ik haalde wat simpele rantsoenrepen uit mijn ransel die we konden eten, en vulde ze aan met wat eetbare paddenstoelen en een paar bessen die ik rond de kampplaats had gevonden. Careena bedankte me zachtjes en at het eten met een genot dat niet in verhouding leek te staan met de eenvoud van de maaltijd. Ze merkte dat ik naar haar keek en glimlachte.

'Aards voedsel is nog steeds vreemd voor me. Ik geniet van de nieuwe smaken. Is het voedsel in het fae-rijk weer anders?'

'Niet zo heel anders', gaf ik toe. 'We hebben wel wat vruchten en dergelijke die in dit rijk niet groeien.'

'Hm, die zou ik graag eens willen proberen. Vruchten zijn een van mijn favoriete dingen aan dit rijk.' Ze at de bessen die ik had gevonden en maakte een neuriënd geluid van genot toen de sappen op haar tong explodeerden.

Terwijl de duisternis over het bos viel en het knapperende vuur een warme gloed wierp, merkte ik dat ik naar Careena keek, geboeid door de manier waarop het flikkerende licht over haar donkere huid danste en de verborgen diepten in haar ogen verlichtte.

Ondanks onze verschillen kon ik het groeiende respect en de verstandhouding tussen ons niet ontkennen. Ze had zich keer op keer bewezen op deze reis, haar vastberadenheid was onwankelbaar, zelfs bij tegenslag. En nu, in de intimiteit van ons kleine kamp, voelde ik een aantrekkingskracht tot haar die verder ging dan louter kameraadschap.

Maar ik aarzelde, onzeker of ik deze broze, ontluikende gevoelens moest uitspreken. We hadden nog een missie te volbrengen, een spreukenboek terug te halen. Afleidingen konden gevaarlijk zijn.

Toch, terwijl de nacht vorderde en ons gesprek vloeide, onderbroken door momenten van geladen stilte, kon ik het niet laten me af te vragen of er misschien, heel misschien, ruimte was voor iets meer om op te bloeien te midden van de chaos die ons omringde.

Naarmate de nacht dieper werd, merkte ik dat ik rusteloos was, mijn gedachten kolkten met beelden van Careena en de onverwachte band die tussen ons groeide. Ik had een moment nodig om mijn hoofd leeg te maken, dus stond ik stilletjes op van bij het vuur en glipte de schaduwen van het bos in.

Ik zwierf doelloos rond en liet de koele bries en het zachte geritsel van de bladeren mijn opgewonden geest kalmeren. Het maanlicht dat door het bladerdak filterde, schilderde de wereld in een zachte, zilverachtige gloed en wierp een bovenaardse glans op het weelderige gebladerte om me heen.

Verzonken in gedachten, registreerde ik het vage geluid van spattend water uit een nabijgelegen beekje bijna niet. Geprikkeld door nieuwsgierigheid, begaf ik me naar de bron, waarbij ik ervoor zorgde dat ik me geruisloos voortbewoog.

Toen ik dichterbij kwam, ving ik een glimp op van iets dat mijn adem in mijn keel deed stokken. Daar stond Careena, badend in het etherische maanlicht. Haar vleugels waren achter haar uitgespreid, de glanzend zwarte veren glinsterden met een betoverende iriserende gloed. Waterdruppels kleefden aan haar naakte huid, elk een klein prisma dat het zachte licht weerkaatste.

Ik wist dat ik moest wegkijken, haar de privacy moest geven die ze verdiende, maar ik was als aan de grond genageld door het tafereel voor me. Er was een sensualiteit in haar bewegingen, een gratie die verder ging dan louter schoonheid. Het was alsof ze deel uitmaakte van het stroompje zelf, een levende belichaming van de allure van de natuur.

Een blos steeg naar mijn wangen toen ik me de onbetamelijkheid van mijn acties realiseerde. Ik verstoorde een privé-moment, een dat niet voor mijn ogen bestemd was. Maar zelfs terwijl schaamte door me heen stroomde, kon ik het verlangen dat in me opwelde niet ontkennen, het verlangen om haar te kennen op een manier die onze huidige rollen oversteeg.

Ik haalde diep adem en probeerde mijn razende gedachten te kalmeren. Dit was onbekend terrein voor mij, en ik wist niet zeker hoe ik ermee moest omgaan. Engelen en fae waren in mijn gedachten altijd totaal verschillende soorten geweest, elk met hun eigen gewoonten en manieren van zijn. Maar Careena daagde die vooroordelen uit en vervaagde de grenzen tussen wat ik dacht te weten en wat mogelijk was.

Ik vermande me en stapte vanachter de bomen tevoorschijn, waardoor mijn aanwezigheid kenbaar werd. Careena draaide zich naar me toe, haar uitdrukking onleesbaar. Een moment lang staarden we elkaar alleen maar aan, het gewicht van onuitgesproken woorden hing tussen ons in de lucht.

'Mijn excuses voor het storen', zei ik, mijn stem klonk vreemd in mijn eigen oren. 'Het was niet mijn bedoeling je te storen.'

Careena hield haar hoofd schuin, een vage glimlach speelde om de hoeken van haar lippen. 'Je stoorde me niet, Alyster. In feite geniet ik juist van je gezelschap.'

Ik was overrompeld door haar woorden en wist niet hoe ik moest reageren. 'Ik... ik moet bekennen dat ik verrast ben door je stoutmoedigheid. Horen engelen niet meer... gereserveerd te zijn?'

Careena lachte, het geluid klonk als het rinkelen van windgongen. 'Gereserveerd? Is dat wat je van ons denkt? Oh, Alyster, je hebt nog zoveel te leren over de aard van engelen.'

Ze zette een paar stappen naar me toe, haar vleugels vouwden zich gracieus achter haar rug en waterdruppels stroomden langs haar lichaam naar beneden. Ik kon het niet helpen dat ik zag hoe het maanlicht over haar huid danste, haar in een bovenaardse gloed hullend, hoewel ik met een wilskrachtsinspanning mijn blik dwong terug te keren naar haar gezicht.

'We zijn niet zo verschillend, jij en ik', zei ze zacht, haar nachtzwarte ogen in de mijne verankerd. 'We zoeken allebei kennis, stellen allebei de beperkingen die onze respectievelijke rijken ons opleggen ter discussie. Misschien is het tijd dat we van elkaar leren, hm?'

Ik slikte moeizaam, mijn mond was plotseling droog. De implicatie achter haar woorden was duidelijk, en het maakte me zowel opgewonden als doodsbang. Wat zou het betekenen om die onzichtbare lijn tussen engel en fae over te steken? Welke geheimen zouden we kunnen onthullen, welke verlangens zouden we kunnen ontketenen?

Alsof ze mijn innerlijke onrust aanvoelde, reikte Careena uit en legde een zachte hand op mijn wang. Haar aanraking was elektrisch en stuurde rillingen over mijn rug. Op dat moment wist ik dat er geen weg terug was. Wat er ook in het verschiet lag, welke gevolgen we ook zouden ondervinden, ik was bereid alles te riskeren voor de kans om haar intiemer te leren kennen.

'Onderwijs me dan', fluisterde ik, en leunde in haar aanraking. 'Toon me de ware aard van engelen en ik zal de geheimen van de fae met je delen. Misschien kunnen we samen een pad vinden dat alleen van ons is.'

Careena's glimlach werd breder, haar ogen fonkelden van een mengeling van ondeugd en iets diepers, iets dat tot in het diepst van mijn wezen aantrok. 'Ik dacht dat je het nooit zou vragen', fluisterde ze, voordat ze de afstand tussen ons overbrugde en mijn lippen met de hare veroverde.

Ik voelde elektriciteit door me heen pulseren bij de aanraking van Careena's lippen, teder maar toch intens. Haar mond bewoog tegen de mijne met een tedere drang, alsof ook zij op dit moment had gewacht, verlangend naar een verbinding die de grenzen van onze werelden oversteeg. Ik verstrengelde mijn vingers in haar zijdezachte haar, me verbazend over de zachtheid ervan, over de manier waarop ze in mijn omhelzing leek te smelten.

Toen we eindelijk uit elkaar gingen, beiden buiten adem, zag ik dezelfde verwondering en hetzelfde verlangen weerspiegeld in Careena's nachtzwarte ogen. 'Alyster,' fluisterde ze, mijn naam als een gebed op haar lippen. 'Ik had nooit gedacht... Ik bedoel, ik had verhalen gehoord over de passie van de Fae, maar dit...' Haar stem stierf weg terwijl ze vol verbazing haar hoofd schudde.

Ik kon een grijns niet onderdrukken bij haar reactie, terwijl mijn eigen hart tekeerging van de opwinding van wat we zojuist hadden gedeeld. 'En ik had nooit gedacht dat een engel zo kon kussen,' plaagde ik, terwijl ik met mijn duim over haar door het kussen opgezwollen onderlip streek. 'Het lijkt erop dat we beiden nog veel over elkaar te leren hebben.'

Careena lachte zachtjes, een muzikaal geluid dat me van binnenuit verwarmde. 'Inderdaad,' stemde ze in, haar ogen fonkelden ondeugend. 'Ik ben er klaar voor om de mysteries van jouw wereld te ontrafelen... en misschien in ruil daarvoor een paar geheimen van mezelf te delen.'

Toen ze naar voren leunde om me opnieuw te kussen, kon ik het gevoel niet van me afschudden dat ik iets in gang had gezet dat veel groter was dan een simpel avontuurtje. Ergens diep vanbinnen wist ik dat dit onsterfelijke wezen niet alleen mijn leven zou veranderen, maar het weefsel van onze werelden zelf. En toch, op dat moment, kon het me niets schelen.

Mijn vingers volgden de tere lijnen van Careena's vleugels, me verbazend over de manier waarop ze van energie leken te zoemen onder mijn aanraking. Ik voelde de warmte die van haar veren uitstraalde, een schril contrast met de koele nachtlucht die ons omringde.

'Ik had nooit gedacht dat ik zo in de ban zou raken van een engel,' gaf ik toe, mijn stem nauwelijks luider dan een fluistering. 'Maar er is iets met jou, Careena...'

Ze keek naar me op, haar donkere ogen gevuld met een mengeling van nieuwsgierigheid en verlangen. 'En wat zou dat dan mogen zijn, Alyster?'

Ik aarzelde even, niet zeker hoe ik mijn wervelende gedachten onder woorden moest brengen. 'Je bent... anders,' besloot ik uiteindelijk. 'Je past niet in het plaatje van hoe ik dacht dat een engel zou moeten zijn. Je bent fel en onafhankelijk, met een geest die weigert getemd te worden.'

Careena glimlachte, een kleine, geheimzinnige glimlach die me een rilling over de rug bezorgde. 'Misschien is dat omdat ik geen doorsnee engel ben,' zei ze, haar stem laag en zwoel. 'Ik ben gevallen.'

Mijn adem stokte en ik deinsde terug om haar aan te staren. 'Gevallen?'

'O, niet permanent. Waarschijnlijk.' Ze lachte zachtjes, ongetwijfeld geamuseerd door mijn verbijsterde blik. 'Ik heb geen ruzie gezocht met Michael of iets dergelijks. Voor dat soort dingen rukken ze je vleugels uit. Nee, voor mijn overtredingen ben ik naar de aarde gestuurd om mezelf te rehabiliteren door de mensheid te dienen. Dit is slechts een van de missies waarop ik ben gestuurd.'

'Welke overtredingen?' kon ik niet nalaten te vragen, ondraaglijk nieuwsgierig.

'Nieuwsgierigheid. Ik stelde te veel vragen.' Ze haalde achteloos haar schouders op. 'Ik ben niet iemand van blinde gehoorzaamheid.'

Ik moest lachen om haar brutaliteit. 'Ik zou zeggen dat dat een understatement is,' antwoordde ik, terwijl ik naar voren leunde om nog een kus te stelen. 'Maar het is een van de vele redenen waarom ik me tot je aangetrokken voel, ondanks onze verschillen.'

Toen onze lippen elkaar opnieuw ontmoetten, kon ik het knagende gevoel dat ik met vuur speelde niet negeren. Careena was per slot van rekening een engel, vanwege haar rebelse aard uit de hemel verstoten, en de Fae stonden al op gespannen voet met de Heerscharen sinds voor mijn geboorte, bijna duizend jaar geleden. En toch, terwijl ik mezelf verloor in haar smaak, kon ik me niet bekommeren om de gevolgen van onze daden.

Voor nu was het enige wat telde de hitte van haar huid tegen de mijne, de zachtheid van haar veren onder mijn vingers, en de wetenschap dat ik iets werkelijk buitengewoons meemaakte.

Ik kon geen genoeg van haar krijgen. Ik kon me niet bekommeren om het spreukenboek, of de Fae Queen, of een van de andere verantwoordelijkheden die op mijn schouders drukten.

Het enige wat telde was de vrouw in mijn armen en de manier waarop ze me een levendigheid liet voelen die ik nog nooit eerder had ervaren.

Ik voelde dat Careena zich inhield, dat ze nog steeds huiverig was om me volledig te vertrouwen. Maar terwijl onze lichamen samenbewogen in een langzame, sensuele dans, voelde ik de muren tussen ons afbrokkelen.

Er waren zo veel dingen die ik haar wilde vragen, zo veel vragen die achter in mijn hoofd brandden. Maar voor nu was ik tevreden om gewoon van het moment te genieten, om mezelf te verliezen in de magie van onze verbinding.

Terwijl onze lichamen verstrengeld raakten, voelde ik de verbinding tussen ons dieper worden, zelfs terwijl de verschillen in onze aard aan de randen van mijn bewustzijn trokken.

'Is dit verkeerd?' vroeg ik aarzelend, in tweestrijd door de emoties die door me heen stroomden. Enerzijds voelde ik een vurig verlangen om Careena te beschermen, om haar te vrijwaren van onheil. Anderzijds wist ik dat ons bondgenootschap op zijn best wankel was en dat onze werelden voorbestemd waren om te botsen.

'Misschien,' mompelde Careena, haar stem laag en zwoel, 'maar soms zijn het de dingen die verboden zijn die de grootste aantrekkingskracht hebben.'

Haar woorden vonden weerklank in mij en ontstaken een vuur dat weigerde te doven. Ik wist dat mijn gevoelens voor Careena een gevaarlijk spel waren, een verleiding die voor ons beiden tot de ondergang kon leiden.

Maar toen we daar lagen, onze adem vermengd in de stilte van de nacht, kon ik niet anders dan me overgeven aan de zwaartekracht van onze aantrekkingskracht en me laten meevoeren naar de bedwelmende diepten van het onbekende. En ondanks de donderwolken die aan de horizon opdoemden, wist ik dat er voorlopig geen plek was waar ik liever was dan aan haar zijde.

Careena's huid voelde bijna onverdraaglijk zacht aan. Ik was gewend aan de zijdezachte huid van Fae-vrouwen, maar de huid van een engel was iets heel anders. Ik wilde nooit stoppen met haar aan te raken, en ze leek ervan te genieten. Ze welde haar rug onder mijn handen en mond en zachte kreten ontsnapten aan haar lippen terwijl ik lager zocht, mijn mond een donkere tepel vond, zelfs terwijl een hand tussen haar benen gleed.

Ik deed het rustig aan, vastbesloten haar genot te schenken, tenminste totdat ze ongeduldig met me werd en me op mijn rug duwde, me met een ondeugende grijns bereed en me diep in haar lichaam nam.

'Precies daar,' spinde ze, terwijl ze haar rug boog en haar heupen kantelde. 'Ah ja, Alyster... ja!'

Onze gemengde kreten van genot stegen op naar de door de maan verlichte hemel terwijl Careena me tot onze wederzijdse bevrediging bereed. En daarna, toen we op het zachte gras lagen en onze ademhaling langzaam weer normaal werd, kon ik een gevoel van ontzag voor de schoonheid van de wereld om ons heen niet onderdrukken. De sterren fonkelden boven ons en wierpen een hemelse gloed over het landschap, terwijl de geluiden van het bos ons in een staat van rust leken te sussen.

Maar daaronder voelde ik de spanning die nog steeds tussen ons sudderde, de wetenschap dat onze werelden op een ramkoers lagen en dat onze acties vanavond de vonk zouden kunnen zijn die een groter conflict zou ontsteken.

Careena's vingers tekenden lome cirkels op mijn borst, haar aanraking vederlicht en rustgevend. De tederheid tussen ons was een balsem voor de aanhoudende verwarring die mijn gedachten vertroebelde.

'Vertel me eens iets, Alyster,' fluisterde ze, haar stem zacht en nieuwsgierig. 'Wat weet je over gevallen engelen?'

'Alleen de verhalen die ik heb gehoord,' gaf ik toe, terwijl ik mijn hand door haar lange donkere haar haalde en me verwonderde over de zachtheid ervan. 'Dat ze uit de hemel worden verbannen omdat ze de aartsengelen trotseren, verbannen om door het sterfelijke rijk te zwerven op zoek naar verlossing.'

'Verlossing,' mijmerde ze, haar ogen afwezig alsof ze in gedachten verzonken was. 'Het is een zware last om te dragen, wetende dat elke handeling van je kan bepalen of je wordt toegestaan terug te keren naar de hemelse schare of wordt veroordeeld tot eeuwige ballingschap.'

De kwetsbaarheid in haar woorden wekte een nieuwe nieuwsgierigheid in me op, en ik merkte dat ik meer wilde weten over deze raadselachtige engel die mijn hart had veroverd.

'Je rebelse aard...' begon ik aarzelend, niet zeker hoe ik mijn vraag moest formuleren. 'Was dat wat leidde tot je val uit de gratie?'

Ze glimlachte, een weemoedige uitdrukking die met verdriet gekleurd leek. 'Gedeeltelijk, ja. Ik ben altijd iemand geweest die autoriteit in twijfel trekt, die antwoorden zoekt die als verboden werden beschouwd. En in mijn zoektocht naar kennis heb ik grenzen overschreden die niet overschreden hadden mogen worden.'

'Is dat waarom je verbannen werd?' vroeg ik, niet in staat de bezorgdheid in mijn stem te verbergen.

'Gedeeltelijk,' gaf Careena toe, haar nachtzwarte ogen richtten zich op de mijne. 'Ik durfde de Raad van Aartsengelen uit te dagen, hun rigide wetten in twijfel te trekken en verandering te eisen. Ze zagen me als een bedreiging, een agent van chaos die het zwijgen opgelegd moest worden. Dus wierpen ze me eruit, ontnamen ze me mijn rang en veroordeelden me tot boetedoening hier op aarde, totdat ik mijn weg terug naar de hemel kan verdienen.'

Terwijl ze sprak, kon ik niet anders dan de vonk van verzet bewonderen die nog steeds in haar brandde, een bewijs van haar kracht en veerkracht. En nu onze lotsbestemmingen verder verstrengeld raakten, zwoer ik aan haar zijde te staan, ongeacht welke uitdagingen ons te wachten stonden.

'Je verleden definieert je niet, Careena,' fluisterde ik, terwijl ik haar dicht tegen me aan trok. 'Je bent zo veel meer dan je fouten.'

'Dank je, Alyster,' mompelde ze, haar lippen streelden de mijne in een tedere kus. 'Ik begin me af te vragen of ik mijn weg wel terug wil verdienen. De aarde is zo veel meer dan ik ooit had gedacht.'

'Misschien hoef je je weg niet terug te verdienen,' stelde ik voor. 'Misschien is er een ander pad voor je, een pad dat je toestaat trouw aan jezelf te zijn en tegelijkertijd goed te doen in deze wereld.'

Careena leek over mijn woorden na te denken, haar donkere ogen zochten de mijne op voor oprechtheid. 'Dat geloof je echt, hè?' vroeg ze.

'Jazeker,' antwoordde ik zonder aarzeling. 'Ik heb met eigen ogen gezien welke positieve invloed je op anderen kunt hebben, en ik denk dat je tot zo veel meer in staat bent dan alleen een pion van de Raad te zijn.'

'Dank je, Alyster,' mompelde ze, een vleugje kwetsbaarheid sijpelde door in haar stem. 'Je vertrouwen in mij betekent meer dan je weet.'

Terwijl we elkaar vasthielden onder de door de maan verlichte hemel, kon ik een gevoel van urgentie niet onderdrukken dat aan de randen van mijn bewustzijn knaagde. Het spreukenboek was er nog steeds, en elk moment dat we in elkaars armen verstrengeld doorbrachten, vergrootte het risico dat het in verkeerde handen zou vallen. Ondanks de onmiskenbare band die ik met Careena voelde, wist ik dat we door moesten gaan.

'Kom op,' fluisterde ik, terwijl ik me met tegenzin uit haar omhelzing losmaakte. 'We hebben een missie af te ronden.'

'Juist,' stemde ze in, terwijl ze opstond en naar haar afgedankte kleren reikte. 'Het spreukenboek gaat zichzelf niet vinden.'

Toen we ons geïmproviseerde kamp verlieten en onze jacht op de vormveranderende dief en het gestolen artefact voortzetten, kon ik niet anders dan me verbazen over de vrouw naast me. Hoewel ze de last van haar verleden als een albatros om haar nek droeg, weigerde ze zich erdoor te laten neerhalen. En terwijl we verder het onbekende in trokken, was ik er zeker van dat we samen alle obstakels die op ons pad kwamen, zouden overwinnen.

HOOFDSTUK NEGEN

CAREENA

HET ZONLICHT FILTERDE DOOR het bladerdak van het woud en spikkelde mijn vleugels met gouden licht terwijl ik tegen een stevige eik leunde, mijn gedachten nog bedwelmd door de sensuele ontmoeting met Alyster. Zijn aanraking bleef op mijn huid hangen en ontstak een verlangen dat ik nooit eerder had gekend. Als engel hoorde ik boven zulke aardse verlangens te staan, maar in dat moment van passie had ik me voor het eerst echt levend gevoeld.

Mijn hart sloeg op hol toen ik me de hitte van zijn lichaam tegen het mijne herinnerde, de plotselinge drang van onze kussen. Ik sloot mijn ogen en genoot van de herinnering. Maar twijfel sloop binnen als een kille rilling. Waar was ik mee bezig, me overgevend aan deze verboden gevoelens? Mijn plicht lag bij de hemelse Heerscharen en de Raad, om mezelf in hun ogen te verlossen. Dit... wat dit ook was met Alyster, kon me alleen maar verder van het rechte pad afleiden.

Ik duwde me van de boom af, mijn kaak strak van hernieuwde vastberadenheid. Nee. Ik zou het oordeel van de Raad niet langer boven mijn hoofd laten hangen. Ik had al genoeg opgeofferd in mijn onvermoeibare zucht naar kennis. Waarom zou ik mezelf dit ene ding ontzeggen waardoor ik me heel voelde?

Alyster kwam uit het struikgewas tevoorschijn, zijn gouden haar verward, zijn zilveren ogen glinsterend van onuitgesproken vragen. 'Careena? Is alles in orde?'

Ik keek hem zonder verontschuldiging aan. 'Alles is precies zoals het zou moeten zijn.' Ik stapte dichterbij, mijn stem laag en zelfverzekerd. 'Ik wil geen spijt meer hebben, Alyster. Welke uitdagingen er ook voor ons liggen, ik wil ze recht in de ogen kijken. Met jou aan mijn zijde.'

Zijn mond vertrok in die bekende, ondeugende grijns. 'Nou dan,' zei hij, terwijl hij me zijn hand aanbood, 'zullen we ons kleine avontuur dan maar voortzetten?'

Ik verstrengelde mijn vingers met de zijne en voelde een opwelling van opwinding door me heen gaan bij het contact. 'Baan jij de weg maar.'

Terwijl we dieper het woud in trokken, hield ik mijn hoofd hoog, vastbesloten om dit moment te omarmen, wat er ook gebeuren mocht. De toekomst was onzeker, maar één ding was glashelder: ik was er klaar mee om in de schaduw van mijn verleden te leven. Het was tijd om mijn vleugels uit te slaan en op te stijgen.

Het bos werd dichter naarmate we verder trokken, en het dichte bladerdak verduisterde het gespikkelde zonlicht. Alyster bewoog met een roofdierachtige gratie, zijn scherpe ogen de grond afspeurend naar sporen van onze prooi.

'Het spoor wordt verser,' mompelde hij, en hij knielde om een gebroken takje te onderzoeken. 'Hij kan nu niet ver meer zijn.'

Ik knikte, terwijl mijn eigen zintuigen zich uitstrekten om de omringende bossen te peilen. De aura van de gedaanteverwisselaar was ongrijpbaar, flakkerend als een walmende kaarsvlam. Maar hij was er, tergend dichtbij.

We versnelden onze pas, met Alyster die de weg wees met onvermoeibare vastberadenheid. Over omgevallen boomstammen en door verward struikgewas renden we, zonder acht te slaan op de takken die aan onze kleren en haren trokken. Mijn longen brandden van de inspanning, maar ik zette door, onwillig om achter te blijven.

Toen we over een kleine beek sprongen, kon ik niet anders dan me verbazen over Alysters schijnbaar eindeloze uithoudingsvermogen. Zijn bewegingen bleven vloeiend en krachtig, zelfs toen de uren verstreken en het terrein uitdagender werd.

'Hoe doe je dat?' hijgde ik, worstelend om hem bij te houden. 'Is het een soort Fae-magie?'

Alyster grijnsde over zijn schouder naar me. 'Geen magie. Gewoon ouderwetse koppigheid.' Alyster bewoog als een fantoom door de bomen, zijn lenige gestalte vervaagde terwijl hij met een doelgerichte intensiteit het spoor van de gedaanteverwisselaar volgde. Ik verwonderde me over zijn onmenselijke uithoudingsvermogen, terwijl mijn eigen spieren protesteerden terwijl we over omgevallen boomstammen vlogen en onder laaghangende takken doken.

De gedaanteverwisselaar was sluw, dat moest ik hem nageven. Hij volgde een duizelingwekkend pad, keerde op zijn schreden terug en stak beekjes over in een poging ons van het spoor te brengen. Maar Alyster was onverzettelijk en las tekens in het bos die ik niet eens kon beginnen te doorgronden. Gebroken twijgjes, verstoorde bladeren, een verdwaalde pluk vacht: niets ontsnapte aan zijn scherpe Fae-zintuigen.

'Hij wordt moe,' riep Alyster over zijn schouder, zonder ook maar buiten adem te klinken. 'Het spoor is verser. We halen hem in.'

Ik kon alleen maar knikken, niet in staat om te spreken zonder mijn uitputting te verraden. In stilte vervloekte ik de beperkingen van mijn menselijke vorm, zelfs terwijl ik die tot het uiterste dreef. Ik weigerde de zwakke schakel te zijn.

Het terrein werd ruiger; rotsachtige uitstulpingen braken door de grond en boomwortels spanden samen om me bij elke stap te laten struikelen. Zweet plakte mijn haar aan mijn voorhoofd en prikte in mijn ogen, maar ik knipperde het weg, onwillig om ook maar een seconde zichtbaarheid op te offeren.

Alyster sprong met katachtige gratie over een wirwar van rotsblokken en landde geruisloos aan de andere kant. Ik klauterde achter hem aan, mijn loden benen dreigden het te begeven terwijl ik mezelf over de ongelijke stenen hees. Een hartverscheurend moment gleden mijn vingers weg, maar toen was Alyster daar, greep mijn pols en hees me moeiteloos naar boven.

'Rustig,' mompelde hij, zijn kwikzilveren ogen ontmoetten de mijne. In hun diepten zag ik een flits van bezorgdheid, snel gemaskeerd. 'We drijven hem snel in het nauw.'

Ik kon niet anders dan me verbazen over zijn vastberadenheid, de felle intensiteit die van hem uitstraalde toen hij de achtervolging zonder een seconde te missen hervatte. Ik putte kracht uit zijn vastberadenheid en riep mijn laatste reserves op om zijn tempo bij te houden.

Maar zelfs de ontembare Fae-ridder had zijn grenzen. Toen de zon onder de boomtoppen begon te zakken, zag ik de eerste tekenen van vermoeidheid in zijn houding sluipen. Zijn stappen wankelden, heel licht, en een glans van zweet parelde op zijn voorhoofd.

'Alyster,' riep ik zachtjes en legde een hand op zijn arm. 'Misschien moeten we even rusten. Op krachten komen.'

Een hartslag lang dacht ik dat hij zou protesteren. Maar toen zakten zijn schouders, een fractie maar, en hij knikte. 'Je hebt gelijk. We hebben er niets aan als we onszelf de vernieling in jagen.'

We vonden een kleine open plek en lieten ons op een omgevallen boomstam zakken, onze adem in hortende stoten. Ik leunde met mijn hoofd achterover en genoot van de koele avondlucht op mijn verhitte huid.

Naast me streek Alyster met een hand door zijn verwarde haar, zijn blik afwezig. Ik kon de radertjes in zijn hoofd praktisch zien draaien, terwijl hij onze volgende zet plande.

'We vinden hem,' zei ik zachtjes en legde mijn hand op de zijne. 'Samen.'

Zijn vingers sloten zich om de mijne, een stille erkenning van de onuitgesproken band tussen ons. Op dat moment wist ik met absolute zekerheid dat welke uitdagingen er ook voor ons lagen, we ze als één zouden trotseren.

Een plotselinge beweging trok Alysters aandacht en hij sprong op, zijn hand vloog naar het gevest van zijn zwaard. Ik volgde zijn blik, mijn hart bonkend in mijn borst.

Daar, net voorbij de boomgrens, dook een gestalte op. Het was een man, gekleed in vale, bruine kleren, zijn donkere haar vervilt met bladeren en twijgjes. Hij bewoog zich met een heimelijke, opgejaagde tred, zijn ogen schoten van links naar rechts.

Alysters greep om zijn zwaard verstevigde, zijn lichaam gespannen als een veer. 'Dat is hem,' siste hij. 'De gedaanteverwisselaar.'

Ik knikte, mijn eigen spieren spanden zich aan in afwachting. Dit was het moment waarop we hadden gewacht.

De gedaanteverwisselaar leek onze aanwezigheid te voelen, want hij vertraagde zijn pas en zijn bewegingen werden voorzichtiger. Alyster stapte naar voren, zijn stem klonk over de open plek.

'Geef je over, gedaanteverwisselaar!' riep hij, zijn toon koud en bevelend. 'Je kunt geen kant meer op.'

De man verstijfde, zijn ogen werden groot van angst. Een moment lang leek hij te twijfelen, alsof hij zijn opties overwoog.

Alyster zette nog een stap naar voren, zijn zwaard glinsterde in het vervagende licht. 'Ik vraag het niet nog eens,' waarschuwde hij, zijn stem laag en gevaarlijk. 'Geef je over, of onderga de gevolgen.'

Ik hield mijn adem in en observeerde de gedaanteverwisselaar nauwlettend. Zou hij zich vreedzaam overgeven, of zou hij vechten? De spanning in de lucht was voelbaar, de stilte werd alleen verbroken door het bonzen van mijn eigen hart.

Kom op, dacht ik, en ik hoopte dat de gedaanteverwisselaar tot rede zou komen. Ik strekte mijn overtuigende betoveringen naar hem uit, ook al had ik geen idee of ze op zijn soort zouden werken. *Maak het niet moeilijker dan het al is.*

'Goed dan, Fae. Je hebt me verslagen. Ik geef me over.'

Iets prikte aan de rand van mijn zintuigen, een valse noot in de schijnbare capitulatie. Ik leunde dichter naar Alyster toe, mijn stem laag en dringend. 'Hij liegt. Ik kan het voelen.'

Alysters kaak spande zich aan, zijn hand zakte naar het gevest van zijn zwaard. 'Stop met liegen!' eiste hij, terwijl hij een stap naar voren deed. 'Geen spelletjes meer!'

Een schorre lach echode door de bomen. 'Zoals je wenst.'

De lucht trilde en leek toen naar buiten te exploderen toen een massieve gedaante uit het struikgewas barstte. Ik had nauwelijks tijd om de flits van grijze vacht en glimmende tanden te registreren voordat de gedaanteverwisselaar op ons afkwam, niet langer een man, maar een wolf van monsterlijke grootte.

Alyster reageerde onmiddellijk, zijn kling schoot uit de schede om de naderende dreiging het hoofd te bieden. Maar de wolf was te snel, te krachtig. Hij ramde hem met de kracht van een stormram en smeet hem door de lucht.

Ik gilde, mijn hart in mijn keel, terwijl ik toekeek hoe Alyster hard op de grond terechtkwam en stil bleef liggen. Woede en angst streden in mij, en ik reikte naar de kracht die altijd net onder mijn huid sluimerde, klaar om een heilig oordeel over onze vijand uit te spreken.

Maar zelfs terwijl ik mijn kracht verzamelde, draaide de wolf zich naar mij toe, zijn ogen glinsterden met een dierlijke intelligentie die me ter plekke deed verstijven. In dat ademloze ogenblik zag ik geen willoos beest, maar een schepsel gedreven door een wanhopige nood die ik nog maar nauwelijks kon bevatten.

Toen was hij weg, verdwijnend in de dieper wordende schaduwen, even snel en stil als hij was verschenen, mij achterlatend om naar Alyster te haasten, mijn hart bonzend en mijn geest vol vragen waarop geen gemakkelijke antwoorden waren.

Ik bereikte Alysters zijde, mijn hart hamerde in mijn borst terwijl ik naast hem knielde. Zijn ogen waren gesloten, zijn gezicht bleek onder het vuil en bloed. Een gruwelijk moment vreesde ik het ergste.

'Alyster,' fluisterde ik, mijn stem brak. 'Alsjeblieft, word wakker.'

Een kreun ontsnapte aan zijn lippen en zijn oogleden fladderden open. Opluchting overspoelde me, zo intens dat ik er duizelig van werd.

'Careena?' Hij knipperde naar me, zijn blik onscherp. 'Wat is er gebeurd?'

'De gedaanteverwisselaar,' zei ik, terwijl ik hem hielp om overeind te komen. 'Hij transformeerde en viel je aan. Maar hij is nu weg.'

Alysters kaak spande zich aan en hij worstelde om op te staan, lichtjes wankelend. Ik pakte zijn arm om hem te steunen en verwonderde me over de kracht die ondanks zijn verwondingen nog steeds van hem uitging.

'We moeten achter hem aan,' gromde hij, zijn ogen flitsten van vastberadenheid. 'We kunnen hem niet laten ontsnappen.'

Ik aarzelde, verscheurd tussen mijn plicht en het knagende gevoel dat er meer aan de hand was. De wanhoop van de gedaanteverwisselaar, de manier waarop hij me in dat vluchtige moment had aangekeken... het achtervolgde me.

'Alyster, wacht,' zei ik en verstevigde mijn greep op zijn arm. 'Hier is iets anders aan de hand. Ik kon het voelen.

We moeten erachter komen waarom dat boek zo belangrijk voor hem is.'

Hij staarde me aan, zijn uitdrukking onleesbaar. Een lang moment dacht ik dat hij zou tegenspreken, zou aandringen op het voortzetten van de jacht. Maar toen zuchtte hij, zijn schouders zakten in.

'Je hebt gelijk,' gaf hij toe en streek een hand door zijn haar. 'Dit is meer dan zomaar een losgeslagen gedaanteverwisselaar. We hebben antwoorden nodig.'

Ik knikte, opluchting vermengd met ongerustheid. Het pad dat voor ons lag was onzeker, maar één ding was duidelijk: we konden nu niet meer terug. Welke geheimen de gedaanteverwisselaar en zijn boek ook verborgen, we moesten ze ontdekken, koste wat het kost.

'Ik ga achter hem aan, door de lucht. We zijn nu uit het bos; hij kan zich niet voor me verbergen. Ik vang hem wel.'

Alyster knikte scherp. 'Ik haal je wel in. Ga maar. Pak die klootzak.'

Ik spreidde mijn vleugels en voelde de vertrouwde golf van kracht toen ik mezelf de lucht in lanceerde. De wind woei door mijn haar terwijl ik boven de bomen zweefde, mijn ogen de grond afspeurend naar enig teken van de gedaanteverwisselaar.

Daar! Een flits van donkere vacht, die over het open veld schoot. Ik maakte een scherpe bocht; mijn vleugels droegen me sneller dan enig sterfelijk wezen ooit zou kunnen rennen. De gedaanteverwisselaar was snel, maar ik was sneller.

Ik haalde hem gemakkelijk in en dook naar beneden om zijn ontsnappingsroute af te snijden. Hij slipte tot stilstand, zijn wolvenogen groot van angst en wanhoop. Een moment lang staarden we elkaar aan, en de wereld leek haar adem in te houden.

Toen dook ik, mijn vleugels vouwden zich terug terwijl ik op hem afstortte. Hij probeerde te ontwijken, maar ik was te snel. Ik knalde tegen hem aan. De impact deed ons beiden tuimelen in een kluwen van vacht en veren.

We rolden over elkaar heen, tanden en klauwen flitsten, maar ik had het voordeel van handen. Ik pinde hem onder me vast, mijn handen grepen zijn vacht terwijl ik mijn gewicht gebruikte om hem tegen de grond te houden. Hij worstelde en snauwde, maar ik hield stand, mijn kracht was meer dan opgewassen tegen de zijne.

'Genoeg!' beval ik, mijn stem galmde met autoriteit. 'Geef je over, gedaanteverwisselaar. Je kunt me niet ontvluchten.'

Hij werd stil onder mij, zijn flanken hijgden van de inspanning. Ik kon de snelle slag van zijn hart voelen, de trillingen die door zijn harige lichaam liepen.

'Goed dan,' zei ik, en ik verhardde mijn hart voor het lijden van het dier onder me. Dit was geen dier, maar een bewust wezen, en bovendien een dief, die het boek dat ik nodig had nog steeds tussen zijn kaken geklemd hield. 'Als je niet uit eigen beweging verandert...'

Mijn bron van kracht was nog niet helemaal bijgevuld, maar er was meer dan genoeg om in de worstelende grijze gedaante van de wolf te gieten, om de gedaanteverwisseling terug te forceren naar de natuurlijke staat van het wezen dat erin gevangen zat, en binnen enkele ogenblikken was het niet langer een wolf die daar op de grond lag, maar een man.

Ik hield de man vast, mijn handen grepen nu zijn schouders, mijn vleugels als een mantel over ons heen. Hij was mager en pezig, met een bos donker haar en ogen die gloeiden met een dierlijk licht. Het spreukenboek was uit zijn mond gevallen toen hij van gedaante veranderde en lag net buiten bereik.

'Wat... wat heb je met me gedaan?' Hij zag er doodsbang uit.

'Er is iets heel vreemds aan jou.' Ik was in mijn tijd heel wat gedaanteverwisselaars tegengekomen, maar niet één had ooit meer dan één dierlijke vorm kunnen aannemen, en deze man had er minstens twee, vos en wolf. 'Jij bent geen gewone gedaanteverwisselaar, of wel?' Hij pauzeerde een lang moment, staarde me aan, en knikte toen schokkerig. 'Je hebt gelijk. Ik ben geen gewone gedaanteverwisselaar, en ik ben ook niet menselijk. Niet helemaal, tenminste. Ik ben vervloekt. Vervloekt om tegen mijn wil van gedaante te veranderen in verschillende wezens, zonder controle over wanneer of wat ik word. Ik ben al eeuwen zo, sinds...'

Mijn hart kromp ineen van medelijden toen hij me zijn verhaal vertelde, een hartverscheurend relaas over een wrede magiër en een doodsbange jongen. Ik kon de oprechtheid in zijn woorden proeven, wist dat elk woord de ongelukkige waarheid was. 'Je spreekt de waarheid,' zei ik zachtjes. 'Hoe lang ben je al zo?'

Hij lachte bitter. 'Eeuwen!'

Stampende voetstappen kondigden Alysters komst aan. Hij rende over het veld, zijn zwaard getrokken, zijn gezicht een masker van woede. Zijn zilveren ogen flitsten toen ze op de gedaanteverwisselaar vielen en hij stapte met dodelijke intentie naar voren.

'Durf je ons te tarten?' snauwde hij, zijn stem koud als de winterwind. 'Durf je te vluchten, na te hebben gestolen van de Fae? Ik zou je hier ter plekke moeten doden!'

Ik voelde de gedaanteverwisselaar onder me verstijven, zijn spieren spanden zich als veren. Hij wist net zo goed als ik dat Alyster geen loze dreigementen uitte.

'Wacht,' zei ik, zonder mijn ogen van de gedaanteverwisselaar af te wenden. 'We hebben hem levend nodig. Hij heeft misschien informatie die we nodig hebben.'

Alysters lip krulde in een grijns. 'Welke informatie kan dit ellendige schepsel mogelijk hebben die wij zouden willen?'

Ik aarzelde, de wanhoop herinnerend die ik in de gedaanteverwisselaar had gevoeld, de manier waarop hij zich aan het spreukenboek had vastgeklampt alsof het zijn laatste hoop was. Hier was meer aan de hand dan simpele diefstal, daar was ik zeker van. Ik kon Alyster hem niet laten doden. Nog niet. Niet totdat ik de antwoorden had die ik zocht.

'Dat weten we niet tenzij we het vragen,' zei ik vastberaden en keek eindelijk op naar Alyster. 'Berg je zwaard op. Hij gaat nergens heen.'

De donkere ogen van de gedaanteverwisselaar schoten heen en weer tussen Alyster en mij, en ik zag een flikkering van iets in hun diepten. Angst, zeker, maar ook... hoop?

Ik leunde naar beneden, mijn gezicht centimeters van het zijne. 'Waarom heb je het spreukenboek meegenomen?' eiste ik, mijn stem laag en intens. 'Wat betekent het voor jou?'

Hij slikte zwaar, zijn adamsappel bewoog in zijn keel. Een lang moment zei hij niets, en ik voelde Alysters ongeduld achter me groeien.

'Spreek,' gromde Alyster, zijn hand verstevigde de greep op het gevest van zijn zwaard. 'Voordat ik mijn geduld volledig verlies.'

De ogen van de gedaanteverwisselaar vergrendelden zich met de mijne, en ik zag het moment waarop hij zijn beslissing nam. 'Het boek,' zei hij, zijn stem schor van emotie. 'Het is mijn enige kans.'

Ik fronste, niet begrijpend, zelfs toen mijn zintuigen me vertelden dat hij de waarheid sprak. 'Je enige kans op wat?'

Hij sloot zijn ogen, alsof de woorden hem pijn deden. 'Om mijn vloek te verbreken. Om vrij te zijn van dit... dit veranderen. Ik heb er nooit om gevraagd, het nooit gewild. Het boek... het moet het antwoord zijn.'

Er viel een stilte op de open plek terwijl zijn woorden bezonken. Ik kon Alysters verbazing voelen, die de mijne spiegelde. Van alle dingen die ik had verwacht dat de gedaanteverwisselaar zou zeggen, was dit er niet een van.

'Een vloek?' herhaalde ik langzaam, mijn gedachten raceten. Als wat hij zei waar was, veranderde dat alles. Hij was geen dief, maar een slachtoffer. Een pion in het spel van iemand anders.

Ik stond op en stapte bij de gedaanteverwisselaar vandaan. Alyster keek me aan, zijn voorhoofd gefronst in verwarring.

'Careena, wat doe je?' vroeg hij, maar ik negeerde hem, mijn aandacht gericht op de gedaanteverwisselaar.

'Vertel ons alles,' beval ik. 'Begin bij het begin. En laat niets achterwege.'

De gedaanteverwisselaar keek me aan en voor het eerst zag ik een glimp van vertrouwen in zijn ogen. Hij knikte langzaam en begon toen te spreken.

'Mijn naam,' zei hij, 'is Rafail Rubakis. En ik ben menselijk geboren… meer dan zevenhonderd jaar geleden.'

Hoofdstuk Tien

Rafail

Een schreeuw ontsnapte aan mijn keel toen de magie van de engel op me insloeg, een verblindend wit licht dat door mijn lichaam en geest sneed. Het leek op mijn eigen transformaties, de manier waarop mijn botten kraakten en zich hervormden, spieren en pezen die zich in nieuwe vormen wrongen – maar het was ook anders. Op de een of andere manier zachter, een onweerstaanbare kracht die de verandering leidde in plaats van het venijnige rukken dat ik gewend was.

Er was geen pijn. Die realisatie raakte me als een mokerslag. Mijn vacht trok zich terug, mijn ledematen werden langer, mijn snuit vervlakte weer tot een menselijk gezicht, maar gedurende dit alles voelde ik niets anders dan een vreemd, rekkend gevoel. Zou het zo kunnen zijn, als het me lukte de vloek te verbreken? Een pijnloze overgang tussen vormen in plaats van een kwellende marteling?

Het licht vervaagde en ik knipperde met mijn ogen, terwijl ik mijn lichaam opnam. Menselijke vorm, check. Tien vingers, tien tenen.

'Wat... wat heb je met me gedaan?' wist ik te raspen, terwijl ik de engel aanstaarde met een mengeling van ontzag en afschuw.

De greep van de engel om mijn polsen verstevigde zich toen ze dichterbij leunde, haar nachtzwarte ogen boorden zich in de mijne met een mengeling van bezorgdheid en argwaan. Mijn hart ging tekeer, bonkend tegen mijn ribbenkast als een gekooid dier dat wanhopig probeerde te ontsnappen.

'Er is iets heel vreemds aan jou,' zei ze, haar melodieuze stem doorspekt met een stalen randje. 'Je bent geen gewone vormveranderaar, of wel?'

Ik slikte moeizaam, mijn mond was plotseling kurkdroog. Dit was het – het beslissende moment waar ik met evenveel vrees als verwachting naar had uitgekeken. Het geheim dat ik eeuwenlang zo fel had bewaakt, lag me op de tong en smeekte erom eindelijk hardop uitgesproken te worden.

Maar oude gewoonten zijn moeilijk af te leren. De drang om af te weren, te liegen, te doen wat nodig was om mijn vloek verborgen te houden, kwam op als een vloedgolf. Ik voelde mijn spieren zich spannen, klaar om te vechten tegen de greep van de engel als dat nodig was.

En toch...

Er was iets in haar blik dat me deed aarzelen. Voorbij de argwaan school een sprankje oprechte bezorgdheid, van mededogen. Ze had net haar magie gebruikt om me te helpen, om me door een pijnloze transformatie te leiden terwijl ze me gemakkelijk had kunnen laten lijden. Misschien, heel misschien, kon ik haar de waarheid toevertrouwen.

'Je hebt gelijk,' zei ik ten slotte, mijn stem nauwelijks luider dan een fluistering. 'Ik ben geen gewone vormveranderaar, en ik ben ook niet menselijk. Niet helemaal, in ieder geval.'

Ik haalde diep en huiverend adem, en zette me schrap voor de woorden die alles zouden veranderen.

'Ik ben vervloekt. Vervloekt om tegen mijn wil te veranderen in verschillende wezens, zonder controle over wanneer of wat ik word. Ik ben al eeuwen zo, sinds...'

De herinneringen stroomden naar boven, even levendig en brandend als de dag waarop ze werden gemaakt. Ik kneep mijn ogen dicht en verloor mezelf in het verleden.

'Het was zo lang geleden, toen ik nog maar een jongen was. Ik kreeg een aanvaring met een magiër, een machtige. Ik was aan het verhongeren, een straatjongen – ik brak in in zijn toren op zoek naar iets om te stelen, goud... eten. Hij betrapte me en ontstak in woede. Hij zei dat ik gestraft moest worden.'

Een bittere lach ontsnapte aan mijn lippen. 'Ik denk dat hij dacht dat hij me een lesje zou leren door me in een beest te veranderen.'

Ik kon de ogen van de oude magiër nog steeds zien, oplichtend van kwaadaardigheid terwijl zijn knoestige vingers sigils in de lucht weefden, zijn krakende stem de spreuk scandeerde. De woorden hadden gebrand als zuur en zichzelf in mijn ziel gegrift.

'De eerste keer dat ik transformeerde...' Ik huiverde, de fantoompijn schoot door mijn lichaam. 'Het was een lijdensweg. Alsof elk bot in mijn lichaam brak, elke spier zichzelf verscheurde. Ik dacht dat ik stierf.'

Ik herinnerde me de manier waarop mijn huid had gerimpeld en gekropen, vacht die op plekken groeide waar die niet hoorde. Het misselijkmakende gekraak van mijn schedel die zich hervormde, mijn tanden die zich verlengden tot venijnige hoektanden. En de schreeuwen – mijn god, de schreeuwen die aan mijn keel waren ontsnapt, eerder dierlijk dan menselijk.

'Ik had geen idee wat er gebeurde, had er geen controle over. Het ene moment was ik mezelf, en het volgende... was ik iets heel anders. Iets monsterlijks.'

Ik slikte moeizaam en dwong mezelf de blik van de engel te beantwoorden. Haar nachtzwarte ogen waren groot van afschuw en sympathie, haar greep om mijn polsen werd zachter.

'Dat was nog maar het begin. Sindsdien transformeer ik willekeurig, nooit wetend wanneer of wat ik zal worden. Het is een nachtmerrie waaruit ik niet kan ontwaken.'

De woorden hingen zwaar in de lucht tussen ons, de waarheid eindelijk blootgelegd. Ik hield mijn adem in, wachtend op haar reactie, op de walging of angst die zeker zou volgen.

Maar in plaats daarvan verraste de engel me opnieuw. 'Je spreekt de waarheid,' zei ze zacht. 'Hoelang ben je al zo?'

Ik liet een bittere lach horen. 'Sinds ik nog maar een jongen was. Ik ben de tel kwijtgeraakt van het aantal levens dat ik heb geleefd, gevangen in dit vervloekte bestaan. Altijd op de vlucht, nergens thuis.'

Het gewicht van die eindeloze jaren drukte op me, de eenzaamheid en wanhoop dreigden me te verzwelgen. Ik had alles geprobeerd om de vloek te verbreken – oude rituelen, pacten met demonen, zelfs de dood zelf. Maar niets had gewerkt.

Bonkende voetstappen kondigden de komst van de Fae-krijger aan, met het zwaard in de hand. Hij zag eruit alsof hij absoluut klaar was om mijn hoofd eraf te hakken, en ik spande me aan, me voorbereidend om weer te proberen te transformeren, te ontsnappen. De magie van de engel pulseerde waarschuwend waar ze mijn polsen vasthield, en ik keek haar smekend aan, en smeekte met mijn uitdrukking dat ze de Fae ervan zou weerhouden me af te slachten.

Ze zuchtte, maar schudde ook haar hoofd. 'We hebben hem levend nodig,' zei ze, en de Fae fronste.

'Welke informatie zou dit ellendige schepsel mogelijk kunnen hebben die we zouden willen?'

'Dat weten we pas als we het vragen,' antwoordde de engel kalm, en ik slaakte een zuchtje van verlichting.

Tijd om te proberen me uit deze puinhoop te praten.

De naam van de engel was blijkbaar Careena, en die van de Fae Alyster. Uiteindelijk lieten ze me opstaan, hoewel Alyster zijn hand nooit van het gevest van zijn zwaard haalde. Het spreukenboek lag in het midden van onze kleine kring toen we zaten en praatten.

'Ik heb het boek naar het hol van het heksencoven gevolgd, maar ik kon in mijn eentje niet dichtbij genoeg komen. Toen jij gewoon naar binnen wandelde en het onder hun neus vandaan griste, en jullie twee vervolgens vochten – toen zag ik mijn kans en ik greep hem, en het spijt me niet. Ik heb dat boek nodig. Ik moet deze vloek voor eens en voor altijd verbreken, zodat ik vrij kan zijn.'

De woorden hingen tussen ons in de lucht, een wanhopige smeekbede.

Alyster snoof sceptisch, maar Careena's nachtzwarte ogen boorden zich in de mijne, op zoek naar ook maar een spoor van bedrog. De stilte strekte zich tussen ons uit, zwaar van het gewicht van mijn bekentenis.

'Je vertelt me dat dit spreukenboek, deze oude foliant vol duistere magie, de enige manier is om je vloek te verbreken?'

Ik knikte, mijn hart bonkte tegen mijn ribbenkast. 'Uit dit boek komt de spreuk die me heeft veranderd in wat ik ben. Ik zou het overal herkennen, ik voel zijn duistere magie al eeuwenlang.'

Ze bestudeerde me een lang moment, haar ogen vernauwden zich. 'En wat gebeurt er als je faalt? Wat gebeurt er als de magie van het boek je in plaats daarvan verteert?'

Ik liet een bittere lach horen. 'Dan ben ik er niet slechter aan toe dan nu. Een eeuwigheid van transformaties, van nooit volledig mens of volledig dier zijn. Van nergens thuishoren.'

Careena's uitdrukking verzachtte, een sprankje mededogen in haar blik. 'Ik begrijp het gewicht van nergens thuishoren. Maar dit boek, Rafail... het is gevaarlijk. Het coven gebruikte het voor duistere rituelen, het oproepen van demonen. We kunnen niet toestaan dat zo'n kracht in verkeerde handen valt.'

'Dat weet ik.' Ik leunde voorover, mijn stem laag en dringend. 'Maar in de juiste handen zou het zoveel goeds kunnen doen. Het zou me van deze vloek kunnen bevrijden.'

Haar voorhoofd fronste, terwijl ze mijn woorden overwoog. 'En jij denkt dat jouw handen de juiste zijn?'

Ik keek haar onverstoorbaar aan. 'Ik moet het proberen. Ik kan niet zo verder leven. En misschien kan ik anderen helpen.'

Alysters lippen krulden in een grijns. 'Helpen? Jouw soort helpt alleen zichzelf. Geef me één goede reden waarom ik je nu niet meteen zou afmaken.'

Careena draaide zich om en keek hem fronsend aan. 'Alyster, wacht.' Haar stem was vastberaden, bevelend. 'Hij heeft er als eerste aanspraak op. En wie zegt dat we het boek niet kunnen gebruiken om zijn vloek te verbreken, en daarna bepalen wie het in bezit krijgt, de Koningin of de Raad?'

De blik van de Fae-ridder schoot naar haar, en dan weer naar mij. 'Spreek, vormveranderaar. En kies je woorden zorgvuldig. Je leven hangt ervan af.'

Ik haalde diep adem, mijn gedachten raceten. Ik moest hen overtuigen, moest hen laten inzien dat ik meer was dan alleen een vormveranderaar, meer dan de vloek die mijn leven al zo lang had bepaald.

'Het coven,' begon ik, mijn stem stabiel ondanks de angst die door mijn aderen gonsde. 'Ik heb gezien wat ze kunnen doen met de magie van het boek. De rituelen, de demonen die ze oproepen. Het gaat niet alleen om het beheersen van vormveranderaars. Het gaat om iets veel, veel ergers.'

Careena's ogen werden groot, haar uitdrukking ernstig. 'Ga door,' drong ze aan.

Ik likte mijn lippen en verzamelde mijn gedachten. 'Ze zijn iets groots van plan. Iets dat de hele wereld zou kunnen bedreigen, de hele natuurlijke orde der dingen. En ik denk dat de sleutel om hen te stoppen in de oorsprong van het boek ligt. In de oude magie die het heeft gecreëerd.'

Alysters voorhoofd fronste, een sprankje interesse in zijn ogen. 'En jij weet van deze oude magie?'

Ik aarzelde en woog mijn woorden zorgvuldig. 'Slechts één spreuk daaruit heeft dit met me gedaan. Ik weet genoeg om te weten dat het gevaarlijk is. Dat het verbonden is met iets nog ouderes, nog krachtigers. Iets dat het coven probeert te ontketenen.'

Careena en Alyster wisselden een blik uit, een stille communicatie ging tussen hen over. Ik hield mijn adem in, wachtend op hun oordeel.

Eindelijk draaide Careena zich weer naar me toe, haar uitdrukking vastberaden. 'Vertel ons alles wat je weet, Rafail. Elk detail, hoe klein ook. We moeten het coven stoppen voordat het te laat is.'

Ik knikte, opluchting stroomde door me heen. Ik had mezelf wat tijd gekocht, hen overtuigd om naar me te luisteren.

Nu moest ik alleen maar hopen dat de informatie die ik had genoeg zou zijn om me in leven te houden.

Ik haalde diep adem en verzamelde mijn gedachten. 'De rituelen waarvan ik getuige was terwijl ik het coven bespioneerde, leken op niets wat ik ooit eerder had gezien. Ze gebruikten het boek om duistere energie te kanaliseren, om wezens uit andere rijken op te roepen. De lucht zelf leek te pulseren van kwaadaardigheid, en de covenleden zongen in een taal die ik niet kon verstaan.' Ik keek naar het boek dat tussen ons op de grond lag. 'Oud-Egyptisch, misschien.' Ik wees naar het boek. 'Dat is geschreven in hiërogliefen.'

Alyster leunde voorover, zijn ogen intens. 'Wat voor soort wezens?'

Ik beefde bij de herinnering. 'Demonen, of zoiets. Hun vormen waren verdraaid en onnatuurlijk, en hun ogen gloeiden met een honger die mijn bloed deed verstijven. Het coven leek enige controle over hen te hebben, maar die was op zijn best wankel.'

Careena's gezicht stond somber. 'We zijn er al een tegengekomen – een hellehond. Wat denk je dat het coven van plan is?'

Ik aarzelde, het gewicht van mijn volgende woorden lag zwaar op mijn tong. 'Ik denk dat ze proberen iets door te laten komen. Iets ouds en machtigs, iets dat nooit bedoeld was om op deze aarde te lopen. En ik denk dat ze geloven dat het boek de sleutel is om dat te laten gebeuren.'

Alysters hand klemde zich strakker om het gevest van zijn zwaard. 'Dat kunnen we niet laten gebeuren. Wat het ook is, het zou het einde kunnen betekenen van alles wat we kennen.'

Ik knikte, mijn hart ging tekeer. 'Daar ben ik het mee eens. Maar ik denk niet dat het coven volledig begrijpt waar ze mee te maken hebben. Ze knoeien met krachten die hun macht te boven gaan, en de gevolgen kunnen catastrofaal zijn.'

Careena's ogen ontmoetten de mijne, een vonk van begrip ging tussen ons over. 'Rafail, je hebt uit de eerste hand de gruwelen gezien waartoe het coven in staat is. Je kent het gevaar dat ze vormen, niet alleen voor zichzelf, maar voor iedereen. We moeten ze stoppen.'

Ik slikte moeizaam, het gewicht van de verantwoordelijkheid landde op mijn schouders. 'Ik weet het. Maar het zal niet gemakkelijk zijn. Ze zijn machtig, en hoewel we het boek nu hebben, hebben ze al demonen opgeroepen. Misschien hebben ze het boek niet meer nodig.'

'Ik denk het wel,' was Careena het met me oneens. 'Ze waren woedend toen ze ontdekten dat het weg was, en stuurden de hellehond achter ons aan. Ik denk dat ze het boek nog steeds nodig hebben om te voltooien... wat ze ook van plan zijn. Maar de demonen die ze al hebben doorgebracht zijn al erg genoeg.'

Alysters kaken spanden zich aan. 'We moeten ze stoppen,' zei hij, de woorden leken onwillig uit zijn mond te komen.

Ik keek naar Careena, terwijl er plotseling een besef bij me opkwam. 'Careena, je bent een engel. Je hebt een unieke kracht, een verbinding met het goddelijke die de rest van ons niet heeft. Misschien is dat de sleutel om dit te stoppen.'

Ze fronste, onzekerheid vertroebelde haar gelaatstrekken. 'Ik weet niet zeker wat ik kan doen. Ik ben niet meer de engel die ik ooit was. Ik ben gevallen.'

Ik schudde mijn hoofd. 'Dat maakt niet uit. Wat ertoe doet, is dat je hier bent, nu, en dat je een kans hebt om een verschil te maken. Wij allemaal. We zouden talloze levens kunnen redden, de onschuldigen kunnen beschermen tegen het kwaad dat probeert door te breken.'

Ik zag een sprankje vastberadenheid in haar ogen. 'Je hebt gelijk. Ik ben misschien gevallen, maar ik heb nog steeds de plicht om degenen te beschermen die zichzelf niet kunnen beschermen. En als dat betekent dat ik het coven en wat ze ook proberen te ontketenen onder ogen moet zien, dan is dat wat ik zal doen.'

Alyster knikte, een fel licht in zijn ogen. 'We staan achter je, Careena. Wat er ook voor nodig is.'

Ik voelde een golf van hoop, een gevoel dat we misschien, heel misschien, een kans hadden. Het zou niet gemakkelijk zijn, en de gevaren waren onvoorstelbaar. Maar met Careena's engelachtige kracht, Alysters sterkte en mijn kennis van de plannen van het coven, hadden we een vechtkans.

En dat was genoeg voor me.

Ik haalde diep adem, wetende dat ik hun alles moest vertellen wat ik wist, alles wat ik in eeuwen van zoeken over het boek te weten was gekomen. 'Er is nog iets dat jullie moeten weten over het spreukenboek,' zei ik, mijn stem laag en dringend.

Careena leunde dichterbij, haar donkere ogen op de mijne gericht. 'Wat is er, Rafail?'

'Het boek... het is niet zomaar een verzameling spreuken en bezweringen. Het is oud, veel ouder dan wie dan ook beseft. Het is Egyptisch, besef ik nu.'

Ik kon de vonk van intrige in Careena's ogen zien, de honger naar kennis die haar altijd had gedreven. 'Ga door,' drong ze aan.

'Er wordt gezegd dat het boek de geheimen van de goden zelf bevat, de macht om de stof van de werkelijkheid zelf te manipuleren. Maar die macht heeft een vreselijke prijs.'

Alyster fronste, zijn hand rustend op het gevest van zijn zwaard. 'Wat voor prijs?'

Ik aarzelde, het gewicht van de waarheid lag zwaar op mijn tong. 'Het boek... het is niet zomaar een werktuig. Het is een vat, een geleider voor iets veel sinisterders. Er is een entiteit gebonden in zijn pagina's, een eeuwenoude en kwaadaardige kracht die probeert te ontsnappen.'

Careena's ogen werden groot, een vleugje angst vermengde zich met de vastberadenheid in haar blik. 'Wat voor entiteit?'

Ik schudde mijn hoofd, mijn hart ging tekeer. 'Ik weet het niet zeker. Maar ik heb gefluister gehoord, fragmenten van oude overleveringen. Ze spreken van een wezen met immense kracht, een schepsel dat zich voedt met chaos en vernietiging. En als het coven erin slaagt het te ontketenen...'

'Misschien een van de oude Egyptische goden,' zei Alyster zacht, en benoemde daarmee mijn diepste angst.

Careena huiverde, haar vleugels ritselden luid. 'Die zijn millennia geleden vastgezet,' zei ze, maar ik kon de onzekerheid in haar stem horen.

'Hoe zijn ze vastgezet?' vroeg Alyster, en we keken alle drie naar het boek.

'Ik weet het niet,' fluisterde Careena, en plotseling leek ze heel jong.

'Hoe oud ben je eigenlijk?' Ik weet niet eens zeker wat me de vraag deed stellen. Zowel Alyster als ik waren enigszins aan haar onderdanig, bijna automatisch. Die engelenvleugels, en haar hemelse aura, gaven haar een uitstraling van autoriteit, maar ze leek over haar grenzen te gaan. Wat eerlijk gezegd meer dan een beetje angstaanjagend was. Als een engel zich al over haar grenzen heen voelde...

'Ik ben drieënvijftig.' Ze rechtte haar rug trots en stak haar neus in de lucht.

Alyster en ik keken elkaar aan. Ik had hun al verteld dat ik meer dan 700 jaar oud was, en ik wierp hem een vragende blik toe.

'Iets meer dan duizend jaar,' zei Alyster, en we slaakten allebei een bezorgde zucht, terwijl we weer naar Careena keken.

Waren we echt bereid om iemand die in vergelijking met ons weinig meer dan een kind was, ons hierin te laten leiden?

HOOFDSTUK ELF

CAREENA

Ik staarde naar het boek dat tussen ons op de grond lag, terwijl Rafails onthullingen in mijn gedachten nagalmden. De angst in zijn stem, de wanhoop in zijn ogen – het spookte door mijn hoofd. Een vloek, veroorzaakt door het spreukenboek dat ik juist moest terughalen.

'Careena?' Rafails stem doorbrak mijn gedachten. 'Waar denk je aan?'

Ik keek hem aan en zag de hoop en angst die in zijn blik vermengd waren. 'Ik geloof je, over de vloek. En ik denk... ik denk dat je het recht hebt om het boek te gebruiken om die ongedaan te maken.'

'Echt waar?' Zijn ogen werden groot. 'Maar hoe zit het met Aurelius? De Fae-koningin?'

Ik zuchtte diep en staarde naar mijn handen. Het gewicht van mijn verplichtingen drukte op me.

'Ik weet het niet. Hen tarten... dat zal gevolgen hebben.' Ik keek weer op naar Rafail. 'Maar hoe kan ik jouw lijden negeren? Het boek heeft jou als eerste getroffen. Je helpen de vloek ongedaan te maken, voelt als het juiste om te doen.'

Rafail strekte zijn hand uit en pakte de mijne. Zijn aanraking was warm, geruststellend. 'Dank je, Careena. Je medeleven... het betekent alles voor me.'

Ik kneep in zijn hand en glimlachte flauwtjes. Maar vanbinnen woedde een innerlijke strijd. De weg voorwaarts was onduidelijk, vol risico's, welke richting ik ook koos.

Het boek afleveren zoals bevolen en Rafail aan zijn vervloekte lot overlaten? Of prioriteit geven aan het herstellen van het onrecht dat hem was aangedaan en de toorn trotseren van degenen aan wie ik mezelf had verpand?

Mijn hart deed pijn van de besluiteloosheid. De verleiding om me vast te klampen aan de regels, aan de hiërarchie die ik altijd had gekend, trok aan me. Maar een sterkere kracht dwong me te handelen volgens mijn geweten.

Ik sloot mijn ogen en haalde diep adem. Toen ik ze opende, kristalliseerde er een vastberadenheid in me. Ik kon – en zou – Rafail niet laten lijden. Zelfs als dat betekende dat ik Aurelius en de Fae-koningin moest tarten. Zelfs als het de loop van mijn eigen lot zou veranderen.

Ik keek Rafail nogmaals aan; mijn keuze was gemaakt. 'We zullen een manier vinden om je vloek te verbreken. Samen. Wat het ook kost.'

'O, gaan we dat doen!' zei Alyster verontwaardigd. 'Heb ik hier ook nog iets over te zeggen?'

Ik draaide me naar Alyster toe, mijn overtuiging onwrikbaar ondanks zijn bezwaar. 'Alyster, je weet net zo goed als ik dat Aurelius noch de Fae-koningin een vinger zal uitsteken om Rafail te helpen. Ze geven alleen om het spreukenboek, niet om de levens die het heeft verwoest.'

Alysters zilveren ogen flitsten van frustratie. 'En jij denkt dat we zomaar tegen hun bevelen in moeten gaan? Hun toorn moeten riskeren?' Hij schudde zijn hoofd. 'Careena, ik begrijp je sympathie voor Rafail, maar we hebben een plicht te vervullen.'

Ik hield voet bij stuk. 'Onze ware plicht is de onschuldigen te beschermen en het onrecht dat door dat vervloekte boek is veroorzaakt, te herstellen. Rafail is een slachtoffer, geen schurk.'

Alyster ijsbeerde heen en weer, zijn voorhoofd gefronst. Ik kon het conflict in zijn hoofd zien afspelen. Uiteindelijk stopte hij en zuchtte zwaar. 'Geloof je echt in zijn eerlijkheid? Dat hij ons niet alleen maar manipuleert voor zijn eigen gewin?'

Ik knikte zonder aarzeling. 'Ja. Mijn intuïtie heeft me nog nooit in de steek gelaten. Rafails verhaal klinkt waar. We moeten ons eerst richten op het stoppen van de demonen. De aflevering van het spreukenboek kan wachten.'

Alysters voorhoofd fronste, een zweem van aarzeling in zijn blik. 'Maar hoe zit het met onze verplichtingen aan Aurelius en de Fae-koningin?'

Ik deed een stap dichterbij, mijn stem kalm en overtuigend. 'Denk er eens over na, Alyster. De demonen vormen een onmiddellijke bedreiging voor onschuldige levens. Als we nu niet handelen, kunnen talloze mensen lijden. Is dat iets wat je wilt riskeren?'

Hij keek weg, zijn kaken aangespannen terwijl hij mijn woorden overwoog. Ik ging door en deed een beroep op zijn plichtsgevoel. 'Je bent een bekwame krijger, Alyster. Jouw kracht en vaardigheden kunnen het verschil maken in dit gevecht. We hebben een kans om de onschuldigen te beschermen, om echt iets te betekenen. Is dat niet wat er echt toe doet?'

Alysters hand streelde langzaam het gevest van het zwaard aan zijn heup. Het zwaard dat ik had gecreëerd uit hemelse magie, dat alleen aan zijn hand zou gehoorzamen en dat weleens ons beste wapen tegen de demonen zou kunnen zijn. We hadden hem nodig.

'Er zijn altijd keuzes, Alyster. Het is aan ons om de juiste te maken,' zei ik zacht.

Alyster bestudeerde me een lang moment, en keek toen naar Rafail. Iets in mijn onwrikbare overtuiging moet hem hebben overgehaald. 'Goed,' zei hij eindelijk. 'We geven prioriteit aan het verbreken van de vloek en het stoppen van de demonen. Maar als dit averechts uitpakt, is het jouw verantwoordelijkheid.'

Opluchting stroomde door me heen. 'Dank je, Alyster. Ik weet dat het geen gemakkelijke beslissing is.'

Rafail leunde naar voren, zijn ogen glinsterend van dankbaarheid. 'Ik weet niet hoe ik jullie moet bedanken. Ik had nooit gedacht dat iemand me zou geloven, laat staan zoveel zou riskeren om me te helpen mijn vloek te verbreken.'

Ik legde een hand op zijn schouder. 'Iedereen verdient een kans op verlossing. We vinden wel een manier om dit recht te zetten. En over de vloek gesproken, ik denk dat ik daarbij kan helpen. Als engel heb ik het aangeboren vermogen om alle menselijke talen te begrijpen, inclusief oude hiërogliefen.'

Rafails ogen werden groot en een sprankje hoop lichtte erin op. 'Je kunt de hiërogliefen in het spreukenboek lezen?'

Ik knikte, een lichte glimlach speelde om mijn lippen. 'Ja, het is een van de voordelen van het engelenbestaan, zelfs als gevallen engel.'

Rafails schouders zakten van opluchting, alsof er een last van hem afviel. 'Dat is ongelooflijk, Careena. Met jouw vermogen om het spreukenboek te lezen en onze gecombineerde vaardigheden, hebben we misschien een kans om deze vloek ongedaan te maken en de demonen voorgoed te stoppen.'

Toen de zon onder de horizon begon te zakken en een etherische gloed over het landschap wierp, besloten we een veilige plek te zoeken om voor de nacht ons kamp op te slaan. Alyster leidde ons naar een afgelegen open plek, beschut door torenhoge bomen en verborgen voor nieuwsgierige ogen. Het zachte geritsel van bladeren en het zachte gekabbel van een nabijgelegen beekje creëerden een rustgevende sfeer, een tijdelijke verademing van de chaos die ons omringde.

We installeerden ons en verzamelden gevallen takken om een klein vuur te maken. Terwijl de vlammen tot leven kwamen en dansende schaduwen over onze gezichten wierpen, kropen we dicht bij de warmte en bespraken we onze volgende zet.

'We moeten beslissen wie het spreukenboek in bewaring krijgt,' zei Alyster, zijn zilveren ogen weerspiegelden het vuurlicht. 'Het is een machtig artefact, en we kunnen niet riskeren dat het in de verkeerde handen valt.'

Rafails blik schoot heen en weer tussen Alyster en mij, zijn wenkbrauwen gefronst. 'Ik denk dat ik het bij me moet houden. Het is tenslotte de sleutel tot het verbreken van mijn vloek.'

Alyster schudde zijn hoofd, zijn stem vastberaden. 'Nee, ik kan het je niet toevertrouwen. Voor hetzelfde geld gebruik je het voor je eigen gewin.'

Rafail snoof en zijn ogen vernauwden zich. 'En jij denkt dat ik jou vertrouw, Fae? Jij hebt je eigen agenda en ik betwijfel of die overeenkomt met de onze. Je zou midden in de nacht kunnen verdwijnen, de grens naar het Fae-rijk oversteken en we zouden je nooit meer zien!'

Ik hield mijn handen omhoog en onderbrak hun gekibbel. 'Genoeg, allebei. We zitten hier samen in, en we moeten elkaar vertrouwen als we hopen te slagen.'

Ze zwegen en hun blikken richtten zich op mij. Ik haalde diep adem en hield mijn stem kalm terwijl ik hen met logica probeerde te overtuigen. 'Ik stel voor dat ik het spreukenboek bewaar. Geen van beiden vertrouwt de ander, maar ik geloof dat jullie mij allebei vertrouwen dat ik onze missie niet in de steek laat of het spreukenboek voor mijn eigen doeleinden gebruik.'

Alyster en Rafail wisselden een blik, een stil gesprek vond tussen hen plaats. Na een moment knikten ze beiden met tegenzin.

'Prima,' zei Rafail met een norse stem. 'Ik vertrouw je, Careena. Maar als er iets met dat spreukenboek gebeurt...'

Ik keek hem onwrikbaar aan. 'Ik geef je mijn woord, Rafail. Ik zal het met mijn leven bewaken en het alleen gebruiken om je vloek te helpen verbreken en de demonen te stoppen.'

Alyster zuchtte en zijn schouders ontspanden zich een beetje. 'Ik ben het ermee eens. Zij is de meest betrouwbare onder ons, en ik geloof dat ze haar woord zal houden.' Hij keek naar beneden en kraste wat in de aarde met het puntje van een lange vinger. 'Ik zal eerlijk zijn... ik wil het niet dragen. Ik voel de duistere magie die ervan uitgaat, die me probeert te corrumperen. Ik denk dat een engel er minder kwetsbaar voor zal zijn.'

Rafail knikte en ik slikte een plotselinge, nerveuze brok in mijn keel weg. Het was niet eens in me opgekomen dat de duistere magie van het boek een gevaar kon zijn, zelfs zonder het te gebruiken. Net als Alyster kon ik het voelen, donker en kleverig. Telkens als ik het opzijlegde, bleef er echter niets van dat donkere, kleverige gevoel achter... wat hopelijk betekende dat de corruptie zich niet aan mij kon hechten. Ik kon alleen maar hopen dat mijn hemelse aard me ertegen zou beschermen.

Naarmate de nacht vorderde, spraken we af om de beurt de wacht te houden. Het knetterende vuur wierp dansende schaduwen over de kleine open plek die we als kamp hadden uitgekozen. Alyster nam de eerste wacht op zich, zijn scherpe Fae-zintuigen alert op elk teken van gevaar.

Ik lag op mijn slaaprol, mijn gedachten malend over de gebeurtenissen van de afgelopen dagen. Het gewicht van het spreukenboek in mijn rugzak leek met elk voorbijgaand moment zwaarder te worden, een constante herinnering aan de taak die voor me lag.

Net toen ik in slaap viel, hoorde ik het zachte geritsel van naderende voetstappen. Mijn ogen fladderden open en ik zag Rafail naast me gaan zitten, zijn uitdrukking peinzend.

'Kun je niet slapen?' vroeg ik, mijn stem nauwelijks meer dan een fluistering.

Hij schudde zijn hoofd, zijn blik gericht op de flakkerende vlammen. 'Ik dacht aan jou, Careena. Hoe is een engel als jij uit de gratie gevallen?'

Ik ging rechtop zitten en trok mijn knieën op naar mijn borst. De vraag overviel me, maar er was een oprechtheid in Rafails ogen die me dwong te antwoorden.

'Het is een lang verhaal,' begon ik. 'Ik was altijd nieuwsgierig, stelde altijd de regels en de gang van zaken in de hemel ter discussie. Ik zocht kennis en begrip, maar de Raad van Aartsengelen zag het als opstandigheid.'

Rafail luisterde aandachtig, zijn voorhoofd gefronst. 'Maar je lijkt het ideaal van wat een engel zou moeten zijn: vriendelijk, zorgzaam en medelevend. Hoe konden ze je daarvoor verbannen?'

Ik glimlachte weemoedig en mijn vingers tekenden patronen in het zand. 'De hemelen hebben hun eigen wetten, Rafail. Wetten die ik niet anders kon dan in twijfel trekken. En dus werd ik verbannen, naar het sterfelijke rijk gestuurd om mezelf verlossing waardig te bewijzen.'

Rafail strekte zijn hand uit en legde die zachtjes op mijn arm. De warmte van zijn aanraking stuurde een rilling over mijn rug en ik merkte dat ik naar zijn troost leunde.

'Dat verdiende je niet, Careena,' zei hij zacht, zijn ogen hadden een diepte van begrip die me verraste. 'Je hebt een goed hart, en dat is het allerbelangrijkste.'

Ik voelde een golf van dankbaarheid over me heen spoelen en even leek het gewicht van mijn val lichter te worden. In Rafails aanwezigheid vond ik een sprankje hoop, een gevoel dat mijn pad misschien niet zo eenzaam was als ik had geloofd.

Rafails lach doorbrak mijn introspectie en deed me opschrikken. Ik draaide me naar hem toe, mijn wenkbrauwen gefronst van verwarring.

'Nieuwsgierigheid, een zonde?' grinnikte hij, terwijl hij zijn hoofd schudde. 'Als de hemel dat als een misdaad beschouwt, dan denk ik niet dat ik er überhaupt naartoe wil.'

Ik staarde hem aan, verbijsterd door zijn oneerbiedige houding. Niemand had ooit zo nonchalant over de hemelen gesproken in mijn aanwezigheid. Het was zowel verontrustend als vreemd bevrijdend.

'Je begrijpt het niet,' begon ik met aarzelende stem. 'De wetten van de hemel zijn absoluut. Ze in twijfel trekken is chaos uitnodigen, het weefsel van de hemelse orde verstoren.'

Rafail leunde achterover, zijn ogen glinsterden van ondeugd. 'Maar is dat niet wat het leven interessant maakt? Het vermogen om te vragen, te verkennen, nieuwe dingen te ontdekken?'

Ik opende mijn mond om te protesteren, maar ik kon de woorden niet vinden. Ergens had hij gelijk. Mijn nieuwsgierigheid was altijd een drijvende kracht geweest, een honger naar kennis die nooit volledig gestild kon worden.

'Ik... ik weet het niet,' gaf ik toe, terwijl mijn blik naar de grond zakte. 'Het enige wat ik weet, is dat mijn vragen tot mijn val hebben geleid en dat ik nu een manier moet vinden om mezelf te verlossen.'

Rafails uitdrukking werd zachter en hij strekte zijn hand uit om mijn kin op te tillen, me dwingend hem aan te kijken. 'Careena, je hoeft je voor niemand te verlossen. Je bent hier, bij ons, en vecht om de onschuldigen te beschermen. Dat is wat telt.'

Zijn woorden raakten een snaar in me en resoneerden met een waarheid die ik te bang was geweest om te erkennen. Misschien was mijn val geen straf geweest, maar een kans. Een kans om mijn eigen pad te smeden, om een doel te vinden buiten de grenzen van het hemelse rijk.

Een glimlach speelde om de hoeken van mijn lippen, een onbekende sensatie die zowel opwindend als angstaanjagend aanvoelde. 'Weet je, Rafail, ik begin me af te vragen of ik überhaupt wel terug wil,' bekende ik, mijn stem nauwelijks meer dan een fluistering. 'Maar ik heb geen idee wat ik anders zou doen. Engel zijn is het enige wat ik weet.'

Rafails ogen werden iets groter, verrast door mijn bekentenis. Hij leunde dichterbij en zijn stem kreeg een samenzweerderige toon. 'Verlaten engelen ooit hun post? Weet je, alles achter zich laten en een nieuw leven beginnen?'

Ik schudde mijn hoofd en fronste mijn wenkbrauwen terwijl ik zijn vraag overwoog. 'Ik... ik weet het niet. Het is niet iets waarover gesproken wordt. Ons wordt geleerd dat het ons doel is om te dienen, om de wil van het goddelijke te volgen.'

Rafail grinnikte zachtjes, zijn hand strekte zich uit om een verdwaalde haarlok uit mijn gezicht te vegen. 'Nou, misschien is het tijd voor jou om je eigen regels te schrijven. Je hebt al bewezen dat je niet bang bent om autoriteit in twijfel te trekken, om op te komen voor waar je in gelooft.'

Ik voelde een warmte door mijn borst verspreiden, een sprankje hoop dat er misschien meer in mijn bestaan zat dan het smalle pad dat ik gedwongen was te bewandelen. 'Misschien heb je gelijk,' mompelde ik, mijn ogen in de zijne verankerd. 'Misschien is het tijd voor mij om te ontdekken wie ik werkelijk ben, voorbij de labels en verwachtingen.'

Rafail glimlachte, een oprechte uitdrukking die zijn gezicht verlichtte. 'En wat je ook besluit, Careena, weet dat je niet alleen zult zijn. Je hebt vrienden die je zullen bijstaan, wat er ook gebeurt.'

Vrienden? Ik staarde hem aan, een plotselinge warmte welde op in mijn borst. Ik had nog nooit een vriend gehad. Maar ja... ik begon zowel Rafail als Alyster als mijn vrienden te beschouwen. Ik knikte, een gevoel van dankbaarheid overspoelde me. 'Dank je, Rafail. Dat betekent meer voor me dan je ooit zou kunnen weten.'

Hij kneep zachtjes in mijn schouder voordat hij opstond. 'Oké, het is tijd voor mij om de wacht over te nemen. Jij zou moeten proberen wat te rusten. We hebben een lange reis voor de boeg.'

Ik knikte en strekte instinctief mijn vleugels terwijl ik me klaarmaakte om te gaan slapen. 'Je hebt gelijk. Maak je me wakker als er iets gebeurt, oké?'

Rafail knikte, zijn ogen scanden de omgeving al op tekenen van problemen. 'Zal ik doen. Slaap lekker, Careena.'

Terwijl ik weer ging liggen om te proberen te slapen, kon ik het niet laten mijn gedachten te laten afdwalen naar de mogelijke gevolgen van onze beslissing. Aurelius en koningin Maeve tarten was geen kleinigheid. Ze hadden beiden immense macht en invloed, en ik wist dat ze het niet zouden waarderen dat ik Rafails lot boven hun eisen stelde.

Ik staarde omhoog naar de met sterren bezaaide hemel, mijn vleugels achter me gevouwen. Het gewicht van mijn keuzes leek op mijn schouders te drukken. Wat als Aurelius me permanent van mijn engelenstatus zou ontdoen? Wat als koningin Maeve haar toorn over ons allemaal zou loslaten?

Maar zelfs terwijl deze angsten door mijn hoofd dwarrelden, verhardde zich een gevoel van vastberadenheid in mij. Ik kon niet werkeloos toekijken terwijl onschuldige levens op het spel stonden. De demonen die door de coven waren opgeroepen, vormden een veel grotere bedreiging dan alle persoonlijke gevolgen die ik zou kunnen ondervinden.

Ik dacht aan de mensen die gered konden worden als we erin slaagden de demonen te stoppen. De families die de pijn van verlies bespaard zou blijven, de gemeenschappen die beschermd zouden worden tegen vernietiging. Was dat, in het grote geheel, niet elke prijs waard die ik zou moeten betalen?

Ik kon niet anders dan me verbazen over de vreemde wendingen van het lot die me op dit moment hadden gebracht, verbonden met een gedaanteverwisselaar en een Fae tegen een gemeenschappelijke vijand.

Mijn gedachten dwaalden af naar Aurelius, de strenge opziener die de taak had gekregen mij terug te brengen naar het hemelse rijk. Ik vroeg me af wat hij van mijn daden zou denken, van de keuzes die ik had gemaakt. Zou hij mijn verlangen begrijpen om de onschuldigen te beschermen, om het onrecht dat op deze wereld was losgelaten te herstellen?

Wanneer ik Aurelius eindelijk zou inhalen, zou ik een lang en eerlijk gesprek met hem hebben. Ik zou de vragen stellen die al zo lang in me brandden, de twijfels en onzekerheden die mijn geest sinds mijn val uit de gratie hadden gekweld.

Er was zoveel dat ik niet wist, zoveel dat ik moest begrijpen over mijn eigen aard en het ware doel van de engelenorde. Maar voor nu moest ik me concentreren op de taak die voor me lag: de demonen stoppen en Rafail helpen zijn vloek te verbreken.

Ik sloot mijn ogen en liet de koele nachtbries mijn gezicht strelen. Ik had mijn beslissing genomen, en ik zou die doorzetten, welke uitdagingen er ook voor me lagen.

Ik was een engel, gevallen of niet, en mijn doel was om te dienen en te beschermen.

Terwijl ik in slaap viel, stuurde ik een stil gebed naar de hemel, vragend om leiding en kracht in de komende gevechten. Ik wist dat het pad dat ik had gekozen vol gevaar en onzekerheid was, maar ik wist ook in mijn hart dat het het juiste was.

Hoofdstuk Twaalf

Alyster

De maan hing laag aan de hemel en wierp een bleke gloed over het woud. Ik zat op een omgevallen boomstam aan de rand van ons kamp en mijn ogen speurden de schaduwen tussen de bomen af. De woorden van de Fae-koningin galmden door mijn hoofd terwijl ik de wacht hield.

'Het spreukenboek is uit ons rijk gestolen door een sluwe dief, en ik vrees de gevolgen als het in de verkeerde handen valt.'

Ik fronste en liet haar woorden door mijn hoofd gaan. Ze was niet specifiek geweest over wanneer het spreukenboek precies was gestolen, noch hoe de koningin überhaupt in het bezit was gekomen van zo'n krachtig artefact. Er werd gezegd dat het boek magie bevatte die zo oud en machtig was dat het rijken kon hervormen. Het was vast en zeker eeuwenlang verborgen geweest, niet tentoongesteld op een plank in Maeve's vertrekken. Wanneer was ze er precies in het bezit van gekomen?

Hoe meer ik erover nadacht, hoe meer vragen er opkwamen. Ik trok mijn mantel strakker om mijn schouders en onderdrukte een rilling die weinig te maken had met de kille nachtlucht. Er klopte hier iets niet. Maar welke keus had ik? Ik had gezworen mijn koningin te dienen, gebonden door eden die ouder waren dan de bomen om me heen.

Ik wierp een blik op mijn metgezellen, die ineengedoken zaten rond de smeulende resten van ons vuur. Rafail en Careena — een dief en een gevallen engel, beiden zo anders dan ik, maar nu door deze queeste aan mij verbonden. Rafails motieven waren makkelijk te begrijpen, tenminste, als hij de waarheid sprak, maar Careena leek er zeker van dat hij dat deed en ik merkte dat ik op haar oordeel vertrouwde. Vermoedde Careena dat er iets niet pluis was? Of volgde ze, net als ik, simpelweg bevelen op?

Herinneringen flitsten ongevraagd door mijn gedachten — talloze audiënties in de vertrekken van de koningin, haar lichtgevende gezicht onbewogen terwijl ze bevelen gaf of straffen uitdeelde. Ik had met eigen ogen gezien hoe ze haar macht hanteerde, subtiel als een zijden strop. De kleinste frons van een wenkbrauw, de krul van haar lippen, kon de machtigste Fae verheffen of vernietigen. En ze stond erom bekend een voorbeeld te stellen van degenen die haar durfden te tarten.

Ik had haar wreedheden altijd geaccepteerd als iets wat haar toekwam; wat de heerseres van de Fae moest doen om aan de macht te blijven. Wie was ik, een simpele ridder, om haar heerschappij in twijfel te trekken? Maar nu, met het spreukenboek in het spel, kreeg het gefluister dat de koningin meer van haar macht genoot dan zou moeten een onheilspellender toon.

Ik had geen bewijs, alleen een onderbuikgevoel dat als slangen in mijn maag kronkelde. Als de koningin in het bezit was van het boek, wat was ze er dan mee van plan?

Zoveel macht in haar handen... Die gedachte deed mijn bloed in mijn aderen bevriezen.

Ik sloot mijn ogen en ademde de frisse nachtlucht in. Ik moest mijn verdenkingen verborgen houden. Voorlopig zou ik mijn rol in deze queeste spelen. Kijken en wachten en de aanwijzingen verzamelen die ik kon. Als hier iets diepers en duisterders aan de hand was, moest ik het ontdekken. Omwille van de rijken, en misschien ook wel van mijn eigen ziel. De prijs voor het falen van mijn missie zou mijn leven zijn, maar de prijs van succes zou weleens te hoog kunnen zijn om te overzien.

Met een zucht leunde ik achterover tegen de boomstam, mijn hand rustend op het gevest van mijn zwaard. Onwillekeurig krulden mijn mondhoeken om in een glimlach terwijl ik het gevest streelde. Het voelde nog steeds hetzelfde als mijn oude dolk, vertrouwd in mijn hand, en toch ook totaal anders, de krachtige hemelse magie die nu in het lemmet was doordrongen, omringde me met een gevoel van warmte en welzijn telkens als ik het aanraakte.

Ik vraag me af of het altijd zo voelt, om een engel te zijn?

Mijn blik gleed over ons kleine kamp naar de plek waar Careena en Rafail ineengedoken bij het vuur zaten. De vlammen dansten in Careena's nachtzwarte ogen terwijl ze aandachtig luisterde naar iets wat de vormveranderaar zei. Een glimlach speelde om de hoek van haar lippen.

Ik fronste, een onbekende beklemming greep mijn borstkas. Wanneer waren ze zo close geworden? Er leek een verstandhouding tussen hen te zijn, onuitgesproken maar voelbaar.

Rafail zei toen iets, te zacht voor mij om te horen, en Careena gooide haar hoofd achterover in een lach. Het geluid was muzikaal, betoverend. Ik had haar nog nooit zo horen lachen. Een steek van iets heets en scherps doorboorde me. Jaloezie?

Ik schudde mijn hoofd. Ik had geen recht op de genegenheid van de gevallen engel. Ze was zo mysterieus als de maan. En toch kon ik de aantrekkingskracht die ik tot haar voelde niet ontkennen, als een mot tot een vlam.

Maar welke vlam brandde er tussen haar en Rafail? Ondanks de schalkse charme van de vormveranderaar, voelde ik een duisternis in hem, een diepe wond die nooit volledig was geheeld. Zag Careena het ook? Hoopte ze degene te zijn die die pijn kon verzachten?

Ik wendde mijn blik af en concentreerde me in plaats daarvan op de schaduwen die tussen de bomen dansten. Ik had geen recht om te speculeren of te wroeten. Careena's keuzes waren de hare. Net als die van Rafail. Maar ik kon de nieuwsgierigheid die aan me knaagde niet onderdrukken, me afvragend welke geheimen zij deelden waar ik niet van op de hoogte was. Me afvragend waarom die gedachte een bittere smaak in mijn mond achterliet.

Ik zuchtte en richtte mijn gedachten weer op mezelf. Het spreukenboek drukte zwaar op mijn gemoed, zijn eeuwenoude pagina's fluisterden over macht en kennis die mijn begrip te boven gingen. De Fae-koningin had me opgedragen het terug te halen en had me in ruil daarvoor glorie en gunst beloofd. Maar terwijl ik daar zat te kijken naar het samenspel tussen Careena en Rafail, begon de twijfel binnen te sluipen als mistflarden.

Waarom verlangde de koningin zo vurig naar het boek? Welke geheimen bevatte het die ze in haar bezit wilde krijgen? Ik was altijd haar trouwe dienaar geweest, onwrikbaar in mijn toewijding. Maar nu had een zaadje van onzekerheid wortel geschoten, dat met elk voorbijgaand moment groeide.

Misschien was er meer aan deze queeste dan op het eerste gezicht leek. De motieven van de koningin waren zo ondoorgrondelijk als de donkere wateren van het Fae-rijk. Ik had altijd aangenomen dat haar bedoelingen zuiver waren, maar wat als ik het mis had? Wat als het spreukenboek niet alleen macht, maar ook gevaar bevatte?

Mijn eigen verlangens voelden verward aan, verstrikt in plicht en ambitie. Ik had zo lang naar de gunst van de koningin gestreefd, me ingespannen om mijn waarde te bewijzen. Maar tegen welke prijs? Volgde ik blindelings een pad dat voor me was uitgestippeld, zonder na te denken waar het naartoe zou kunnen leiden?

Careena's woorden van eerder galmden door mijn hoofd. 'Er zijn altijd keuzes, Alyster. Het is aan ons om de juiste te maken.'

Maar wat was de juiste keuze? Careena en Rafail confronteren met mijn verdenkingen, en daarmee hun vertrouwen en onze fragiele alliantie riskeren? Of mijn twijfels voor me houden, ze diep begraven en doorgaan alsof er niets veranderd was?

Ik had de antwoorden niet. Het enige wat ik wist, was dat het pad dat voor me lag gehuld was in onzekerheid, en ik kon het niet langer bewandelen met hetzelfde blinde geloof dat ik ooit had gehad. Verandering kwam eraan, of ik het nu wilde of niet. En ik zou moeten beslissen waar ik stond als het zover was.

Het geluid van voetstappen haalde me uit mijn gedachten. Rafail, die naderde om de wacht over te nemen. Ik ging rechtop zitten, mijn hand verstrakte instinctief om het gevest van mijn zwaard.

'Diep in gedachten, Fae-ridder?' In Rafails stem klonk een vleugje spot. 'Voorzichtig, dat kan hier gevaarlijk zijn.'

Ik keek hem aan, een grijns speelde om mijn lippen. 'Gevaar is relatief. Ik vind het behoorlijk stimulerend.'

Rafail snoof. 'Gesproken als iemand die het nog nooit echt onder ogen heeft gezien.'

Ik trok een wenkbrauw op en lachte inwendig. Als hij de verschrikkingen had gezien die ik het afgelopen millennium had doorstaan! 'En jij wel?'

'Meer dan je denkt.' Er zat een scherp randje aan zijn woorden, een glimp van iets rauws onder de bravoure.

Ik bestudeerde hem, ondanks mezelf nieuwsgierig. 'Misschien hebben we meer gemeen dan ik dacht.'

Rafails ogen werden smaller. 'Dat betwijfel ik. Jullie Fae, denken altijd dat jullie beter zijn dan de rest van ons.'

'Een veelvoorkomende misvatting.' Ik leunde achterover en probeerde een nonchalante houding aan te nemen. 'We hebben gewoon een ander perspectief.'

'Juist. Vanaf jullie hoge, machtige tronen.'

Ik moest grinniken. 'Je verwart positie met perspectief, mijn vriend. Het uitzicht vanaf de grond kan net zo verhelderend zijn als dat vanaf de top.'

Rafail schamperde. 'Vriend? Dat is wat, uit jouw mond.'

'O ja?' Ik hield mijn hoofd schuin. 'Ik dacht dat we hier allemaal aan dezelfde kant stonden.'

'Kanten kunnen veranderen.' Rafails blik was uitdagend. 'Zeker als er geheimen in het spel zijn.'

Mijn adem stokte. 'Geheimen?'

'Speel niet van den domme. Denk je dat ik de radertjes in dat mooie hoofd van je niet zie draaien? Je verbergt iets.'

Ik glimlachte, maar het voelde krampachtig. 'We hebben allemaal onze geheimen, Rafail. Dat is wat het leven interessant houdt.'

'Totdat die geheimen je komen bijten.'

'Is dat een dreigement?' Mijn stem was zacht, het speelse was verdwenen.

Rafail hield zijn handen omhoog. 'Slechts een observatie. Maar als ik jou was, zou ik voorzichtig zijn wie ik vertrouw.'

'Hetzelfde zou ik tegen jou kunnen zeggen.'

We staarden elkaar aan, de spanning tussen ons was om te snijden. Een wilskrachtmeting, geen van beiden bereid om toe te geven.

Uiteindelijk keek Rafail weg. 'Houd gewoon je ogen open, Fae-ridder. Dingen zijn niet altijd wat ze lijken.'

Daarmee draaide hij zich om en liep weg, me opnieuw alleen latend met mijn gedachten.

Ik keek hem na, een frons trok aan mijn lippen. Rafail was scherpzinniger dan ik hem had ingeschat. Hij had door mijn façade heen gekeken, de twijfels gevoeld die onder de oppervlakte kolkten.

Maar hij verborg ook iets. Ik kon het voelen, in de manier waarop hij duwde en prikte, probeerde mijn geheimen te ontdekken terwijl hij de zijne bewaakte.

We waren beiden spelers in een spel, dansend om elkaar heen met verhulde woorden en veelbetekenende blikken. De grenzen aftastend, op zoek naar zwakheden.

En toch, onder de argwaan, was er een sprankje van iets anders. Begrip, misschien. Een herkenning van de maskers die we beiden droegen, de rollen die we speelden.

Op dat moment voelde ik een vreemde verwantschap met Rafail. Twee buitenstaanders, gebonden door omstandigheden en geheimen, navigerend door een wereld die niet helemaal de onze was.

Het was een gevaarlijke gedachte, een waar ik me niet toe kon laten verleiden. Maar toen ik mijn blik weer op de horizon richtte, kon ik het gevoel niet van me afschudden dat alles op het punt stond te veranderen.

En als dat gebeurde, zou ik een kant moeten kiezen. Niet alleen in de zoektocht naar het spreukenboek, maar ook in de strijd voor mijn eigen identiteit.

Te lang had ik me door anderen laten definiëren. De Fae-koningin, met haar verwachtingen en eisen. Mijn eigen familie, met hun tradities en erfenissen.

Maar misschien was het tijd om mijn eigen pad te smeden. Om te beslissen wie ik wilde zijn, niet alleen wie ik verondersteld werd te zijn.

Het was een ontmoedigend vooruitzicht, maar ook een opwindend. Een kans om los te breken, om te ontdekken wat er voorbij de grenzen van plicht en bestemming lag.

En misschien, heel misschien, hoefde ik het niet alleen te doen.

Met Careena en Rafail aan mijn zijde leek alles mogelijk. Samen konden we de mysteries van het spreukenboek ontrafelen, en misschien zelfs de mysteries van onszelf.

Het was een risico om hen te vertrouwen. Maar het was er een dat ik bereid was te nemen.

Want uiteindelijk is dat waar het leven om draait. Kansen nemen, angsten onder ogen zien en de moed vinden om het onbekende te omarmen.

Het pad dat voor ons lag was onzeker, maar één ding was duidelijk. Ik was klaar met leven in de schaduw van andermans verwachtingen.

Eindelijk werd het ochtend, met een sombere motregen. De vormveranderaar verdween tussen de bomen om een weg uit onze schuilplaats te verkennen, waardoor Careena en ik de resten van het vuur konden begraven.

'We moeten praten,' zei Careena met een lage, dringende stem toen Rafail weg was.

Ik trok een wenkbrauw op. 'Waarover?'

'Het spreukenboek. En wat we ermee gaan doen als we het vinden. Dat boek is te gevaarlijk om in iemands handen te zijn, zeker die van jouw koningin.'

Ik voelde een vlaag van verdediging opkomen. 'De koningin is wijs. Ze zal weten wat ze ermee moet doen.'

'O ja?' daagde Careena uit en kwam dichterbij. 'Of zal ze het gebruiken voor haar eigen gewin, net als iedereen die ooit naar zijn macht heeft gezocht?'

Haar woorden raakten een gevoelige snaar en weerklonken de twijfels die in mijn eigen hoofd waren gegroeid. Maar dat kon ik haar niet laten merken.

'Ik heb een plicht jegens mijn koningin,' zei ik met een hardere stem. 'Een loyaliteit die ik niet zomaar opzij kan schuiven.'

Careena's ogen flitsten. 'En wat met je loyaliteit aan jezelf? Aan wat je weet dat juist is?'

Ik opende mijn mond om te antwoorden, maar kon geen woorden vinden. Ze vroeg me om alles in twijfel te trekken wat ik ooit had gekend, alles waar ik ooit in had geloofd.

En een deel van me wilde dat ook.

Careena moet het conflict in mijn ogen hebben gezien, want haar uitdrukking werd zachter. Ze strekte haar hand uit en legde die op mijn arm.

'Alyster,' zei ze, mijn naam een zachte smeekbede op haar lippen. 'Ik weet dat dit niet makkelijk is. Maar we hebben hier een kans om iets goeds te doen. Iets wat ertoe doet.'

Haar aanraking stuurde een rilling door me heen, een warmte die niets met het vuur te maken had. Ik keek naar haar hand en toen weer naar haar gezicht.

Op dat moment zag ik haar niet alleen als een rebelse engel, maar als een zielsverwant. Iemand die het gewicht van verwachtingen begreep, het verlangen naar iets meer.

En ik wilde haar. Niet alleen haar lichaam, maar haar geest, haar hart, haar hele wezen.

Het was een gevaarlijk verlangen, een dat alles wat ik had opgebouwd kon ontrafelen. Maar terwijl ik in haar ogen keek, kon ik het niet opbrengen om me erom te bekommeren.

'Oké,' zei ik zacht en legde mijn hand over de hare. 'We doen het op jouw manier. We vinden het spreuken- boek en we beslissen samen over zijn lot.'

Careena's glimlach was als de zon die door de wolken breekt. 'Samen,' stemde ze in, terwijl ze haar vingers met de mijne verstrengelde.

En in dat ene woord voelde ik de opwelling van iets nieuws, iets krachtigs. Een band die verder ging dan plicht of bestemming.

Een band van keuze, van vertrouwen, van mo- gelijkheid.

Haar glimlach vervaagde terwijl ze mijn gezicht afspeurde, haar wenkbrauwen fronsten zich. 'Alyster, wat zit je dwars? Ik kan de twijfel in je ogen zien.'

Ik aarzelde, de woorden bleven in mijn keel steken. Ik had zo lang mijn gedachten verborgen gehouden, mijn ware gevoelens opgesloten. Maar bij Careena merkte ik dat ik me wilde openstellen, haar de echte ik wilde laten zien.

'Het is de Fae-koningin,' gaf ik met zachte stem toe. 'Ik weet niet zeker of ik haar motieven vertrouw. Waarom wil ze het spreukenboek? Wat is ze ermee van plan?'

Careena knikte, haar uitdrukking bedachtzaam. 'Ik heb ook mijn vermoedens. De Fae-koningin staat bekend om haar manipulaties, om altijd haar eigen agenda te hebben.'

'Precies.' Ik haalde een hand door mijn haar, frustratie borrelde in me op. 'Ik ben haar zo lang trouw geweest, maar nu... nu weet ik niet zeker of ik het juiste doe.'

'Hé.' Careena legde haar hand op mijn wang en dwong me haar aan te kijken. 'Dingen in vraag stellen, de waarheid zoeken... dat is geen zwakte, Alyster. Het is een kracht.'

Haar woorden spoelden over me heen en kalmeerden de onrust in mijn hoofd. 'Geloof je dat echt?'

'Ja.' Haar duim streek over mijn huid en stuurde vonkjes elektriciteit door me heen. 'En voor wat het waard is, ik denk dat je het juiste doet door hier met mij over te praten. We zitten hier samen in, weet je nog?'

Ik leunde in haar aanraking en genoot van de warmte van haar huid tegen de mijne. 'Ik herinner het me. En Careena... bedankt. Om te luisteren, voor je begrip.'

Ze glimlachte weer, zacht en teder. 'Altijd. Laten we nu onze volgende zet bedenken. We moeten een spreukenboek vinden en een heksenkring te slim af zijn.'

Ik haalde diep adem en herpakte me. 'Je hebt gelijk. We hebben een plan nodig.'

Alsof het een teken was, kwam Rafail uit de schaduwen tevoorschijn, zijn voetstappen stil op de bosgrond. 'Hoorde ik iemand zeggen dat ze een plan nodig hebben?'

Careena rolde met haar ogen, maar er zat een vleugje amusement in haar stem. 'Weer aan het afluisteren, Rafail?'

Hij haalde zijn schouders op, een sluwe grijns op zijn gezicht. 'Oude gewoonten zijn moeilijk af te leren. Maar serieus, als we dit spreukenboek veilig willen houden, moeten we samenwerken.'

Careena's voorhoofd trok in rimpels. 'Maar waar kunnen we het verbergen? Ik heb tijd nodig om het te lezen en uit te zoeken wat we moeten doen. De Fae-koningin heeft overal ogen en het bereik van de kring is groot. Bovendien kan ik niet garanderen dat Aurelius niet nog een engel stuurt als ik te lang weg ben.'

Ik dacht erover na, verschillende ideeën overwegend en verwerpend. 'We moeten het woud uit,' zei ik. 'Te veel van mijn verwanten zouden ons hier gemakkelijk kunnen vinden. Er zijn Fae die door de ogen van de wilde dieren kunnen kijken. Ik denk dat we een plek in de mensenwereld nodig hebben.'

We keken beiden naar Rafail, die wrang glimlachte. 'Aan mij dus? Nou, ik ben goed in me in het volle zicht verbergen.' Hij wreef zijn nagels langs zijn jasje en grijnsde lichtjes. 'En iets zegt me dat geen van jullie beiden een Airbnb-account heeft onder een valse identiteit.'

'Een Air wat wat?' vroeg Careena, en Rafail lachte.

Ik probeerde te doen alsof ik wist waar hij het over had, hoewel de waarheid was dat ik geen idee had. Ik had de afgelopen eeuwen een behoorlijke hoeveelheid tijd in de mensenwereld doorgebracht, maar niet in de recente decennia, en de technologie was met een duizelingwekkende snelheid vooruitgegaan sinds ik voor het laatst onder de stervelingen had gewandeld.

'Laten we dan maar op pad gaan,' zei Rafail. 'Hoe eerder we de bewoonde wereld bereiken, hoe eerder we wat sneller vervoer kunnen regelen en hier weg kunnen. De trein, denk ik. Careena, zou jij het dichtstbijzijnde treinstation willen verkennen?'

Ze leek te popelen om weer te vliegen en sprong bijna de lucht in. Ze was ongelooflijk snel, dacht ik, terwijl ik haar omhoog zag stijgen en toen wegschieten. Die grote vleugels konden enorme afstanden afleggen met hoge snelheid.

Het duurde niet meer dan een paar minuten voor ze terugkeerde en met een tevreden glimlach voor ons op de grond landde, haar zwarte haar viel in warrige golven om haar heen terwijl ze haar vleugels opvouwde.

'Die kant op,' wees ze. 'Niet zo ver. Ik kan jullie niet allebei tegelijk dragen, maar ik zou een van jullie kunnen meenemen en terugkomen voor de ander.'

Rafail zag er net zo nerveus uit als ik me voelde bij het idee om alleen in het woud achtergelaten te worden terwijl Careena de ander vooruit bracht, maar ik dwong mezelf een mentale stap terug te doen en logisch na te denken. Careena had het boek in haar bezit; als ze ervandoor wilde gaan en ons achterlaten, had ze dat zojuist kunnen doen. Dat zou ze niet doen, en als Rafail er vandoor zou gaan, nou, ik had al bewezen dat ik hem kon vinden als ik dat wilde. En hij kon het boek volgen. Niemand van ons zou de anderen in de steek laten.

'Neem hem eerst mee.' Ik wees naar Rafail, die geschokt leek. 'Hij kan kaartjes voor ons regelen en beslissen waar we naartoe moeten, terwijl jij terugkomt voor mij.'

Careena aarzelde niet, pakte Rafail gewoon onder zijn armen en steeg weer op voordat hij zelfs maar de kans had om bezwaar te maken. Grijnzend begon ik te lopen in de richting die ze had aangegeven. Kon net zo goed haar vliegtijd zoveel mogelijk verkorten.

HOOFDSTUK DERTIEN

RAFAIL

HET STEEGJE WAS STIL, op de verre echo's van het verkeer na. Careena's vleugels ritselden terwijl ze me neerzette, voordat ze gracieus naast me landde. Haar zwarte veren glinsterden met een buitenaardse, iriserende gloed.

'Wacht hier,' zei ze met zachte stem. Een verzoek, geen bevel. 'Ik kom zo snel mogelijk terug met Alyster.'

Ik knikte, niet in staat om een woord uit te brengen. Met een krachtige neerwaartse slag van haar vleugels lanceerde Careena zichzelf de lucht in. Ik keek toe hoe ze over de daken zweefde en verdween.

Nu ik alleen was, leunde ik tegen de koude bakstenen muur en slaakte een diepe zucht. Het grootste deel van mijn leven had ik op niemand anders vertrouwd dan op mezelf. Anderen vertrouwen eindigde meestal in verraad of teleurstelling. Maar Careena was anders. Ze straalde een oprechtheid en compassie uit die ik nog nooit eerder was tegengekomen. Een echte engel, al was ze dan een gevallen engel, die beloofde te helpen de vloek te verbreken die me al zo lang kwelde. Het leek te mooi om waar te zijn.

Ik tuurde naar de hemel, op zoek naar een teken van haar terugkeer. De minuten tikten voorbij en twijfels begonnen aan me te knagen. Wat als ze niet terugkwam? Wat als dit allemaal een wrede grap was, of een beproeving? Ik balde mijn vuisten, boos op mezelf dat ik had durven hopen.

Nee. Ik moest in haar geloven. Ze had me recht in de ogen gekeken en me haar woord gegeven. Als ik Careena niet kon vertrouwen, wat had het dan allemaal nog voor zin? Ik moest erop vertrouwen dat ze iets in mij zag dat het redden waard was. Het vechten waard.

Ze zou terugkomen. Ik herhaalde het als een mantra in mijn hoofd. En in de tussentijd had ik iets te doen. Ik graaide in de zak van mijn jas en haalde een van de prepaid creditcards tevoorschijn die ik altijd bij de hand had voor noodgevallen. Ik ging op in de menigte voetgangers en liep naar een nabijgelegen avondwinkel. Het belletje rinkelde toen ik de deur openduwde.

Het tl-licht zoemde boven mijn hoofd terwijl ik snel de gangpaden afspeurde, een wegwerptelefoon en een paar andere benodigdheden pakte. Ik hield mijn hoofd naar beneden en vermeed oogcontact met de verveelde kassamedewerker terwijl ik afrekende. Gewoon weer een anoniem gezicht dat langskomt.

Met de telefoon in mijn zak liep ik de paar straten naar het treinstation. Ik haalde diep adem en ging naar binnen, mijn laarzen echoënd op de betonnen vloer.

Ik staarde naar het vertrekbord en woog mijn opties af. Misschien moesten we de grens met Duitsland over-steken? Italië? Zouden Alyster en Careena überhaupt paspoorten hebben? Al die eeuwen had ik relaties ver-meden en nu moest ik plotseling rekening houden met de behoeften van twee bovennatuurlijke wezens die ik nauwelijks kende. De ironie ontging me niet.

Nee, voor nu was het beter om het simpel te houden. Ik liep naar het loket en zette mijn vriendelijkste glimlach en mijn beste Frans op.

'Drie kaartjes naar Marseille, alstublieft.'

De medewerkster knikte verveeld, haar vingers klikten op haar toetsenbord. 'Zakelijk of voor uw plezier?'

Ik lachte humorloos. 'Een beetje van beide, denk ik.' Meer een kwestie van overleven.

Ik haalde de creditcard door het apparaat toen ze ernaar wees en ze schoof de kaartjes naar me toe. 'Spoor 1. De eerste trein vertrekt over 20 minuten,' dreunde ze op.

'Perfect. Bedankt.' Ik stak de kaartjes in mijn zak, draaide me om en scande het drukke station, op zoek naar een teken van Careena en Alyster.

Terwijl ik over het perron ijsbeerde, speelden er beelden door mijn hoofd. Een boot stelen, langs de kust ontsnappen, deze puinhoop achterlaten... Het was verleidelijk. Maar diep vanbinnen wist ik dat weglopen niet het antwoord was. Niet meer.

Een flits van zwart haar trok mijn aandacht en ik werd overspoeld door opluchting toen Careena uit de menigte opdook, met Alyster op sleeptouw. Haar ogen werden groot toen ze de gestroomlijnde zilveren trein zag die net het station was binnengereden. Ze aarzelde even.

'Het is... niet wat ik had verwacht,' mompelde ze, terwijl ze met een hand over de gladde buitenkant streek. 'Hoe beweegt het zonder paarden?'

Alyster grijnsde. 'Mannen scheppen kolen die verbranden en de stoom laat de wielen draaien. Ik heb al eerder in treinen gezeten.'

Ik onderdrukte een grijns. Ondanks al hun macht moesten ze nog veel leren over de moderne wereld. Het moest lang geleden zijn dat Alyster in een trein had gezeten als hij dacht dat ze nog op stoom reden! 'Niet helemaal. Deze rijdt op elektriciteit.' Ik gebaarde dat ze me moesten volgen. 'Kom, laten we onze plaatsen zoeken.'

Terwijl we ons in de coupé installeerden, kon ik het niet laten om naar Careena's reacties te kijken. Ze bestudeerde elk detail met een kinderlijke verwondering: de uitklapbare tafeltjes, de raamvergrendeling, de lampjes boven ons. Het was vertederend.

Alyster daarentegen leek vastbesloten een nonchalante houding te bewaren. Hij leunde achterover in zijn stoel met zijn lange benen uitgestrekt, maar zijn vingers trommelden rusteloos op zijn dij.

Ik voelde een plotselinge drang om de spanning te doorbreken en haalde mijn nieuwe smartphone tevoorschijn. 'Kijk eens. Best gaaf, hè?' Ik wiebelde met het apparaat naar hen. 'Het is een soort minicomputer die je kunt meenemen.'

Careena leunde geïntrigeerd naar voren. 'Wat doet het?'

'O, van alles. Bellen, berichten sturen, foto's maken...' Ik zweeg toen ik Alysters gefronste voorhoofd zag. Hij staarde naar de telefoon alsof het een vreemd insect was waar hij niet helemaal uit wijs werd.

'Je... praat ertegen?' vroeg hij langzaam.

Ik kon het niet helpen, er ontsnapte een lach uit mijn mond. 'Nee, nee. Nou ja, soms. Maar meestal tik je gewoon op het scherm om het te bedienen.' Ik demonstreerde het door de camera-app te openen en snel een selfie van ons drieën te maken.

Careena hapte verrukt naar adem bij het zien van de foto, maar Alysters frons werd alleen maar dieper. 'Ik begrijp het,' zei hij stijf, maar het was duidelijk dat dat niet zo was.

Toen de trein schokkend in beweging kwam, leunde ik achterover in mijn stoel en keek naar het stadsbeeld dat langs het raam vervaagde. De weerspiegelingen van Alyster en Careena zweefden daar ook, als geesten over de voorbijglijdende gebouwen heen.

Wat een vreemd trio vormden we. Een engel, een fae en een gedaanteverwisselaar, allemaal op de vlucht voor ons verleden, allemaal op zoek naar iets wat we niet precies konden benoemen. De toekomst was een onbeschreven blad en ik had geen idee welke wendingen het verhaal zou nemen.

Het tijdelijke huurappartement dat ik voor ons vond, was in een onopvallend gebouw, weggestopt in een rustig hoekje van Marseille. Het stelde niet veel voor, maar het zou volstaan als tijdelijke schuilplaats.

Toen we de ingang naderden, merkte ik op hoe de blikken van voorbijgangers dwars door Alyster en Careena heen leken te gaan, alsof ze er nauwelijks waren. Een vrouw die haar hond uitliet, liep op een haar na langs Alyster en verblikte of verbloosde niet.

'Een of andere onzichtbaarheidsspreuk?' vroeg ik fluisterend.

Careena schudde haar hoofd. 'Meer een afleidingsbezwering. Het moedigt mensen aan om niet te goed te kijken.'

Ik trok een wenkbrauw op. 'Lijkt bij mij niet te werken.'

Alysters zilveren ogen keken me aan. 'Waarschijnlijk omdat je al weet wat we zijn. De magie kan jou niet voor de gek houden.'

Binnen in het appartement nam ik onze schamele omgeving in me op. Een kleine kitchenette, een hobbelige bank, een salontafel vol kringen. De slaapkamer bevatte twee smalle bedden en een ladekast waar een la aan ontbrak. Ik had bedacht dat twee bedden genoeg zouden zijn. We zouden niet alle drie tegelijk slapen, aangezien er altijd iemand op wacht moest staan.

Careena dreef naar het raam, haar donkere vleugels bewogen onrustig terwijl ze naar de stad tuurde. 'Wat is ons plan nu?' vroeg ze zachtjes.

Ik haalde mijn schouders op en voelde het gewicht van de onzekerheid op me neerdalen. 'Even onderduiken. Uitzoeken wat onze volgende stap is.'

Alyster leunde met zijn armen over elkaar tegen de muur. 'We kunnen ons niet voor altijd verstoppen. De coven zal naar dat boek op zoek zijn. En de Fae-koningin... nou, die staat niet bekend om haar geduld.'

'Ik weet het.' Ik haalde een hand door mijn haar, terwijl de frustratie in me opborrelde. 'Maar we hebben tijd nodig om het te ontcijferen, om erachter te komen hoe we deze vloek kunnen verbreken.'

Careena draaide zich van het raam af, haar nachtzwarte ogen vol vastberadenheid. 'Dan is dat wat we gaan doen. We vinden een manier.'

Ze haalde het eeuwenoude boek uit haar jas, de versleten leren kaft gebarsten en vervaagd. Terwijl ze op de bank ging zitten en het boek opende, viel er een stilte in de kamer. Zo'n klein ding dat zoveel chaos veroorzaakte. Het was verre van een enorm boekwerk zoals je je een spreukenboek zou voorstellen, het was nauwelijks groter dan Careena's hand en niet veel dikker.

Ik keek gebiologeerd toe hoe Careena's slanke vingers de ingewikkelde hiërogliefen volgden die op de broze papyrusbladzijden waren geëtst. Haar voorhoofd was gefronst van concentratie, haar lippen bewogen geruisloos terwijl ze de cryptische symbolen probeerde te ontcijferen.

Minuten werden uren terwijl ze zich over het spreukenboek boog, haar ogen geen moment van de bladzijden af wendend. Ik bewonderde haar toewijding, haar onwankelbare focus bij zo'n ontmoedigende taak.

Mijn maag knorde en herinnerde me eraan dat zelfs te midden van bovennatuurlijke chaos nog steeds aan de basale menselijke behoeften moest worden voldaan. Ik liep naar de kitchenette en doorzocht de kasten op zoek naar iets eetbaars.

'Iets gevonden?' Alysters stem verbrak de stilte.

'Niets. Ik ga wel even naar buiten. Er was een bakker op de hoek en een kleine Aziatische supermarkt in de volgende straat.'

Hij haalde zijn schouders op, het leek hem niet te deren. 'Nog voorkeuren?'

Alyster schudde zijn hoofd, maar Careena keek even op van het boek. 'Ik eet liever geen vlees,' zei ze, met een licht verontschuldigende schouderophaal.

Eerlijk gezegd had ik dat wel verwacht, nu ik erover nadacht. Engelen werden misschien afgebeeld als strijders, maar onschuldige dieren doden? Dat zouden ze beslist niet doen. 'Dan wordt het vegetarisch,' stemde ik in.

Het duurde niet lang voordat ik wat basisboodschappen had verzameld: brood, een paar blikken soep, roomkaas met bieslook, melk en koffie. Ik had absoluut koffie nodig. Een fles wijn was verleidelijk, maar ik had door de eeuwen heen al genoeg tijd verdronken in flessen. Een helder hoofd was nu slimmer, dus pakte ik in plaats daarvan wat bruisend mineraalwater. Binnen een kwartier was ik terug in het appartement, waar Careena nog steeds over het spreukenboek gebogen zat en Alyster blijkbaar een douche nam.

Terwijl ik de soep op het fornuis opwarmde, dwaalden mijn gedachten af naar Careena en de ongelooflijke last die ze op zich had genomen. Een eeuwenoud spreukenboek ontcijferen, een vloek verbreken, en dat alles terwijl ze werd opgejaagd door een wraakzuchtige coven. Het was veel voor wie dan ook, zelfs voor een engel.

Maar als iemand het kon, was zij het wel. Ik had het vuur in haar ogen gezien, de vastberadenheid die in haar brandde. Ze zou een manier vinden, wat er ook voor nodig was.

De geur van warme soep vulde het appartement en ik schonk het in drie verschillende kommen, sneed het brood en besmeerde het met de roomkaas.

'Het eten is klaar,' zei ik, toen Alyster uit de slaapkamer kwam, zijn gouden haar nat en tegen zijn hoofd geplakt. Tot mijn verbazing kwam hij helpen de kommen en borden naar de tafel te dragen. Ik had gedacht dat hij zulk werk beneden zijn stand zou vinden. Een ridder van het Fae-koningshof moest gewend zijn aan bedienden die alles voor hem haalden en brachten.

Careena legde het boek neer en kwam naar de tafel, een glimlach op haar lippen terwijl ze aan de lucht snoof. 'Dat ruikt heerlijk. Ik hou zo van menselijk eten! Welke smaken zijn dit?'

'De soep is Parmentier, aardappel en prei.'

'Heerlijk!' Ze doopte een stukje brood in de soep en nam een hap, waarna ze een genotzuchtig geluid maakte bij de smaak.

Ik kon het niet laten om tijdens het eten stiekem naar haar te kijken, me verwonderend over de manier waarop het vervagende licht van het raam over haar donkere huid speelde, de manier waarop haar vleugels bij elke ademhaling leken te glinsteren.

Alysters blik schoot naar het raam, zijn zilveren ogen scanden de donker wordende straten beneden. 'We kunnen hier niet lang blijven,' mompelde hij, zijn stem zacht en voorzichtig. 'De coven zal naar ons op zoek zijn.'

Ik knikte, mijn maag kromp samen bij de gedachte die heksen opnieuw onder ogen te komen. Hun kracht was anders geweest dan alles wat ik ooit had meegemaakt, oeroud en verwrongen.

'We gaan 's ochtends verder,' zei ik, terwijl ik probeerde mijn stem stabiel te houden. 'Voor nu moeten we wat rusten.'

Maar terwijl ik op de hobbelige matras lag, kon ik de slaap niet vatten. Mijn gedachten raasden met beelden van de afgelopen dagen: de angst voor mijn onbeheerste transformaties, de opwinding van het vliegen met Careena, de constante angst om betrapt te worden.

Een zachte zucht aan de andere kant van de kamer haalde me uit mijn gedachten. Ik ging rechtop zitten en zag Careena over het spreukenboek gebogen, haar vingers volgden een complexe illustratie op de verweerde bladzijde.

'Wat is er?' vroeg ik en ging naast haar staan. 'Heb je iets gevonden?'

Ze knikte, haar nachtzwarte ogen groot van opwinding. 'Dit symbool, hier,' zei ze, terwijl ze naar een complex hiëroglief wees. 'Ik denk dat het de vloek voorstelt die je bindt. En deze passage...'

Haar vinger verschoof naar een blok hiërogliefen waarvan de betekenis voor mij verloren was. 'Wat jou is aangedaan, was volgens mij maar de helft van de spreuk.

De volledige spreuk... zal je gedaanteverwisselingskunsten niet ongedaan maken, maar zou ze moeten stabiliseren.'

Hoop bloeide op in mijn borst, breekbaar en aarzelend. Zou het echt mogelijk zijn? Zou ik na al die jaren eindelijk vrij kunnen zijn?

Careena fronste haar voorhoofd terwijl ze de pagina bestudeerde. Haar lippen bewogen geluidloos terwijl ze de oude woorden vertaalde. Ik keek vol bewondering voor haar vaardigheid en toewijding naar haar werk.

'Heb je een manier gevonden om hem te helpen?' klonk Alysters stem, zorgvuldig neutraal, en ik keek op en zag hem in de slaapkamerdeur staan.

Careena knikte. 'Ik geloof van wel. Maar de spreuk vereist specifieke ingrediënten, waarvan sommige moeilijk te verkrijgen zijn.'

Ze dreunde een lijst op van kruiden en oliën, die voor mij grotendeels als wartaal klonken. Maar Alysters ogen werden groot van herkenning.

Met een zucht greep hij in zijn tas en haalde er een klein, in zijde gewikkeld bundeltje uit. 'Ik heb hier wat van wat je nodig hebt,' zei hij met tegenzin. 'Ik heb voor de zekerheid altijd een paar zeldzame componenten bij me.'

Careena nam het bundeltje met een dankbare glimlach aan. 'Dank je, Alyster. Dit zal ons veel tijd besparen.'

Ik keek van de een naar de ander, mijn hart bonzend van een mengeling van spanning en angst. 'En de rest van de ingrediënten?' vroeg ik. 'Waar gaan we die vinden?'

Careena raadpleegde het spreukenboek opnieuw. 'De meeste hiervan zijn gangbare kruiden en specerijen,' zei ze. 'Die moeten we 's ochtends wel op een lokale markt kunnen vinden.'

Ik knikte. 'Die Aziatische supermarkt had een grote voorraad kruiden en specerijen.' Die zou nu gesloten zijn. Even overwoog ik het slot te forceren en mezelf binnen te laten.

Careena leek te voelen wat ik dacht. 'Hoeveel jaar heb je al niet gewacht?' vroeg ze zacht, terwijl ze een hand op mijn arm legde. 'Je kunt nog wel een paar uur wachten, Rafail.'

Gevangen door haar blik knikte ik uiteindelijk. 'Oké.'

'Probeer wat te slapen. Hier. Misschien kan ik je helpen. Ga liggen.'

Het was bijna onmogelijk haar iets te weigeren. Ik ging op een van de smalle bedden liggen en zij ging naast me op de rand van het bed zitten. Ik verstijfde van schrik toen ze vooroverboog en haar lippen lichtjes op de mijne drukte. Mijn lichaam stond meteen op scherp.

Careena glimlachte, langzaam en teder, en fluisterde toen 'Slaap,' tegen mijn lippen.

Ik kon me niet voorstellen dat ik na die kus zou kunnen slapen – totdat haar magie me raakte en het plotseling voelde alsof al mijn zorgen en beslommeringen gewoon wegvloeiden. Mijn ogen vielen dicht en het volgende wat ik wist, was dat zonlicht door de dunne gordijnen voor het raam filterde en schuin over mijn gezicht viel.

*

Careena sliep op het andere bed, slechts een armlengte van me vandaan, een en al lang zwart haar en zwarte veren. Ze was een woelige slaper; één vleugel en een lange arm hingen van het bed, de dekens in een verwarde hoop om haar benen gedraaid.

Ik onderdrukte de neiging om alleen maar te gaan zitten en naar haar te staren en liep de woonkamer in. Alyster draaide zich om van waar hij bij het raam stond en gaf me een kort knikje.

'Ik ga op zoek naar de rest van die ingrediënten,' zei ik, terwijl ik mijn jas aantrok en naar de deur liep.

Alyster greep mijn arm toen ik langsliep. 'Wees voorzichtig,' waarschuwde hij, zijn zilveren ogen intens. 'We weten niet wie er misschien meekijkt.'

Ik beantwoordde zijn blik vastberaden. 'Het komt goed,' zei ik. 'Ik weet hoe ik onopgemerkt blijf.'

Met een laatste knikje naar Alyster glipte ik de deur uit en begaf me naar beneden, de straat op, naar het kleine Aziatische kruidenierswinkeltje dat ik de avond ervoor had bezocht. De winkeleigenaresse, een oudere Indiase vrouw met een gerimpeld gezicht en scherpe ogen, keek op van haar werk.

'Kan ik u helpen?' vroeg ze in zwaar geaccentueerd Frans.

Ik glimlachte en zette mijn charme in. 'Dat hoop ik wel,' zei ik, terwijl ik naar de toonbank liep. 'Ik zoek een paar specifieke kruiden. Heeft u misschien...' Ik raadpleegde de lijst die Careena had opgeschreven, struikelend over de onbekende namen en hopend dat Careena het correct had vertaald van het Oudegyptisch naar modern Frans.

De ogen van de vrouw vernauwden zich terwijl ze luisterde en even vreesde ik dat ze me weg zou sturen. Maar toen knikte ze langzaam, nam het papiertje uit mijn hand en bekeek het. 'Ik heb wat u nodig heeft,' zei ze. 'Wacht hier.'

Ze verdween achter in de winkel en ik wachtte, terwijl ik probeerde niet overduidelijk te friemelen. Minuten later keerde ze terug met een klein pakketje, gewikkeld in bruin papier.

'Wees hier voorzichtig mee,' waarschuwde ze terwijl ze het overhandigde. 'Het zijn krachtige dingen, in de juiste handen.'

Ik bedankte haar met een knikje en betaalde snel, te gretig om terug te keren naar de anderen. Toen ik terugkwam in het appartement, was Careena wakker en al begonnen met het voorbereiden van de spreuk. Ze had een ruimte op de vloer vrijgemaakt en knielde in het midden, met de ingrediënten die Alyster had gegeven voor haar uitgestald en een kom die klaarstond voor... wat ze ook ging doen.

Ze keek op toen ik binnenkwam, haar nachtzwarte ogen glinsterden van vastberadenheid. 'Heb je ze?' vroeg ze.

Ik overhandigde het pakketje zonder iets te zeggen en keek toe hoe ze het uitpakte en de inhoud aan haar verzameling toevoegde. Toen, met een diepe zucht, begon ze de ingrediënten in de kom te mengen, terwijl ze het boek raadpleegde bij het afmeten van elk item, haar handen vast en zeker.

Ik voelde een sprankje hoop in mijn borst oplichten terwijl ik naar haar werk keek. Zou dit echt het antwoord op mijn vloek kunnen zijn? Zou ik na zoveel jaren lijden eindelijk vrij kunnen zijn?

Naast me verschoof Alyster rusteloos van zijn plek, zijn ogen op Careena gericht. Ik kon zijn ongemak voelen, zijn twijfel die streed met zijn verlangen om te helpen.

Maar er was geen weg terug. Toen Careena begon te chanten, haar stem laag en melodieus, voelde ik de kracht in de kamer toenemen. De lucht werd zwaar, geladen met energie, en ik voelde de haren in mijn nek overeind gaan staan.

Ik sloot mijn ogen en schrapte me voor wat er zou komen. Ik had geen idee wat deze spreuk met me zou doen, maar ik was er klaar voor om het recht in de ogen te kijken.

Want als er ook maar een kans was dat het mijn vloek kon verbreken, dat het me een kans op een normaal leven kon geven, dan was het elk risico waard.

Het chanten werd luider, dwingender, en ik voelde een vreemd, tintelend gevoel over me heen spoelen. Het begon bij mijn kruin en verspreidde zich naar beneden, totdat elke centimeter van mijn huid levend was van energie.

Ik hapte naar adem, mijn ogen vlogen open, toen een plotselinge golf van kracht door me heen stroomde. Het was als niets wat ik ooit had gevoeld – een wilde, ongetemde kracht die me volledig dreigde te verteren.

Mijn lichaam begon te beven, mijn spieren trokken samen buiten mijn controle. Ik kon mijn gedaante voelen verschuiven, veranderen, terwijl de magie bezit van me nam.

Maar dit keer was het anders. In plaats van de kwellende pijn die mijn transformaties gewoonlijk vergezelde, was er alleen een gevoel van verlossing, van vrijheid.

Ik slaakte een kreet toen mijn botten zich opnieuw rangschikten en mijn vlees zich in een nieuwe vorm kneedde. En toen, zo plotseling als het was begonnen, was het voorbij.

Ik stond daar, hijgend, mijn hart in mijn borst tekeergaand. Ik keek naar mijn handen en verwachtte vacht en klauwen te zien, maar in plaats daarvan zag ik alleen maar menselijke huid.

Ik hief mijn blik op naar Careena, het nauwelijks durvend te geloven. Ze keek me gespannen aan, haar donkere ogen glansden met iets wat op triomf leek.

'Is het gelukt?' vroeg ik schor, mijn stem ruw van emotie.

Als antwoord glimlachte ze slechts en stak haar hand uit. Ik pakte hem en verwonderde me over de manier waarop onze vingers in elkaar verstrengelden – engel en gedaanteverwisselaar, twee wezens die elkaars pad nooit hadden moeten kruisen, nu door het lot aan elkaar gebonden.

En toen ik in haar ogen keek, zag ik een glinstering van iets wat mijn hart een slag deed overslaan. Het was meer dan alleen dankbaarheid, meer dan alleen opluchting.

Het was hoop.

Careena trok me in een omhelzing, haar armen stevig om me heen geslagen. Ik ademde haar geur in, een mengeling van jasmijn en iets uniek van haarzelf, en voelde een gevoel van vrede over me heen komen.

'Het is ons gelukt,' fluisterde ze, haar stem zacht en melodieus in mijn oor. 'Je bent vrij, Rafail. Ga je gang. Verander en zie het zelf.'

Ik trok me terug en zocht haar gezicht af naar enig teken van bedrog, maar vond alleen oprechtheid. 'Dank je,' zei ik zacht, mijn stem dik van emotie. Ik haalde diep adem, sloot mijn ogen en riep mijn voorkeursgedaante op, de rode vos, en zette me schrap voor de pijn.

Ik knipperde met mijn ogen. De wereld richtte zich opnieuw, helderder dan voorheen maar de kleuren waren gedempter, in pasteltinten. Ik keek op naar Careena en Alyster, die boven me uittorenden, en jankte van verbazing.

Careena lachte, ging op een knie zitten en stak haar hand uit. 'Wat een prachtige vos ben je!'

Ik kon het niet laten haar hand een snelle lik te geven voordat ik diep in mezelf reikte naar mijn menselijkheid.

Nooit in al die jaren was ik in staat geweest om binnen zo'n korte tijd terug te veranderen. Maar het was makkelijk, als... als een trap aflopen. En er was geen pijn!

'Het deed geen pijn,' zei ik, bijna voordat mijn mond klaar was met zich te hervormen. 'Het deed geen pijn!'

Zelfs Alyster glimlachte terwijl hij met gekruiste armen tegen de muur leunde, zijn zilveren ogen glinsterend van vermaak. 'Nou, hoe ontroerend dit moment ook is, we hebben werk te doen.'

Ik spande me aan, het korte moment van vreugde verbrijzeld door zijn woorden. 'Wat bedoel je?'

Alyster duwde zich van de muur af en slenterde naar ons toe, zijn bewegingen soepel en gracieus. 'De heksenkring, Rafail. Ze zijn er nog steeds en we moeten ze stoppen.'

Ik schudde mijn hoofd en deed een stap achteruit. 'Dat is mijn gevecht niet.'

Alysters blik werd scherper, zijn glimlach verdween. 'Maar dat zou het kunnen zijn. Je gedaanteverwisselingskrachten kunnen erg nuttig zijn als we proberen te begrijpen waar ze mee bezig zijn geweest en de schade ongedaan willen maken.'

Ik staarde hem aan, overrompeld door zijn woorden. 'Je wilt mijn hulp?'

Careena legde een hand op mijn arm, haar aanraking zacht maar ferm. 'We zouden je graag bij ons hebben, Rafail. Je vaardigheden kunnen echt een verschil maken.'

Ik keek heen en weer tussen hen, verscheurd. Een deel van me wilde wegrennen, dit alles achterlaten en ergens ver weg een nieuw leven beginnen. Ik was het tenslotte gewend om alleen te zijn. Het was de enige manier waarop ik wist hoe ik moest overleven.

Maar een ander deel van mij, een deel dat zo lang inactief was geweest, kwam door hun woorden tot leven.

Ik kon het vreemde gevoel van verbondenheid dat in mijn hart was begonnen wortel te schieten niet ontkennen. Voor het eerst in mijn leven voelde ik me alsof ik deel uitmaakte van iets groters dan ikzelf. Een familie, niet door bloed, maar door keuze.

Ik haalde diep adem en keek Alyster aan. 'Oké. Ik doe mee.'

Alysters glimlach keerde terug, een oprechte dit keer. 'Uitstekend. We zullen een formidabel team vormen.'

Careena kneep in mijn arm, haar ogen straalden van warmte. 'Dank je, Rafail. Je hulp betekent meer dan je weet.'

Ik knikte, terwijl er een brok in mijn keel ontstond. Ik slikte hem weg en probeerde mijn kalmte te bewaren. 'Dus, wat is onze volgende stap?'

Alyster wreef bedachtzaam over zijn kin. 'We moeten meer informatie verzamelen over de activiteiten van de heksenkring. Hun uiteindelijke doel, hun zwaktes, alles wat ons een voordeel kan geven.'

Careena knikte instemmend. 'Ik zal het spreukenboek blijven bestuderen. Misschien zijn er aanwijzingen in de pagina's verborgen die ons kunnen helpen.'

Ik voelde een golf van vastberadenheid. 'Ik kan mijn gedaanteverwisselingskunsten gebruiken om hun gelederen te infiltreren, om van binnenuit informatie te verzamelen.'

Alyster klopte me op de schouder, zijn greep stevig. 'Dat is de juiste instelling. Maar wees voorzichtig. We weten niet waartoe ze in staat zijn.'

Ik beantwoordde zijn blik met een grijns die aan mijn lippen trok. 'Ik ben altijd voorzichtig.'

Careena trok een wenkbrauw op, met een speelse twinkeling in haar oog. 'Is dat de reden waarom je überhaupt vervloekt bent geraakt?'

Ik lachte, het geluid verraste me. Het voelde goed om te lachen, om een gevoel van kameraadschap te voelen met deze twee buitengewone wezens.

Toen we onze volgende stappen begonnen te plannen, realiseerde ik me dat ik voor het eerst in mijn leven een doel had. Een reden om te vechten. En ik wist dat we, met Alyster en Careena aan mijn zijde, er alles aan zouden doen om de heksenkring voor het gerecht te brengen en de onschuldige levens die ze bedreigden te beschermen.

Hoofdstuk Veertien

Careena

De deur van het sjofele appartement sloeg achter me dicht terwijl ik me haastte om Rafail en Alyster bij te houden, die door de schemerig verlichte gang schreden. De muffe geur van schimmel hing vaag in de lucht.

'We moeten snel zijn,' zei Rafail over zijn schouder. 'Als we de magie van het boek hier gebruiken, laat dat een spoor achter dat het coven kan volgen. Ze zullen ons snel genoeg op de hielen zitten.'

Ik knikte, terwijl mijn gedachten nog tolden van het tafereel dat we net achter ons hadden gelaten: de wind die door de kamer gierde toen de spreuk effect had, Rafails vreugde toen zijn vloek werd opgeheven en hij volledig meester werd over de gedaanteverwisselingsvaardigheden die hij al eeuwenlang onder controle probeerde te krijgen.

Buiten stopte een strakke, zwarte auto, die in deze vervallen buurt totaal niet op zijn plek leek, aan de stoeprand. Rafail hield de deur open en gebaarde dat ik moest instappen.

'Ik dacht dat we ons gedeisd probeerden te houden,' zei ik sceptisch, terwijl ik de leren stoelen en chromen accenten van de auto bekeek.

Een ondeugende twinkeling verscheen in Rafails ogen. 'Schijn kan bedriegen, Careena. Geloof me, ik weet er het een en ander van om onder de radar te blijven.'

Terwijl de auto door de straten zoefde en snel een veel mooiere wijk van de stad in reed, merkte Rafail achteloos op: 'Ik heb in de loop der eeuwen eigenlijk een behoorlijk vermogen vergaard. Voordeeltjes als je een succesvolle dief bent.'

Alyster liet naast mij een zacht fluitje horen. 'Over hoe rijk hebben we het dan?'

'Genoeg om vannacht een penthousesuite te huren in een goed hotel. We kunnen wel een goede nachtrust op een veilige locatie gebruiken.'

De lobby van het hotel schitterde van de pracht en praal: kristallen kroonluchters, pluchen rode tapijten, vergulde spiegels. Ik voelde me beslist niet op mijn plaats toen Rafail naar de receptie liep en met een air van comfortabele vanzelfsprekendheid, ondanks zijn ietwat haveloze kleding, onze kamersleutels bemachtigde. Het hotelpersoneel was zo onderdanig dat ik dacht dat hij hier al eerder was geweest. Of misschien was het gewoon de zelfverzekerde houding die hij uitstraalde.

Boven opende Rafail de dubbele deuren en onthulde een enorme suite die was ingericht met weelderig meubilair. Alyster floot zachtjes toen hij de ruimte in zich opnam.

'Hier zou ik aan kunnen wennen,' zei hij waarderend, terwijl hij met een hand over de gebeeldhouwde marmeren schouw streek. 'Beter dan op de bosgrond slapen, dat is zeker.'

Ik dwaalde in een roes door de kamers en vergaapte me aan de hoge draaddichtheid van de zijdezachte lakens en de glinstering van de kristallen karaffen op de dranktrolley. Dus zo leefden rijke mensen! Het contrast met de saaie soberheid van het Heiligdom was groot.

Toen ik de weelderige badkamer binnenstapte, deed mijn spiegelbeeld in de enorme spiegel me verstijven. Wie was dit wezen dat hier te midden van zoveel luxe stond? Het rommelige haar, de verwarde vleugels... ik herkende haar nauwelijks. We hadden de afgelopen dagen zoveel meegemaakt dat het leek alsof ik een heel leven ouder was geworden.

Ik draaide de kraan van de wastafel open en liet het water over mijn handen stromen, mijn gedachten malend over alles wat er was gebeurd. De kracht van het boek, Rafails onthulling, deze plek... niets leek nog logisch. En toch voelde een klein, verraderlijk deel van mij een vonkje opwinding. Misschien was het oké om van de fijnere dingen des levens te genieten, al was het maar voor één nacht.

Ik spatte wat koel water in mijn gezicht in een poging mijn razende gedachten te kalmeren. Toen ik uit de badkamer kwam, trof ik Alyster en Rafail in een rustig gesprek op de pluchen bank aan. Ze keken beiden op toen ik dichterbij kwam, hun blikken intens en onleesbaar.

'Careena,' zei Alyster zacht, en hij klopte op de ruimte naast hem. 'Kom bij ons zitten.'

Ik aarzelde, me plotseling maar al te bewust van de geladen energie tussen ons drieën. De diepte van mijn groeiende gevoelens voor hen beiden raakte me als een klap in mijn maag. Het was even opwindend als angstaanjagend.

Rafail moet mijn schroom gevoeld hebben. 'We bijten niet,' zei hij met een ironische glimlach. 'Nou ja, tenzij je er netjes om vraagt.'

Ik rolde met mijn ogen om zijn grap, dankbaar voor de kortstondige luchtigheid. Ik vermande me en ging op het randje van de bank zitten, voorzichtig om een beetje afstand te bewaren. Maar zelfs zo kon ik de warmte voelen die van hun lichamen afstraalde, de subtiele geur van dennen en muskus die me omhulde.

'Dus, wat is onze volgende zet?' vroeg ik, in een poging me te concentreren op de taak die voor ons lag. 'We kunnen hier niet voor altijd blijven.'

Alyster leunde naar voren, zijn zilveren ogen boorden zich in de mijne. 'Nee, dat kunnen we niet. Maar voor vannacht denk ik dat we allemaal een beetje rust verdienen. Een kans om op te laden en ons te herpakken, nu we ons eerste doel, het verbreken van Rafails vloek, hebben bereikt.'

Zijn woorden hingen in de lucht, zwaar van onuitgesproken betekenis. Ik slikte moeizaam, mijn hart bonkte tegen mijn ribbenkast. De kwetsbaarheid die ik in hun aanwezigheid voelde was overweldigend, alsof ik op de rand van een klif stond zonder vleugels om me op te vangen als ik zou vallen.

Rafails hand streek langs mijn knie en stuurde een elektrische schok door mijn lichaam. 'Careena,' mompelde hij, zijn stem laag en schor. 'We zitten hier samen in, wat er ook gebeurt. Dat weet je toch?'

Ik knikte, niet in staat om te spreken. Het gewicht van mijn tegenstrijdige emoties dreigde me te verpletteren. Hoe kon ik verliefd worden op niet één, maar twee mannen, terwijl alles om ons heen zo onzeker was? Terwijl we niet eens wisten of we de volgende zonsopgang zouden halen?

En toch, terwijl ik daar tussen hen in zat, onze lichamen elkaar nauwelijks rakend maar onze zielen met elkaar verweven, wist ik dat er geen weg meer terug was. Wat dit ook was tussen ons, het was echt en krachtig en volkomen angstaanjagend.

Maar voor vannacht, tenminste, zou ik mezelf erin laten zwelgen. Me laten meeslepen door de vloedgolf van emoties die me overspoelde. Morgen zou nieuwe uitdagingen brengen, nieuwe gevaren.

Maar vanavond? Vanavond was van ons.

'Laten we ons gewoon concentreren op het hier en nu,' stelde Alyster voor, zijn stem zacht maar onwrikbaar. Zijn hand vond de mijne en warmte straalde van zijn aanraking. Ik kon de oprechtheid in zijn woorden voelen, een balsem voor mijn innerlijke onrust.

'Hier en nu,' herhaalde ik en schonk hun beiden een kleine glimlach. 'Dat kan ik.'

Rafail leunde dichterbij, drukte een zinderende kus op de ader aan de basis van mijn keel, en ik rilde. Mijn gedachten raceten met tegenstrijdige gedachten en emoties, genot vermengd met onzekerheid terwijl we onze sensuele ontdekkingstocht voortzetten.

Alyster drukte zich dichter tegen me aan, zijn lippen streelden de mijne, en een moment lang leek mijn hart stil te staan. Onze verbinding intensiveerde en wakkerde een emotionele band aan die met de seconde sterker werd. Het voelde alsof een deel van mij had ontbroken en eindelijk was gevonden in hun aanrakingen en blikken die zoveel tederheid bevatten.

'Vertrouw ons, Careena,' fluisterde Rafail, zijn adem heet tegen mijn oor. 'We vangen je wel op.'

En op de een of andere manier, te midden van de wervelwind van emoties, deed ik dat. Ik vertrouwde hen beiden met een diepte die ik niet voor mogelijk had gehouden. Het maakte me bang, maar het bracht ook een gevoel van vrede dat ik in heel lange tijd niet had ervaren.

'Laten we dit onder de douche voortzetten,' stelde Rafail voor. 'Ik ben moe en vies.'

'Jullie vinden dit allebei... oké?' vroeg ik. Gisteren nog leken ze elkaar niet echt te mogen.

'We vinden het allebei heel erg oké dat *jij* het hart hiervan bent,' zei Alyster zacht. Hij keek langs me heen naar Rafail, die glimlachte.

'We hebben allebei een lang leven geleid, Careena. In zoveel jaren... experimenteer je. Ik voel me niet aangetrokken tot mannen, maar ik heb ook geen extreme afkeer van ze, en ik heb er geen problemen mee je met Alyster te delen. Al voel ik wel een zekere jaloezie bij de gedachte aan jou en Alyster zonder mij.'

'Ik voel heel veel jaloezie bij de gedachte aan jou en Rafail zonder mij,' voegde Alyster daaraan toe.

Ik proefde alleen maar waarheid in de woorden van hen beiden, en ik waardeerde hun eerlijkheid enorm. Op deze manier begeerd worden was ook ongelooflijk vleiend. O ja, ik was door zowel mannen als vrouwen begeerd sinds ik naar het mensenrijk was gekomen, en ja, er was zeker lust in de manier waarop zowel Alyster als Rafail naar me keken, maar ik kon ook iets meer voelen, iets diepers. Een ware verbinding van hart en ziel. Ze geloofden in me, vertrouwden me. Ondanks dat ze allebei veel ouder en beter op de hoogte waren van de wegen van de mensenwereld dan ik, verwierp geen van beiden mijn gedachten en ideeën;

sterker nog, ze leken allebei vaker wel dan niet bereid mijn leiding te volgen.

Ze wachtten nu allebei op mij om de leiding te nemen, twee paar ogen op mij gericht. Ik haalde langzaam en diep adem.

'Hoorde ik je een douche voorstellen? Dat zou geweldig zijn. Jullie twee kunnen me helpen mijn vleugels te wassen.'

Het warme water stroomde over mijn lichaam en vermengde zich met de verhitte aanrakingen van Alyster en Rafail terwijl we tegen elkaar aan stonden in de luxueuze douche. Hun vingers trokken sporen over mijn huid en lieten paden van vuur achter. Ik raakte verdwaald in de sensatie, de emoties tussen ons liepen hoog op.

'Laat los, Careena,' mompelde Alyster, zijn zilveren ogen keken diep in de mijne terwijl zijn hand mijn wang omvatte. 'Vertrouw ons.'

Ik knikte, mijn hart bonzend in mijn borst. Ik was zo lang verscheurd geweest tussen genot en onzekerheid, maar nu koos ik ervoor me over te geven aan dit moment, om de verbinding die we deelden te omarmen. Toen Rafails lippen mijn nek streelden en rillingen over mijn ruggengraat stuurden, liet ik mezelf opgaan in de intensiteit van het geheel.

'Is dit echt wat jullie willen?' fluisterde ik, terwijl ik van de een naar de ander keek. De kwetsbaarheid die ik voelde was beangstigend, maar tegelijkertijd opwindend.

Alyster glimlachte zacht en drukte een tedere kus op mijn voorhoofd. 'Meer dan wat dan ook', antwoordde hij, zijn stem dik van emotie.

'Hetzelfde geldt voor mij', voegde Rafail eraan toe, zijn bruine ogen vol oprechtheid. 'We doen dit samen, weet je nog?'

Ik knikte, terwijl mijn hart overliep van dankbaarheid en liefde voor deze twee ongelooflijke wezens die op de een of andere manier in mijn leven waren gekomen. Ik strekte me uit, liet mijn vingers door Alysters donkerblonde haar gaan en volgde de kaaklijn van Rafail, me verwonderend over de band die we deelden.

Terwijl het water om ons heen bleef stromen, begonnen we elkaars lichaam te verkennen met een nieuwe, dringende behoefte. Alysters handen dwaalden over mijn rondingen, zijn aanraking was zowel zacht als dwingend, terwijl Rafails lippen een spoor van kusjes over mijn nek en sleutelbeen trokken. Ik hapte naar adem toen hun monden de mijne vonden, eerst die van Rafail, toen die van Alyster, onze kussen diep en gepassioneerd.

Mijn vleugels, die strak tegen mijn rug gevouwen waren geweest, begonnen zich uit eigen beweging te ontvouwen en spreidden zich in hun volle spanwijdte uit terwijl ik me overgaf aan de sensaties die door me heen raasden. Alyster en Rafail pauzeerden beiden even en staarden naar mijn vleugels met een mengeling van ontzag en verlangen.

'Ze zijn prachtig', mompelde Alyster en hij strekte zijn hand uit om een tere veer aan te raken. 'Net als jij.'

Rafail knikte instemmend, zijn ogen donker van lust. 'Laat ons je helpen ze te wassen', zei hij met een hese stem.

Ik knikte, niet in staat om te spreken, terwijl ze elk een vleugel in hun handen namen en met hun vingers de tere veren volgden met een eerbied die me tranen in de ogen bracht. Ze werkten in perfecte harmonie samen, hun bewegingen gesynchroniseerd terwijl ze het vuil en de viezigheid van onze reis wegwasten.

Terwijl zij mijn vleugels verzorgden, liet ik mijn eigen handen dwalen en verkende ik de harde vlakken van hun borstkassen en de gespannen spieren van hun armen. Ik voelde hun opwinding tegen me drukken en ik wist dat ik meer wilde.

'Alsjeblieft', fluisterde ik, mijn stem nauwelijks hoorbaar boven het geluid van het water. 'Ik heb jullie allebei nodig.'

Alyster en Rafail wisselden een blik en kwamen toen in beweging, tilden me moeiteloos in hun armen en droegen me de douche uit.

Toen ze me de douche uit droegen, kon ik niet anders dan me verwonderen over hun kracht. Ik voelde me klein en teer in hun armen en het gevoel door hen beiden gekoesterd en begeerd te worden was bedwelmend. Ze legden me neer op het zachte, pluchen bed, hun lichamen torenden boven het mijne uit terwijl ze me bleven aanbidden met hun handen en monden.

Alysters zilveren ogen keken strak in de mijne terwijl hij een spoor van kusjes langs mijn nek trok, zijn vingers volgden de ronding van mijn borst. Rafails handen verkenden mijn lichaam, zijn aanraking was stevig en dwingend terwijl hij mijn tepels tot harde pieken plaagde. Ik kreunde en boog mijn rug toen hun aanrakingen golven van genot over me heen lieten slaan.

'Je bent zo mooi, Careena', mompelde Alyster tegen mijn huid, zijn stem dik van verlangen. 'Ik wil je een goed gevoel geven.'

Rafail knikte instemmend, zijn bruine ogen vol lust. 'Dat willen we allebei.'

Ik voelde hun handen over mijn lichaam naar beneden glijden, hun vingers gleden tussen mijn dijen, plagend en verkennend. Ik hapte naar adem toen ze mijn klit vonden; hun bekwame aanrakingen stuurden schokken van genot door me heen. Ik voelde het vocht tussen mijn benen samenvloeien en ik wist dat ik klaar was voor meer.

'Alsjeblieft', smeekte ik, mijn stem nauwelijks een fluistering. 'Ik heb jullie allebei nodig.'

Alyster en Rafail wisselden weer een blik en kwamen toen in beweging, waarbij ze zich aan weerszijden van me positioneerden. Alyster boog voorover en veroverde mijn mond in een zinderende kus terwijl Rafails vingers hun magie tussen mijn benen bleven bedrijven. Ik kreunde in Alysters mond, mijn heupen bokten toen Rafail een vinger in me liet glijden, en toen nog een.

Ik voelde Alysters harde lid tegen mijn dij drukken en ik strekte mijn hand uit, die ik om zijn schacht sloot. Hij kreunde, zijn heupen stootten naar voren toen ik hem begon te strelen, mijn vingers gleden over de fluweelzachte huid van zijn pik.

Ik voelde Rafails harde lid tegen mijn rug drukken en ik legde mijn andere hand achter me om ook hem vast te pakken. Rafail kreunde, zijn heupen bokten toen ik hem begon te strelen, mijn vingers gleden over de fluweelzachte huid van zijn pik.

'Ik heb haar al gehad.' Het was Alyster die sprak, zijn stem laag en schor. 'Ik denk niet dat ik er ooit genoeg van zou kunnen krijgen, maar... neem jij haar, deze keer.'

'Dank je.' Rafails stem in mijn oor was weinig meer dan een kreun terwijl mijn vingers zijn pik bewerkten. 'Careena...' Eén sterke hand drong mijn dij omhoog en ik verschoof mijn heupen naar achteren, begerig naar hem.

Mijn ogen sloten zich in gelukzaligheid toen hij langzaam in me begon te glijden,

Terwijl Rafail in me bleef bewegen, reikte ik naar Alyster, mijn vingers sloten zich om zijn schacht. Hij kreunde, zijn heupen stootten naar voren terwijl ik hem begon te strelen op het ritme van Rafails stoten. Ik voelde de fluweelzachte huid van zijn pik tegen mijn hand, de hitte van zijn opwinding straalde door me heen.

Alyster boog voorover, zijn lippen vonden de mijne in een zinderende kus terwijl ik hem bleef strelen. Ik kreunde in Alysters mond, mijn lichaam rilde van genot toen Rafail me volledig vulde. Ik voelde zijn harde lid in me bewegen, zijn ritme perfect gesynchroniseerd met de bewegingen van mijn hand op Alysters pik. De sensatie van hen beiden zo dichtbij te hebben, hun lichamen met het mijne verstrengeld, was bijna te veel om te verdragen.

Ik voelde het orgasme in me opbouwen, mijn lichaam spande zich steeds strakker aan terwijl Rafail en Alyster me naar de rand dreven. Ik wilde Alyster net zo'n goed gevoel geven als zij mij gaven.

'Hier', fluisterde ik schor tegen Alyster. Hij keek me vragend aan en ik bracht een trillende hand omhoog om mijn lippen aan te raken. 'Je pik. Hier.'

Hij glimlachte, het zilver van zijn ogen verhelderde tot een hete kwikglans en knikte, terwijl hij opschoof op het bed zodat ik voorover kon leunen en hem in mijn mond kon nemen.

Alyster kreunde en zijn vingers verstrengelden zich in mijn haar terwijl ik mijn magie op hem begon los te laten. Ik voelde zijn pik tegen mijn tong kloppen terwijl ik zoog en likte, mijn bewegingen perfect gesynchroniseerd met

Rafails stoten. De smaak van hem was bedwelmend en ik merkte dat ik mezelf verloor in al dat genot.

Ik voelde Rafails bewegingen grilliger worden, zijn greep op mijn heupen verstevigde zich terwijl hij zichzelf dieper in me dreef. Ik wist dat hij er bijna was en de gedachte dat hij in me zou klaarkomen terwijl ik Alyster tot de rand van de extase bracht, was meer dan ik aankon.

Met een kreet die door de kamer galmde, kwam ik klaar, mijn lichaam schokte van genot terwijl Rafail in me bleef bewegen. Ik voelde zijn pik pulseren toen hij klaarkwam, zijn eigen kreten van genot vermengden zich met de mijne. En toen kwam Alyster ook klaar, zijn zaad stroomde in mijn mond terwijl ik hem dieper zoog, mijn vingers nog steeds om de basis van zijn schacht geklemd.

Toen de golven van genot langzaam begonnen weg te ebben, voelde ik een gevoel van vrede en tevredenheid over me heen komen. Ik lag ingeklemd tussen de twee mannen die mijn hart en ziel hadden veroverd, hun lichamen verstrengeld met het mijne in een kluwen van ledematen en zweet.

Rafail stortte naast me neer op het bed, zijn borstkas ging op en neer terwijl hij op adem probeerde te komen. Alyster trok zich zachtjes uit mijn greep, een tevreden glimlach speelde om zijn lippen terwijl hij naar me neerkeek.

'Je bent ongelooflijk, Careena', mompelde hij, zijn stem dik van emotie. 'Dank je.'

Rafail knikte instemmend, zijn ademhaling ging nog steeds snel. 'We hebben geluk met jou', zei hij en strekte zijn hand uit om een losse haarlok uit mijn gezicht te vegen.

Ik glimlachte naar hen beiden, mijn hart zwol van dankbaarheid en liefde. 'Ik ben de gelukkige', fluisterde ik, mijn stem nauwelijks hoorbaar. 'Dat ik jullie beiden heb gevonden.'

Terwijl we ons aan elkaar vastklampten, hijgend en uitgeput, realiseerde ik me hoe belangrijk deze ontmoeting was geweest. Onze band was op de proef gesteld, maar hij was ook sterker geworden. Ik wist dat we samen alle uitdagingen die voor ons lagen, aan konden gaan.

'Dank je', fluisterde ik. 'Dat jullie me weer levend hebben laten voelen.'

'Altijd, Careena', beloofde Alyster en drukte nog een zachte kus op mijn slaap.

'Altijd', echode Rafail, zijn armen sloegen zich om ons heen in een beschermende omhelzing.

En terwijl ik daar lag, genesteld tussen Alyster en Rafail, kon ik niet anders dan een sprankje hoop voelen dat we misschien, heel misschien, een manier zouden vinden om door deze complexe situatie te navigeren en er sterker uit te komen, verenigd in onze liefde voor elkaar.

Terwijl we in een stille nagloed lagen, begonnen mijn gedachten af te dwalen naar de uitdagingen die ons te wachten stonden. Het ontcijferen van het spreuken-boek en het confronteren van de coven zouden geen gemakkelijke taken zijn, en ik wist dat onze band onder-weg op de proef gesteld zou worden. Maar ik voelde ook een gevoel van vastberadenheid, gevoed door de liefde en het vertrouwen dat we tijdens deze intieme ontmoeting hadden gesmeed.

'Hé', mompelde Alyster, waarmee hij mijn aandacht terugbracht naar het heden. 'Ik weet dat je je zorgen maakt over wat er komen gaat, maar onthoud: we doen dit samen.'

Rafail knikte instemmend. 'Wat er ook gebeurt, we zullen het als een team trotseren. We staan voor elkaar klaar, wat er ook gebeurt.'

Terwijl ik in een tevreden slaap viel, liet ik mezelf wegzakken in het comfort en de geborgenheid van dit moment, me er terdege van bewust dat de onzekere toekomst net achter de horizon opdoemde. Maar voor nu zou ik me concentreren op de band die we deelden, en een reservoir van kracht en veerkracht opbouwen voor de beproevingen die voor ons lagen.

Hoofdstuk Vijftien

Alyster

De lakens ritselden toen ik wakker werd en mijn ogen openknipperde in de duisternis van de slaapkamer. Careena en Rafail lagen naast me, hun borstkassen zachtjes rijzend en dalend in het gestage ritme van hun slaap. Buiten het raam heerste nog steeds het diepe fluweel van de nacht.

Wat deden we hier, verwikkeld in deze gevaarlijke dans? Het pad dat voor ons lag was nog steeds in nevelen gehuld, maar één ding was zeker: we konden ons nu geen misstappen meer veroorloven. Er stond te veel op het spel.

Ik zuchtte en haalde een hand door mijn warrige haar. Naast me sliepen Careena en Rafail verder, zich niet bewust van de machinaties van het lot die ons omspanden. Ik stond mezelf toe nog een moment te blijven liggen en naar hen te kijken: de gevallen engel en de vervloekte gedaanteverwisselaar, onwaarschijnlijke bondgenoten die door de omstandigheden en deze vreemde aantrekkingskracht, die ons alle drie in zijn greep leek te hebben, aan elkaar verbonden waren.

Mijn wenkbrauwen fronsten zich toen een onbehaaglijk gevoel zich in mijn buik nestelde. We hadden onze waakzaamheid laten varen, waren allemaal bezweken aan uit-putting en het tijdelijke toevluchtsoord van deze luxueuze kamer. Maar de wereld buiten deze muren herbergde gevaren die niet zouden rusten, en wij dus ook niet.

Ik ging langzaam rechtop zitten, voorzichtig om de anderen niet te storen, en glipte uit bed. Mijn blote voeten kwamen in aanraking met de koele vloer. Ik trok mijn broek aan en liep zachtjes naar de badkamer.

De plons koud water in mijn gezicht hielp de laatste restjes slaap te verdrijven.

Toen ik me oprichtte, met waterdruppels die van mijn kin vielen, knetterde er magie tot leven in de spiegel voor me. Het glas golfde en glinsterde, en op die plek verscheen het aangezicht van koningin Maeve zelf, stralend in haar etherische schoonheid, maar zo koud als de diepste winter.

'Alyster,' spon ze, haar stem als honing met een vleugje gif, terwijl haar ogen minachtend over mijn ontblote borst gleden. 'Ik vertrouw erop dat u uw plicht jegens uw koningin en uw volk niet bent vergeten.'

Ik boog mijn hoofd, een teken van eerbied dat nu zelfs voor mij hol aanvoelde. 'Natuurlijk niet, Uwe Majesteit. Ik ben altijd uw trouwe dienaar.'

Haar ogen, bleek zilver en doordringend, leken dwars door me heen te kijken. 'En toch treuzelt u.' Het laatste woord droop van de minachting. 'Bent u uit het oog verloren wat werkelijk belangrijk is?'

Woede vlamde in me op, maar ik onderdrukte het. 'Ik verzeker u, mijn koningin, dat mijn prioriteiten ongewijzigd zijn. Het spreukenboek zal van u zijn, zoals beloofd.'

'Zorg daar dan ook voor,' snauwde ze, haar vorstelijke façade die een kort moment barstte. 'Ik word deze spelletjes moe, Alyster. U vergeet uzelf en de macht die ik bezit. De gevolgen van falen zouden... spijtig zijn.'

De dreiging hing zwaar in de lucht tussen ons, een herinnering aan het gevaarlijke spel dat ik speelde. 'Ik zal u niet teleurstellen,' zei ik, en de woorden smaakten als as op mijn tong.

Haar glimlach bevatte geen warmte. 'In uw eigen belang hoop ik van niet. De tijd dringt en mijn geduld raakt op. Lever het spreukenboek, of trotseer de toorn van het Hof van de Fae. Stel me niet nog eens teleur, Alyster Vayir.'

Het oppervlak van de spiegel golfde, en net zo abrupt als ze was verschenen, verdween de Fae-koningin, waardoor ik weer naar mijn eigen spiegelbeeld staarde. Mijn hart ging tekeer, en ik klemde me vast aan de rand van de wastafel, mijn knokkels werden wit.

Ik sloot mijn ogen en haalde diep adem om mezelf te kalmeren. De woorden van de koningin galmden na in mijn hoofd, een harde herinnering aan de precaire positie waarin ik me bevond. Ik was altijd trots geweest op mijn vermogen om door de verraderlijke wateren van het Hof van de Fae te navigeren, maar nu voelde het alsof ik verdronk.

Het spreukenboek. De sleutel tot de verlangens van de koningin en de bron van mijn huidige netelige situatie. Ik was er zo dicht bij geweest om het te bemachtigen, maar Careena en Rafail hadden de zaken op manieren gecompliceerd die ik niet had voorzien. Ze waren meer geworden dan alleen pionnen in dit spel van macht en controle.

Ik gooide nog meer koud water in mijn gezicht, in een poging mijn hoofd leeg te maken. Ik kon het me niet veroorloven om mijn emoties mijn oordeel te laten vertroebelen. Er stond te veel op het spel. De bedreigingen van de koningin waren geen loze dreigementen, en ik wist maar al te goed hoe ver ze zou gaan om haar greep op de troon te behouden.

Maar terwijl ik naar mijn spiegelbeeld staarde, kon ik niet anders dan het pad dat ik had gekozen in twijfel trekken. Was de prijs van macht de kosten echt waard? Het gewicht van mijn keuzes leek op me neer te drukken, verstikkend in zijn intensiteit.

Ik richtte me op en rechtte mijn schouders. Ik was te ver gekomen om nu terug te krabbelen. Ik zou dit tot een goed einde brengen, wat de gevolgen ook mochten zijn. Ik had gezworen het spreukenboek terug te brengen naar de Fae-koningin, en dat zou ik doen... maar ik zou ook mijn belofte aan Careena en Rafail nakomen, want Careena had gelijk. Het spreukenboek had al te veel schade aangericht, en ik kon niet zomaar terugvliegen naar Faerie zonder mijn best te doen om de problemen die het hier had veroorzaakt op te lossen.

Met een laatste diepe zucht wendde ik me af van de spiegel en stapte terug de slaapkamer in, mijn gedachten al vol met plannen en mogelijkheden.

HOOFDSTUK ZESTIEN

RAFAIL

Ik werd wakker van zachte stemmen. Wat was dat? Er kwam een zwak licht uit de richting van de badkamerdeur, maar Careena lag nog steeds in mijn armen, diep in slaap, dus met wie was Alyster aan het praten?

Ik glipte uit bed en sloop op kousenvoeten naar de badkamerdeur. Ik gluurde de kamer in en zag Alyster voor de spiegel staan, pratend tegen een luchtspiegeling van een ijskoud mooie vrouw met een kroon van zilveren sterren op haar haar.

Mijn ademhaling versnelde terwijl ik naar hun gesprek luisterde, hoewel ik probeerde zo stil mogelijk te blijven. Uiteindelijk verdween de luchtspiegeling in de spiegel en liet Alyster zijn hoofd hangen.

Ik vluchtte stil terug naar bed en ging weer naast Careena liggen, en ik deed alsof ik sliep toen Alyster terug door de slaapkamer liep en even stopte om naar ons tweeën te kijken. Het geklik van de deur naar het woongedeelte leek in de stilte te echoën. Ik wachtte een hartslag, en nog een, voordat ik overeind ging zitten en Careena zachtjes wakker schudde.

'Careena,' fluisterde ik, mijn stem nauwelijks hoorbaar. Haar ogen fladderden open, nog vertroebeld door verwarring en slaap. 'We moeten praten.'

Ik vertelde snel wat ik had gezien, met een zachte, dringende stem. Terwijl ik sprak, zag ik de emoties over Careena's gezicht trekken: verbazing, woede, verraad. Haar ogen werden hard, en ik kon de vastberadenheid in haar kaaklijn zien.

'Hij heeft dus al die tijd voor de Fae-koningin gewerkt,' zei ze zachtjes, haar stem vol teleurstelling. 'Misschien wachtte hij gewoon op zijn kans om het spreukenboek te pakken.'

Mijn ogen werden groot. 'Het boek...'

We keken beiden naar de tafel aan de andere kant van de kamer, waar Careena het boek had neergelegd toen we ons uitkleedden voordat we onder de douche stapten. Het lag er nog en we slaakten tegelijkertijd een zucht van verlichting.

Careena wilde opstaan, maar ik legde een hand op haar arm en hield haar tegen. 'Wacht,' zei ik, mijn stem kalm ondanks de spanning die door mijn lichaam gierde. 'We moeten hier goed over nadenken. Hem nu confronteren lost niets op.'

Careena hield stil, haar ogen zochten de mijne. Ik kon het conflict in haar zien, het verlangen naar actie in gevecht met de noodzaak tot voorzichtigheid. Na een lang moment knikte ze en ging weer op het bed zitten.

'Je hebt gelijk,' zei ze, haar stem gespannen van frustratie. 'Maar we kunnen dit niet zomaar laten gaan. We moeten bedenken wat we nu gaan doen.'

Ik knikte, terwijl mijn gedachten al de mogelijkheden afwogen. We bevonden ons in een hachelijke situatie en één verkeerde beweging kon een ramp betekenen. Maar één ding was zeker: we moesten Alyster confronteren en de waarheid achterhalen, hoe pijnlijk die ook mocht zijn.

'Goed,' fluisterde ik, mijn stem nauwelijks hoorbaar. 'Laten we samen met hem praten, maar we moeten voorzichtig zijn. We weten niet wat hij van plan is of dat de Fae-koningin hem op de een of andere manier in haar macht heeft.'

Careena knikte instemmend, haar nachtzwarte ogen vol vastberadenheid. Ze glipte voorzichtig uit bed en haar ravenzwarte vleugels ontvouwden zich een beetje toen ze opstond. Met schokkerige, boze bewegingen trok ze haar kleren weer aan en liep naar de deur die naar het woongedeelte leidde.

Ik volgde haar voorbeeld, trok een broek aan en rechtte mijn rug voordat ik me bij haar bij de deur voegde. Samen gingen we de kamer binnen, waar we Alyster bij het raam zagen staan, met zijn rug naar ons toe. Het maanlicht wierp een zilveren gloed op hem en benadrukte de gespannen lijnen in zijn lichaam.

'Wie dien je, Alyster?' vroeg Careena, haar melodieuze stem scherp en doorspekt met verraad. Haar ogen vernauwden zich terwijl ze naar hem keek, haar vleugels strekten zich achter haar uit als een wraakengel.

Alysters schouders spanden zich aan en hij draaide zich langzaam naar ons toe. Zijn zilveren ogen keken de onze aan en even aarzelde hij. Toen sprak hij.

'Geloof me als ik zeg dat mijn intenties precies zijn wat ik jullie heb verteld,' zei hij, zijn stem gespannen. 'Ik heb jullie beiden proberen te beschermen tegen de ergste toorn van de Fae-koningin.'

'Door met haar samen te zweren?' snauwde Careena, haar woede voelbaar in de lucht tussen ons. 'Hoe kunnen we je na dat gesprek nog vertrouwen?'

Alyster keek gekweld, zijn ogen smekend. 'Alsjeblieft, laat het me uitleggen. Er is meer aan de hand dan jullie weten.'

'Waarom stemde je erin toe ons te helpen tegen de coven? Wachtte je op je kans om het boek gewoon te pakken en aan haar te geven?' eiste Careena, haar stem vol achterdocht.

'Omdat er iets veranderde,' antwoordde Alyster, zijn stem vol overtuiging. 'Ik realiseerde me dat je gelijk had. Ik realiseerde me dat de heerschappij van de Fae-koningin gekenmerkt wordt door wreedheid en angst, en een volledig gebrek aan zorg voor iedereen die ze als minderwaardig beschouwt. Het zou haar geen zier kunnen schelen welke schade de coven al met het spreukenboek heeft aangericht, en ze zou zeker geen vinger uitsteken om te helpen. En ze zou me ook niet laten terugkomen om te helpen, zelfs niet als ik het boek aan haar zou leveren. Dan zou ze een andere taak voor me hebben.'

Ik keek naar Careena. Alysters woorden klonken voor mij zeker waar, maar ik had ondanks mijn lange leven zelden met de Fae te maken gehad. Voor zover ik wist, logen ze zo makkelijk als ze ademhaalden.

Careena leek echter onzeker en ze kauwde op haar lip, terwijl ze Alyster in stilte gadesloeg.

'Alsjeblieft,' Alysters stem beefde en wanhoop sloop zijn toon binnen. 'Ik weet dat het dwaas klinkt, maar ik sta aan jullie kant. Ik wil jullie helpen tegen de coven en... het zal me waarschijnlijk mijn leven kosten, maar ik begin te denken dat koningin Maeve dat boek niet zou moeten hebben. Het is te gevaarlijk.'

'Wat stel je dan voor dat we doen?' vroeg Careena, haar stem nauwelijks een fluistering.

'Laten we een andere manier vinden,' zei Alyster, zijn stem nu vaster. 'Samen kunnen we de coven stoppen, en dan stel ik voor dat we het boek naar Aurelius brengen en hem laten onderhandelen met de Fae-koningin. Ik zou erop vertrouwen dat de Raad van Aartsengelen de macht ervan niet misbruikt. Koningin Maeve, niet echt.'

Ik bekeek hen beiden aandachtig, terwijl mijn eigen gedachten op hol sloegen. Konden we echt op tegen de macht van de Fae-koningin? Stond Alyster echt aan onze kant of hield hij ons gewoon voor de gek? Wat zou er van ons drieën worden als we de Fae-koningin trotseerden? Ik maakte me geen illusies over mijn overlevingskansen als ze er ooit achter zou komen dat ik ook maar enige rol had gespeeld in het dwarsbomen van haar plannen. Careena was misschien beschermd vanwege haar engelachtige status, maar Alyster en ik zouden beiden zeker gedoemd zijn.

Terwijl we in een gespannen patstelling stonden terwijl Careena Alysters woorden overwoog, gingen de haren op mijn nek plotseling overeind staan.

'Voelde je dat?' fluisterde Careena, haar stem trilde lichtjes. 'Het is alsof... er iets aankomt.'

'Iets krachtigs,' voegde Alyster eraan toe, zijn gezicht was bleek.

'De heksen,' siste ik. Ik kon de magie nu proeven en ik kende die, door en door. Het had dezelfde smaken als de vloek die ik al die eeuwen had gedragen, de magie van het spreukenboek.

'Dit is geen plek voor een confrontatie,' zei Alyster, net op het moment dat Careena terug de slaapkamer in rende om het boek te pakken. 'We moeten hier weg.'

'Heb je een gedaante die kan vliegen, Rafail?' vroeg Careena terwijl Alyster en ik haastig de rest van onze kleren weer aantrokken.

Ik aarzelde. 'Jawel, maar... ik heb nooit veel geoefend. Mijn gedaanteverwisseling is altijd te onstabiel geweest.' Ik haalde mijn schouders op en glimlachte half. 'Noem me een lafaard, maar ik wilde niet midden in de lucht mijn vleugels verliezen en plotseling honderdvijftig meter naar beneden vallen.'

'Dat probleem zou je nu niet meer moeten hebben,' zei Careena zacht. 'Welke vorm je ook kiest, die zal stabiel zijn zolang je wilt.'

Ik knikte en rechtte mijn schouders. 'Dat zal wel moeten, nietwaar? Want je kunt ons niet allebei dragen.'

'Dat kan ik niet,' gaf ze toe. 'Zelfs niet om van deze hoogte naar de grond te komen. Mijn vleugels kunnen zoveel gewicht niet dragen.'

'Ze komen dichterbij,' zei Alyster dringend, terwijl hij zijn zwaard omgordde en naar het grote schuifraam liep, dat uitkwam op een klein balkon. We stonden op de vijftiende verdieping en de wind beukte op ons in toen we naar buiten stapten. Careena's veren ruisten toen ze haar vleugels half opende.

Ik haalde diep adem en reikte diep in mezelf. Een valk, dacht ik, en negeerde het beven in mijn handen. Ik had nooit van hoogtes gehouden.

Careena wachtte duidelijk op me, haar zwarte wenkbrauwen gefronst terwijl ze me aankeek.

'Geef me een moment,' zei ik. 'Het is lang geleden dat ik deze vorm heb geprobeerd.'

'Neem de tijd die je nodig hebt,' zei ze zachtjes. 'We laten je niet achter.'

Een klap achter ons kondigde de komst van de coven aan; de deur van de kamer werd met geweld uit zijn scharnieren geblazen. Ik kromp ineen en dacht aan de kosten die ongetwijfeld aan mijn creditcard zouden worden toegevoegd als ik er niet meer was om de schade uit te leggen.

'Elk moment zou goed zijn, Rafail,' zei Alyster door samengeklemde tanden, maar hij trok ook zijn zwaard en stapte tussen mij en de oprukkende heksen.

Je kunt dit, je kunt dit, zong ik in gedachten, terwijl ik de gestreepte vleugels van de valk en de boosaardig gebogen snavel visualiseerde. Een sissend geluid onderbrak echter mijn concentratie en ik moest bukken toen een bal van sissende groene magie, geslingerd door de heks, afketste op Alysters geheven zwaard en langs mijn oor zoefde.

HOOFDSTUK ZEVENTIEN

CAREENA

'GEEF ME EEN MOMENT,' zei Rafail, de paniek duidelijk op zijn gezicht. 'Het is lang geleden dat ik deze vorm heb geprobeerd.'

Een harde klap kondigde de komst van de coven aan. De deur vloog naar binnen in een regen van splinters en ik besefte dat onze tijd zojuist was opgeraakt.

'Alyster!' schreeuwde ik en stapte vastberaden naar voren. Ik zou Rafail niet aan de genade van de coven overlaten, wat er ook gebeurde.

Alyster knikte somber en zijn zilveren ogen flitsten toen hij zijn zwaard zwaaide. 'Ik neem die twee aan de linkerkant, jij de anderen!'

Ik riep mijn magie op en voelde die als bliksem over mijn huid knetteren. Had ik mijn engelenwaard maar! Maar er was geen tijd voor wensdenken. De duistere heksen kwamen al dichterbij, hun handen gloeiend van kwaadaardig groen vuur.

Ik moest erop vertrouwen dat mijn aangeboren vaardigheden genoeg zouden zijn. Alyster en ik bewogen als één en sprongen naar voren om onze aanvallers aan te gaan en Rafail de kostbare seconden te geven die hij nodig had.

Het gekrijs en gesnauw van de heksen vulde de lucht terwijl ik hun spreuken ontweek. Ik haalde uit met vlagen violette energie en dreef ze terug. Naast me was Alysters zwaard een zilveren flits die vloeken afweerde en door hun verdediging sneed.

Een heks met wild haar dook op me af, haar ogen vlammend van waanzin. Ik deed een stap opzij en sloeg een vuist, omhuld door violette energie, tegen haar kaak. Ze zakte in elkaar, maar een ander nam kakelend haar plaats in.

Toen stapte een nieuwe gedaante door de verbrijzelde deuropening. Ze was lang en imposant, met ravenzwart haar en doordringende groene ogen, en ze straalde macht en kwaadaardigheid uit. Selene Nightshade, de leidster van de coven zelf.

Haar blik richtte zich op mij en er flitste verbazing over haar mooie, wrede gezicht toen ze mijn gloeiende vleugels zag, met een violet licht dat langs de randen scheen. Maar de verrassing was in een oogwenk verdwenen en werd vervangen door een grijns van pure haat.

'Jij,' siste ze, terwijl herkenning in haar opkwam. 'Jij bent een verdomde engel! Ik dacht al dat ik een hemelse aanwezigheid voelde.'

Ik keek haar uitdagend aan en mijn vleugels vlamden op. 'Ik laat niet toe dat je mijn vrienden iets aandoet.'

Ze lachte, een scherp en spottend geluid. 'Denk je dat je me kunt tegenhouden, engeltje?' Haar handen bewogen razendsnel en tussen haar handpalmen vormde zich groen vuur. 'Eens zien hoe goed je vliegt als je gekortwiekt bent!'

De bal onheilspellende magie snelde op mijn gezicht af, te snel om te ontwijken. Maar Alyster was daar en zijn zwaard flitste omhoog om de spreuk te onderscheppen. De virulente energie spatte tegen het lemmet uiteen, sissend en spetterend als zuur.

'Voorzichtig, heks,' zei Alyster, zijn stem laag en gevaarlijk. 'Deze engel heeft vrienden.'

Ik riep mijn eigen magie op, mijn handen gloeiend van glinsterend violet licht. De lucht knetterde van de kracht terwijl ik de energie vormde, klaar om die op de duistere heksen los te laten.

Selenes ogen vernauwden zich. 'Pak ze!' schreeuwde ze naar haar coven. 'Laat ze niet ontsnappen!'

De kamer barstte los in beweging en chaos. Spreuken vlogen door de lucht en lieten sporen van ziekelijke kleuren achter. Ik dook en zigzagde, mijn vleugels droegen me weg van de dodelijke magie.

Een vloek siste pijnlijk langs mijn wang en ik wervelde rond en stak mijn hand uit. Een lans van violette kracht schoot uit mijn handpalm, raakte de heks in de borst en slingerde haar met een krak tegen de muur.

'Careena!' riep Alyster. 'Achter je!'

Ik draaide me net op tijd om en ontweek een grijpende hand, omhuld door giftige groene vlammen. De heks snauwde, haar gezicht een masker van woede, en viel opnieuw aan.

Ik verzamelde mijn kracht en liet die los in een verblindende flits. De heks schreeuwde toen het heilige licht haar overspoelde en haar bezoedelde vlees verschroeide. Ze zakte ineen, tijdelijk verblind.

Ik had geen tijd om op adem te komen. Ze bleven maar komen, meedogenloos en venijnig. Alyster en ik vochten rug aan rug, zwaard en tovenarij hielden het tij van duistere magie op afstand.

Selenes stem sneed als een scheermes door het lawaai. 'Genoeg met deze dwaasheid!' snauwde ze. 'Geef het grimoire hier. Je hebt geen idee met wat voor krachten je je bemoeit.'

Ik keek in haar ijskoude groene ogen en weigerde me terug te trekken. 'Nooit,' spuugde ik. 'Ik laat niet toe dat je zijn geheimen voor je eigen gewin verdraait.'

Selenes ogen flitsten van boosaardigheid. 'Durf je mij te tarten? Ik, die dieper in de magische kunsten heb gedolven dan wie dan ook? Je bent niets, verstoten en alleen! Wat voor kans denk je dat je tegen mij maakt?'

Ze hief haar handen op, donkere energie knetterde tussen haar vingertoppen. Ik zette me schrap en verzamelde mijn eigen kracht om te counteren wat ze ook zou loslaten.

Achter me klonk plotseling een doordringende schreeuw. Ik waagde een blik naar achteren en mijn ogen werden groot. Daar, op de balkonreling, zat een slanke slechtvalk. Rafail. Het was hem gelukt.

Opluchting stroomde door me heen, maar ik had geen tijd om ervan te genieten. Selenes vloek snelde op me af, een brullende maalstroom van onheilspellende groene vlammen. Ik wierp een glinsterend violet schild op, de impact ervan deed mijn botten rammelen.

'Alyster!' schreeuwde ik boven de chaos uit. 'Rafail is van vorm veranderd! We moeten nu gaan!'

Alyster was een wervelende derwisj, zijn betoverde zwaard flitste zilver terwijl hij een snauwende heks bevocht. Op mijn schreeuw maakte hij zich met een verrassende snelheid los en liet zijn struikelende vijand achter.

'Werd tijd!' riep hij, ademloos maar met een felle grijns. 'Ik begon al te denken dat ik de hele coven alleen moest aanpakken!'

Samen vochten we ons een weg naar het balkon, Alysters zwaard en mijn magie vormden een wanhopige verdediging. Het zweet plakte mijn haar aan mijn voorhoofd en mijn vleugels deden pijn van de inspanning van het gevecht in de krappe ruimte, maar stap voor stap dreven we ze terug.

Selenes woedende kreten echoden tegen de muren. 'Hou ze tegen, stelletje dwazen!' brieste ze tegen haar belaagde onderdanen. 'Laat ze niet ontsnappen!'

Eindelijk renden we het balkon op, terwijl de spreuken van de coven de lucht om ons heen verzengden. De valk steeg onmiddellijk op, krachtige vleugelslagen voerden Rafail de nacht in.

Ik maakte aanstalten hem te volgen, maar Alysters blik ving de mijne. Er was een moment van volmaakt wederzijds begrip tussen ons, een connectie van een fractie van een seconde. *Vertrouw me*, leek zijn zilveren blik te zeggen.

En toen sprong hij achterwaarts van de reling, en stortte naar de verre grond beneden.

Mijn hart kromp ineen. 'Alyster!' Zelfs een Fae kon een val van deze hoogte niet overleven!

Ik aarzelde niet. Ik vouwde mijn vleugels strak tegen me aan en dook hem achterna, de wind schreeuwde in mijn oren. Hij was al verdwenen in de duisternis beneden, maar ik strekte me uit met mijn andere zintuigen, op zoek naar de heldere gloed van zijn aangeboren Fae-magie.

Daar! Ik zette mijn vleugels schuin en verhoogde mijn snelheid. De grond snelde op ons af en ik kon alleen maar bidden dat ik hem op tijd zou bereiken...

Op het allerlaatste moment klemden mijn armen zich om Alysters borst. Ik spreidde mijn vleugels wijd en spande me tot het uiterste tegen zijn gewicht en onze vallende vaart. De spieren in mijn rug schreeuwden het uit van de inspanning, maar op de een of andere manier, wonder boven wonder, hield ik vol.

We kwamen uit de duikvlucht, Alyster juichend van wilde opwinding. Ondanks alles merkte ik dat ik ook grijnsde, de adrenalinestoot en onze ontsnapping op het nippertje waren bedwelmend.

'Je bent gek!' hijgde ik terwijl ik worstelde om hoogte te winnen, met Alyster bungelend in mijn armen. 'Je had ons allebei kunnen doden!'

Alyster lachte alleen maar, het geluid zorgeloos en zonder berouw. 'Maar dat is niet gebeurd! Ik wist dat je me zou vangen.'

Ik wilde woedend op hem zijn, maar tegen wil en dank voelde ik een aarzelend vonkje bewondering. Alysters sprong in het diepe was extreem roekeloos geweest, maar hij had ons kostbare seconden gekocht. Ik rekte mijn nek en speurde de lucht achter ons af. Geen flitsen van onheilspellend groen licht. Tegen alle verwachtingen in leken we te zijn ontsnapt.

'Ze zijn ons kwijt,' zei ik, nauwelijks durvend te geloven. 'Anders had Selene ons wel uit de lucht geschoten.'

'Precies.' Ik kon de grijns in Alysters stem horen. 'Graag gedaan, trouwens.'

Ik rolde met mijn ogen, även ook al kon hij het niet zien. 'Waarschuw me de volgende keer voordat je besluit van een gebouw te springen, oké?'

Een gedaante suisde naast ons naar beneden en ik spande me aan voordat ik het gespikkelde verenkleed van de slechtvalk herkende. Rafail had ons gevonden. Een deel van de spanning vloeide uit mijn schouders. We waren allemaal veilig, althans voorlopig.

Ik sloeg hard met mijn vleugels en won hoogte. De fonkelende lichtjes van de stad vielen onder ons weg terwijl we hoger en hoger stegen, totdat wolkenslierten zich om ons heen begonnen te krullen.

'Ik ga proberen boven de wolken te komen,' zei ik tegen Alyster. 'Dan zijn we verborgen voor nieuwsgierige ogen beneden.' De dageraad was ook nabij; een veelzeggende verheldering in het oosten waarschuwde dat menselijke ogen ons spoedig zouden kunnen zien. Ik wilde het risico niet nemen om magie te gebruiken om ons in een illusie te hullen; de coven zou ons kunnen opsporen als ik zo dichtbij actieve magie gebruikte.

'Goed idee.' Alyster draaide zich in mijn greep om en probeerde mijn gezicht te zien. 'Je laat me nu toch niet gewoon vallen, hè?'

'Breng me niet in de verleiding,' gromde ik, maar er zat geen venijn in.

Plotseling klonk er een doordringende schreeuw achter ons. Het bloed vroor in mijn aderen. Alyster vloekte.

'Wat in alle hellen was dat?' eiste hij te weten.

Ik rekte mijn nek om over mijn schouder te kijken en mijn vleugelslag haperde even toen ik onze achtervolgers zag. Twee gevleugelde gedaanten snelden op ons af, maar het waren absoluut geen engelen. Leerachtige vleugels dreven uitgemergelde lichamen door de lucht en zelfs van deze afstand kon ik de wrede kromming van boosaardige klauwen zien.

'Harpyen,' ademde ik vol afgrijzen. 'Selene moet een spreuk uit het boek hebben gebruikt om leden van haar coven te transformeren.'

En ze kwamen snel dichterbij. Hun vleermuisachtige vleugels waren gebouwd voor snelheid, terwijl mijn gevederde vleugels meer bedoeld waren voor uithoudingsvermogen. We konden onmogelijk lang van ze wegvliegen.

'Rafail!' schreeuwde ik, biddend dat de van vorm veranderde magiër me boven het geraas van de wind kon horen. 'We hebben gezelschap!'

De valk slaakte een doordringende kreet van erkenning. Zijn scherpe roofvogelogen hadden de dreiging ongetwijfeld al gezien.

Ik zocht verwoed de horizon af, op zoek naar iets dat ons een voordeel zou kunnen geven tegen de harpyen. Maar we waren hierboven te kwetsbaar, niets dan lege lucht zover het oog reikte.

Mijn gedachten raceten. Ik kon niet vechten terwijl ik Alyster droeg en ik schatte onze kansen in een luchtgevecht niet hoog in, zelfs als ik dat wel kon. De boosaardige klauwen en superieure snelheid van de harpyen zouden ons aan flarden rijten. We moesten dekking zoeken, en snel.

Het geschreeuw werd luider, de verwrongen gezichten van de harpyen kwamen grotesk in beeld. Ik kon waanzin in hun ogen zien, en een wrede honger. Ooit waren ze menselijk geweest, maar er was nu niets menselijks meer in hen, alleen een monsterlijke bloeddorst.

Ik klemde mijn tanden op elkaar en bereidde me voor op een ontwijkende manoeuvre. Het was onze enige kans. Als ik hun eerste aanval kon ontwijken, misschien wat afstand tussen ons kon creëren...

De harpyen slaakten een ijzingwekkende triomfkreet toen ze dichterbij kwamen, met uitgestrekte klauwen. En toen waren ze bij ons.

Hoofdstuk Achttien

Careena

De harpijen krijsten en doken op ons af, met uitgestrekte klauwen. Hun leerachtige vleugels geselden de lucht tot een razende wervelwind terwijl ze zich op hun prooi richtten: wij.

Ik maakte een scherpe bocht naar links en ontweek maar net een uithalende klauw. Mijn eigen vleugels kreunden onder de inspanning. Voor me zwiepte Alysters gouden haar om zijn gezicht toen hij zich omdraaide om te zien wat ze deden.

Hierboven waren we duidelijk in het nadeel. De harpijen waren de heersers van dit luchtruim en omdat ik Alyster droeg, kon ik niet terugvechten.

'We moeten aan de grond zien te komen!' schreeuwde ik boven de bulderende wind uit. Met een krachtige neerwaartse slag van mijn vleugels vouwde ik ze strak tegen mijn lichaam en stortte ik als een baksteen naar beneden. De grond schoot omhoog in een duizelingwekkende waas van groen en bruin. Ik trok op het laatste moment op, landde hard op een grasheuvel en zette Alyster op zijn voeten.

Ik speurde de lucht af, op zoek naar een teken van Rafail. Niets. Hij moest gescheiden zijn geraakt in de chaos van onze duikvlucht. Mijn maag draaide zich om van bezorgdheid.

Ik hoopte dat hij in orde was, waar hij ook was. Ik hoopte dat geen mens iets van die luchtacrobatiek had gezien. Het laatste wat we konden gebruiken waren berichten over vreemde vliegende wezens op het avondnieuws.

'Blijf scherp,' waarschuwde Alyster, wat me terugbracht bij het dreigende gevaar.

De harpijen krijsten hun woede uit, terwijl ze hoog boven ons cirkelden. Aan alle kanten werden we omringd door steile heuvels, die ons insloten. Ik spande mijn vingers en riep mijn hemelse magie op.

Dit zou een hels gevecht worden.

Alysters zilveren ogen fonkelden van vastberadenheid toen hij zijn handen uitstrekte, met zijn handpalmen naar de aarde gericht. Een zwakke groene gloed straalde van zijn vingertoppen uit en de grond trilde onder onze voeten. Plotseling braken doornige ranken uit de grond, die met een onmogelijke snelheid groeiden. Ze kronkelden en krulden, en reikten naar de hemel als slangen die klaarstonden om aan te vallen.

Met een polsbeweging stuurde Alyster de ranken op de harpijen af terwijl die op ons af doken. De wezens krijsten van verrassing toen de ranken een van hen verstrikten en zich strak om haar poten en vleugels wikkelden. Ze spartelde hevig in een poging los te breken, maar hoe meer ze worstelde, hoe strakker de ranken zich vastklampten.

'Mooi trucje,' zei ik, onder de indruk van Alysters werk.

Hij wierp me een snelle grijns toe. 'Ik heb mijn momenten. Maar dit houdt niet lang stand!'

Ik knikte en richtte mijn aandacht op de tweede harpij, die behoedzaam cirkelde, net buiten het bereik van de ranken. Het was tijd om de kansen gelijkt te trekken. Ik sloot mijn ogen en putte uit de bron van hemelse energie die door mijn aderen stroomde. Het was een deel van me, net zo natuurlijk als ademhalen, en toch altijd ontzagwekkend in haar rauwe kracht.

Mijn ogen schoten open en gloeiden met een etherisch licht. Ik hief mijn hand, met mijn handpalm naar voren, en ontketende een verzengende straal pure energie. Die schoot door de lucht als een vallende ster en trof de harpij vol op de borst. Het wezen slaakte een gekwelde kreet en tuimelde achterover, terwijl haar vleugels rookten van de inslag.

'Voor jou, uit de kluiten gewassen kip,' mompelde ik, met een zweem van voldoening.

De harpij sloeg verwoed met haar vleugels in een poging haar evenwicht te hervinden. Ze keek me aan met een venijnige blik die vergelding beloofde, voordat ze zich terugtrok op een veiligere afstand. Ik wist dat ze niet lang weg zou blijven en de andere harpij was zich al aan het losrukken uit Alysters ranken.

'We moeten dit snel afhandelen,' zei Alyster, zijn stem gespannen van urgentie. 'Voordat ze versterking roepen.'

Ik knikte somber. De gedachte aan een hele zwerm van deze monsters bezorgde me koude rillingen. We moesten een manier vinden om de dreiging snel te neutraliseren.

Maar hoe? Ik pijnigde mijn hersens, en probeerde voorbij de adrenaline te denken die door mijn systeem gierde.

Er moest een manier zijn om onze gecombineerde krachten in ons voordeel te gebruiken.

Was Rafail hier maar. Zijn gedaanteverwisselingsvaardigheden zouden ons een broodnodig voordeel hebben gegeven. Ik schoof de gedachte opzij. We konden nu niet op hem rekenen. Het was aan Alyster en mij om dit gevecht te beëindigen.

De harpijen hergroepeerden zich in de lucht, hun ogen fonkelend van boosaardigheid. Ze slaakten een schrille strijdkreet en doken met angstaanjagende snelheid op ons af, hun klauwen uitgestrekt als glimmende dolken.

Alyster reageerde onmiddellijk. Hij rolde opzij en ontweek maar net de vlijmscherpe klauwen die door de lucht krasten waar hij een hartslag eerder had gestaan. Ik wierp mezelf in de tegenovergestelde richting en sloeg met mijn vleugels om een snelle duik uit de weg te maken.

De harpijen draaiden zich om voor een nieuwe aanval, hun vleugels zwiepten de lucht tot een razernij. Ik voelde de wind tegen mijn gezicht striemen, mijn ogen prikken en aan mijn haren trekken. Maar ik kon het me niet veroorloven om afgeleid te zijn. Nu niet.

Ik zocht diep in mezelf en maakte gebruik van de bron van hemelse kracht die door mijn aderen stroomde. Het was een deel van mij, zo natuurlijk als ademhalen, en toch kostte het nog steeds moeite om het te beheersen. Ik concentreerde die energie in een glinsterend schild en wikkelde het als een beschermende cocon om Alyster heen.

Hij wierp me een dankbare blik toe, zijn zilveren ogen ontmoetten de mijne voor een kort, intens moment. Toen was hij weer in beweging, zijn zwaard een waas van beweging terwijl hij de aanvallen van de harpijen pareerde met bovennatuurlijke snelheid en gratie.

Ik keek vol ontzag toe, me verwonderend over de vloeiende manier waarop hij bewoog, als een danser te midden van een dodelijke voorstelling. Zijn gouden haar glansde in het ochtendlicht, zijn gezicht een masker van concentratie terwijl hij vocht om de harpijen op afstand te houden.

Maar zelfs Alyster kon ze niet voor altijd tegenhouden. We hadden snel een plan nodig.

Een doordringende kreet verscheurde de lucht en mijn hoofd schoot net op tijd omhoog om een bruin-witte streep uit de lucht te zien storten. Het was Rafail, in zijn valkenvorm, die met adembenemende snelheid en precisie op de harpijen afdook.

Hij knalde tegen een van hen aan, zijn klauwen schraapten met een misselijkmakend gekraak over de achterkant van haar hoofd. De harpij krijste van de pijn, haar vleugels haperden terwijl ze moeite had om in de lucht te blijven.

'Rafail!' schreeuwde ik, mijn stem rauw van angst en opwinding.

De gewonde harpij tuimelde niet ver daarvandaan op de grond, tijdelijk verdoofd, waardoor Alyster en ik de kans kregen om ons te hergroeperen en onze volgende zet te plannen. We wisselden een snelle blik uit, beiden begrijpend dat dit uitstel niet lang zou duren.

De andere harpij, die haar metgezel zag vallen, slaakte een kreet van woede en hervatte haar aanval met wraakzucht. Terwijl ze zich voorbereidde om opnieuw op ons neer te dalen, concentreerde ik mijn energie en ontketende ik een krachtige lichtstraal op het wezen. De lucht knetterde van intensiteit terwijl de straal naar zijn doel schoot en een spoor van glinsterende deeltjes achterliet.

De harpij had geen tijd om te reageren. De straal raakte haar vol, brandde door veren en vlees terwijl ze met geweld uit de lucht werd geslagen. Ze stortte met een daverende klap op de grond, haar vleugels wild flapperend in een vergeefse poging om de controle terug te krijgen.

Dit was onze kans. Nu beide harpijen aan de grond en kwetsbaar waren, kwamen Alyster en ik dichterbij voor de genadeklap.

'Ik pak ze, Careena, zoek jij Rafail!' riep Alyster terwijl hij naar de neergehaalde monsters sprintte.

Met een behendige zwaai van zijn zwaard raakte hij de nek van de eerste harpij en stuurde haar in een oogwenk naar de Onderwereld. Haar lichaam viel uiteen tot stof en liet geen spoor van haar aanwezigheid achter.

Ik bedacht dat ik het afmaken van de tweede harpij veilig aan Alyster kon overlaten, draaide me om op zoek naar Rafail en vond hem al snel in de buurt op de grond liggen. Hij was na het aanvallen van de harpij teruggekeerd naar zijn menselijke vorm en zag er nu verdwaasd en gedesoriënteerd uit.

'Godzijdank,' slaakte ik een zucht van verlichting terwijl ik naar zijn zijde snelde. 'Rafail, gaat het?'

'Wha...?' mompelde hij, knipperend met zijn ogen die niet op mij scherpstelden. De inslag had hem duidelijk ernstig verdoofd.

Ik aarzelde niet. Ik kanaliseerde mijn helende magie, legde mijn handen op zijn borst en stuurde een warm, gouden licht in hem. De energie pulseerde onder mijn handpalmen, verzachtte en genas de verwondingen die hij had opgelopen door zijn gewaagde aanval op de harpij.

Geleidelijk aan keerde de kleur terug op Rafails gezicht en zijn ademhaling werd rustiger. Zijn ogen stelden scherp op mij en hij slaagde erin zwak te glimlachen. 'Bedankt, Careena,' fluisterde hij voordat hij zich oprichtte tot een zittende positie. Hij was nog wankel, maar tenminste bij bewustzijn en herstellende.

'Doe rustig aan,' adviseerde ik zacht, opgelucht dat hij aan de beterende hand was.

Alyster kwam naar ons toe en veegde zijn zwaard schoon met een stuk stof. Zijn blik ontmoette de mijne, een stalen vastberadenheid op zijn gezicht geëtst. 'We kunnen het spreukenboek niet aan de Fae-koningin geven,' verklaarde hij, zijn woorden vol overtuiging. 'Ik vertrouw haar niet en ik geloof dat zulke macht in haar handen alleen maar tot een ramp kan leiden.'

Rafail keek van de een naar de ander, verrassing flikkerde in zijn blik voordat het werd vervangen door bezorgdheid. 'Wat bedoel je?' vroeg hij, terwijl hij zich stabiliseerde tegen een nabijgelegen rotsblok en langzaam opstond.

Alysters zilveren ogen boorden zich in de mijne, op zoek naar begrip. 'Koningin Maeve is vanaf het begin geheimzinnig geweest over haar bedoelingen,' zei hij met een bittere ondertoon in zijn stem. 'Als zij de macht van het spreukenboek zou hanteren, wie weet wat voor kwaad ze dan zou kunnen aanrichten? Ik wil niet eindigen als *dat*.' Hij gebaarde naar de stofdeeltjes die langzaam naar de rotsachtige grond dwarrelden, de enige overblijfselen van de harpijen.

Ik overwoog zijn woorden en voelde het gewicht van de beslissing die voor ons lag. Als engel kende ik maar al te goed de gevolgen van misbruikte macht. Mijn eigen verbanning uit de hemel was daar het bewijs van.

'Eens,' zei ik vastberaden. 'We vinden een andere manier.'

Alyster knikte, zijn lippen krulden zich tot een kleine, dankbare glimlach.

'Oké,' zei Rafail, wrijvend over zijn hoofd waar hij met de harpij was gebotst. 'We moeten bij elkaar blijven en een plan bedenken.'

'Laten we eerst een veilige plek zoeken om ons te hergroeperen,' stelde Alyster voor, terwijl hij zich omdraaide om de steile heuvels om ons heen te inspecteren. 'We moeten informatie verzamelen over de coven en de waarheid achter de kracht van het spreukenboek ontdekken.'

'Eens,' zei ik. 'Laten we proberen een veilige locatie te vinden. Ergens dat te verdedigen is, want ik denk niet dat Selene Nightshade deze nederlaag zomaar zal accepteren. Ze zal achter ons aan komen — en het is vrij duidelijk dat ze het spreukenboek kan volgen, want er is geen andere manier waarop ze ons hadden kunnen vinden.'

Alyster knikte somber. 'Ze zal komen. Laten we dit keer een val zetten.'

'Perfect,' grijnsde Rafail, zijn gebruikelijke zelfvertrouwen keerde terug terwijl hij zijn armen boven zijn hoofd uitstrekte. 'Laten we dan gaan. We hebben een coven om te confronteren.'

Hoofdstuk Negentien

Rafail

De geur van bloed en verbrande veren kleefde nog aan mijn neusgaten terwijl ik naar Careena en Alyster keek, die er allebei even vermoeid uitzagen als ik me voelde. We waren maar net ontsnapt aan de vlijmscherpe klauwen van de harpijen en hadden nu een veilige plek nodig om op adem te komen en onze volgende stap te bedenken.

Ondanks de uitputting die aan mijn spieren trok, kon ik het groeiende gevoel van verbondenheid dat ik met deze twee onwaarschijnlijke bondgenoten voelde niet negeren. Careena, de opstandige engel met nachtzwarte vleugels en doordringende ogen die dwars door mijn bewaakte ziel heen leken te kijken. En Alyster, de raadselachtige Fae wiens charme en sluwheid me zowel verontrustten als intrigeerden.

We waren nu aan elkaar verbonden, door keuze of door omstandigheden, en ik merkte dat ik hen wilde beschermen, om mijn waarde te bewijzen als onderdeel van dit bijzondere trio.

'Ik ga vooruit verkennen', bood ik aan, terwijl ik de bekende tinteling al onder mijn huid voelde, nu mijn lichaam zich voorbereidde om te veranderen. 'Kijken of ik een veilige plek kan vinden waar we ons een tijdje schuil kunnen houden.'

Careena knikte, haar vleugels hingen er wat slapjes bij. 'Goed idee. We kunnen allemaal wel wat rust gebruiken na dat gevecht.'

'Inderdaad', stemde Alyster in. 'Je vaardigheden zullen ons goed van pas komen, Rafail. Wij beginnen alvast die kant op te lopen – ik denk niet dat het een goed idee is om op één plek te blijven – en wachten op je terugkeer.'

Met een laatste blik op mijn metgezellen liet ik de verandering over me heen komen, waarbij mijn botten en pezen zich vervormden totdat ik op vier poten stond in plaats van op twee voeten. De wereld werd scherper en geuren en geluiden werden versterkt door mijn scherpe zintuigen van een vos.

Ik schoot het spaarzame kreupelhout in en mijn roodbruine vacht ging naadloos op in het herfstgebladerte terwijl ik diepere dekking zocht. Mijn gedachten raasden terwijl ik rende en de gebeurtenissen die ons tot dit punt hadden gebracht overdacht. Het gestolen spreukenboek, de achtervolging van de coven, het fragiele bondgenootschap gesmeed in het heetst van de strijd.

Maar onder de angst en onzekerheid schoot een sprankje van iets anders wortel in mijn borst. Een gevoel van verbondenheid, van een doel, dat ik al langer niet had gevoeld dan ik me wilde herinneren. Met Careena en Alyster aan mijn zijde had ik misschien eindelijk een zaak gevonden die het waard was om voor te vechten.

Nu hoefde ik alleen nog maar een veilige haven voor ons te vinden, een plek om te hergroeperen en onze volgende stappen te plannen. Ik dwong mijn lichaam sneller te gaan, vastbesloten om mijn waarde te bewijzen aan mijn metgezellen en de mysteries die ons met elkaar verbonden te ontrafelen.

Een geritsel in de verte trok mijn aandacht en ik verstijfde, elke spier gespannen. De wind voerde een geur mee die mijn nekharen overeind deed staan – de onmiskenbare aura van Fae-magie, maar niet de vertrouwde signatuur van Alyster. Een andere van zijn soort was in de buurt.

Ik sloop naar voren, laag bij de grond blijvend, terwijl ik door het gebladerte gluurde. Daar, met een doelgerichte houding door de spaarzame bomen stappend, was een opvallende figuur gekleed in glinsterende gewaden, lang en slank met duidelijk puntige oren. Een Fae. Een afgezant van het hof van de Fae-koningin, als ik moest gissen, hier om met Alyster te spreken.

Mijn gedachten schoten alle kanten op. We moesten weten wat ze van Alyster wilden, maar we konden het risico niet lopen ontdekt te worden. Nog niet.

Ik keerde me om en snelde terug naar de plek waar Careena en Alyster langzaam een steile helling beklommen, mijn poten raakten de grond nauwelijks. Ze keken scherp op toen ik plotseling verscheen en in een vloeiende beweging terug veranderde in mijn menselijke vorm, een golf van kortstondige triomf voelend over hoe gemakkelijk en pijnloos mijn transformaties nu waren.

'We hebben gezelschap', hijgde ik. 'Nog een Fae, hij komt deze kant op. Ziet eruit als een officiële gezant.'

Alysters ogen vernauwden zich, zijn houding werd stijf. 'De gezant van de koningin', mompelde hij. 'Ze wordt ongeduldig.'

Careena keek van de een naar de ander, haar gezicht strak van bezorgdheid. 'Wat moeten we doen? We kunnen ze ons niet laten vinden, niet met het spreukenboek...'

Een idee kwam in me op en ik draaide me naar haar toe. 'We verstoppen ons', zei ik snel. 'Laat Alyster het woord doen. Hij kan ze van ons spoor afleiden.'

Alyster knikte langzaam, een glinstering van goedkeuring in zijn zilveren ogen. 'Rafail heeft gelijk. Ik handel de gezant wel af. Blijven jullie twee uit het zicht en laat mij mijn werk doen.'

Careena aarzelde, maar verbijt zich en gaf een kort knikje. 'Oké. Maar wees voorzichtig, Alyster. We kunnen ons geen misstappen veroorloven.'

'Ik regel het', verzekerde Alyster haar vol vertrouwen. 'En nu weg, allebei. Snel.'

Ik greep Careena's hand en trok haar mee naar een paar van de massieve rotsen die over de heuvel verspreid lagen. We hurkten erachter neer en keken voorzichtig tevoorschijn terwijl Alyster zijn houding rechtte en zich opmaakte om de naderende gezant te begroeten.

Mijn hart bonkte in mijn oren terwijl ik naar hem keek, een nieuw gevonden respect bloeide op in mijn borst. Alyster was een onvoorspelbare factor, een bedrieger met motieven die ik nog steeds niet helemaal kon doorgronden. Maar op dat moment wist ik één ding met absolute zekerheid.

Ik vertrouwde hem, omdat Careena hem vertrouwde. En ik kon alleen maar bidden dat ons vertrouwen niet misplaatst was.

De gezant beende de heuvel af, een imposante verschijning gekleed in glinsterende groene gewaden die bij elke stap als water leken te rimpelen. Alyster bleef staan, een ontwapenende glimlach speelde om de hoeken van zijn mond.

'Gegroet, geachte gezant', riep hij, zijn stem zo glad als honing. 'Waaraan heb ik het genoegen van dit bezoek te danken?'

De ogen van de gezant vernauwden zich, een berekende glans in hun diepten. 'De koningin wordt rusteloos, Alyster. Ze vraagt zich af waarom je zo traag bent met het vinden van de grimoire.'

Alysters grijns werd alleen maar breder. 'Ah, de grimoire. Ik sprak Hare Majesteit er nog maar een paar uur geleden over... ze is ongeduldig, nietwaar?' Zijn glimlach nodigde de gezant uit om met hem mee te lachen. De gezant bleef onverstoorbaar en Alyster haalde zijn schouders op. 'Het is een lastig ding om op te sporen, zoals Hare Majesteit ongetwijfeld weet. Maar wees gerust, ik kom er dichterbij terwijl we spreken.'

De gezant kwam een stap dichterbij en zijn blik boorde zich in die van Alyster. 'Is dat zo? Dan vind je het misschien niet erg om te delen welke aanwijzingen je tot nu toe hebt ontdekt?'

Naast me spande Careena zich aan, haar vingers groeven zich in de rotsachtige grond. Ik legde een hand op haar arm, een stille herinnering om kalm te blijven. We moesten vertrouwen op Alysters vlotte babbel.

Alyster reageerde onmiddellijk. 'Natuurlijk', antwoordde hij gemakkelijk. 'Mijn bronnen vertellen me dat de grimoire voor het laatst is gezien in het bezit van een groep nomadische heksen. Ik volg hun bewegingen. Met een beetje geluk heb ik het boek binnen een paar dagen in handen, een week op zijn hoogst.'

De gezant overwoog dit, zijn uitdrukking onleesbaar. 'Zorg daar dan voor, Alyster. Het geduld van de koningin raakt op. En je weet wat de gevolgen zijn van falen.'

Alyster maakte een buiging, het toonbeeld van eerbied. 'Ik sta immer ten dienste van Hare Majesteit. De grimoire zal van haar zijn, geachte gezant. Daar heeft u mijn woord op.'

De gezant gaf een kort knikje, zijn gewaden wervelden toen hij zich omdraaide om te vertrekken. 'Zorg daar dan voor. De koningin zal toekijken, Alyster. Stel haar niet teleur.'

Toen de gezant over de heuvelrug wegliep, zakte Careena tegen me aan, de opluchting stond op elke lijn van haar gezicht getekend. Ik legde een arm om haar schouders en omhelsde haar kort.

Alyster wachtte tot de gezant uit het zicht was voordat hij zich naar onze schuilplaats omdraaide, een triomfantelijke grijns op zijn gezicht. 'Nou, dat ging beter dan verwacht.'

Ik schudde mijn hoofd, een aarzelende glimlach trok aan mijn lippen. 'Je kunt goed praten, Alyster. Dat geef ik je toe.'

Hij knipoogde, zijn ogen dansten van plezier. 'Het is een gave. Kom, laten we hier weggaan voordat de koningin iemand anders stuurt. We hebben een spreukenboek te ontcijferen.'

Terwijl we door de bomen liepen, merkte ik dat ik Alyster met een nieuw gevoel van waardering bekeek. Hij was meer dan alleen een charmante schurk – hij was een snelle strateeg, in staat om snel te denken en ons kleine groepje buitenbeentjes te beschermen.

De heldere berglucht prikte in mijn longen terwijl we de hele dag hoger klommen en de bomen dunner werden om grillige pieken en rotsachtige uitstulpingen te onthullen.

Careena liep voorop, haar stappen zeker en vast ondanks het ongelijke terrein.

'Daar', zei ze, wijzend naar een donkere spleet in de bergwand. 'Die grot zou voldoende beschutting moeten bieden.'

Toen we dichterbij kwamen, voelde ik de temperatuur dalen, een welkome verlichting na de inspanning van de lange klim. De opening van de grot gaapte voor ons, een gapende muil van duisternis die uitstel van nieuwsgierige blikken beloofde.

Binnen was de lucht vochtig en koel, het geluid van druppelend water weerkaatste tegen de stenen muren. De vage geur van mos en aarde vulde mijn neusgaten, een herinnering aan het leven dat zelfs op de meest onherbergzame plaatsen vastklampte.

Careena nestelde zich op een platte rots, het spreukenboek in haar schoot. Haar vingers volgden de oude symbolen die in de kaft waren geëtst, een blik van felle concentratie op haar gezicht.

'Ik kan mijn hemelse magie gebruiken om het boek te verhullen', zei ze, haar stem laag en dringend. 'Maar het zal niet lang standhouden. Hoogstens een paar uur voordat de coven zijn aanwezigheid weer kan voelen en we verder moeten trekken voordat ze ons inhalen. Er is geen andere manier om hier te komen dan de weg die wij kwamen, of om te vliegen – en Selene weet al dat we twee harpijen hebben vernietigd. Ik denk dat ze zal aarzelen om ze weer op ons af te sturen. Ze zullen de langzame weg moeten nemen.'

Alyster knikte, zijn uitdrukking grimmig. 'Dan maken we optimaal gebruik van de tijd die we hebben. Careena, gebruik je magie. Rafail en ik zullen de omgeving beveiligen en voorraden verzamelen.'

Toen Careena begon te chanten en haar stem in een etherische melodie op en neer ging, voelde ik een rilling over mijn rug lopen. De lucht om haar heen glinsterde, een vage gouden gloed die uit haar wezen leek te komen.

Ik keek gefascineerd toe hoe het licht zich rond het spreukenboek verzamelde en het in een beschermende cocon wikkelde. Een moment lang leek de wereld de adem in te houden, het enige geluid het gestage gedrup van water en het bonzen van mijn eigen hart.

En toen was het voorbij, de gloed verdween toen Careena achterover tegen de rots zakte, haar gezicht bleek en getekend.

'Het is volbracht', fluisterde ze, haar stem schor van uitputting. 'Het boek is verborgen, voor nu.'

Ik rukte mijn blik los van Careena's gezicht en voelde een steek van bezorgdheid over de tol die de magie duidelijk van haar had geëist. Maar er was nu geen tijd om erbij stil te staan. We hadden werk te doen.

Alyster bewoog al, zijn stappen bijna geruisloos op de vochtige steen. 'Kom op, Rafail', zei hij, zijn stem laag en dringend. 'We moeten voedsel en voorraden zoeken.'

Ik knikte en voelde een golf van adrenaline toen ik hem de grot uit volgde de koele, mistige lucht in. Ik pauzeerde even om van het uitzicht te genieten; torenhoge bergtoppen hoog boven ons en groene valleien beneden.

Alyster bleef staan voor een kleine, met gras begroeide holte, zijn ogen scanden het kreupelhout. Toen hurkte hij neer en legde een handpalm op de grond, sloot zijn ogen en stuurde een polsslag van magie door de aarde, waardoor de planten tot leven kwamen.

Ik keek verbaasd toe hoe de grond barstte van nieuwe groei, tere scheuten die hun weg door de aarde baanden en bladeren en delicate bloesems ontvouwden. In slechts enkele ogenblikken was er een rank vol met wilde bessen opgeschoten, rijp en klaar om geplukt te worden.

'Indrukwekkend', mompelde ik, knielend om een handvol van het sappige fruit te plukken.

Alyster wierp me een grijns toe, zijn zilveren ogen schitterden van ondeugd. 'Gewoon een beetje Fae-magie. Komt goed van pas als je op de vlucht bent.'

Ik stopte een bes in mijn mond en genoot van de uitbarsting van zoetigheid op mijn tong. Maar zelfs terwijl ik at, voelde ik een rusteloze energie in me opbouwen, een oerdrang om te jagen en te voorzien.

Zonder een woord te zeggen, veranderde ik in mijn wolfsvorm, voelde mijn zintuigen scherper worden en mijn spieren strak van kracht. Ik tilde mijn snuit op in de wind en ving de geur van prooi op de bries.

En toen was ik weg, stuiterend door het kreupelhout, mijn poten raakten de grond nauwelijks terwijl ik mijn prooi naderde. Twee konijnen, mollig en nietsvermoedend, graasden aan de rand van een klein beekje.

In een flits van tanden en vacht had ik ze allebei, hun lichamen slap en levenloos in mijn kaken. Ik droeg ze terug naar de plek waar Alyster wachtte en liet ze met een tevreden grom aan zijn voeten vallen.

'Goed werk', zei hij, zijn stem vol bewondering. 'Het lijkt erop dat we vanavond goed zullen eten en er is ook genoeg voor Careena.' Hij had niet stilgezeten terwijl ik weg was; de bessen waren vergezeld van paddenstoelen, zoete wilde uien en enkele wortels die ik niet herkende, maar die duidelijk eetbaar waren, anders had Alyster ze niet verzameld.

We verzamelden onze buit en gingen terug naar de grot, de geur van vers wild en rijpe bessen mengde zich in de lucht. Terwijl we liepen, voelde ik een vreemd gevoel van kameraadschap met de Fae-ridder, een band gesmeed door gedeeld gevaar en de oeroude opwinding van de jacht.

Terug in de grot maakten we een klein vuurtje, onze bewegingen efficiënt en geoefend. Alyster haalde een kleine metalen kookschotel uit zijn tas en maakte een soort ovenschotel van de wortels en paddenstoelen, terwijl ik de konijnen schoonmaakte en aan het spit reeg. Terwijl de vlammen het vlees likten en het rijke aroma van geroosterd konijn de lucht vulde, voelde ik een gevoel van vrede over me heen komen, een tijdelijk uitstel van de chaos en onzekerheid van onze situatie.

Alyster en ik zaten naast elkaar en scheurden met onze vingers in het malse vlees, de sappen liepen over onze kin. Een paar kostbare momenten waren we slechts twee mannen, die een maaltijd en een moment van gezelschap deelden, het gewicht van de wereld tijdelijk van onze schouders gehaald.

Toen we na het eten de grot binnenkwamen, keek Careena op van het spreukenboek, haar uitputting duidelijk zichtbaar in het hangen van haar vleugels en de schaduwen onder haar ogen. Ik gaf haar een royale portie van de bessen en Alysters groenteschotel, die ze met een dankbare glimlach aannam.

'Je zou moeten rusten', stelde Alyster voor, zijn stem zacht. 'Ik neem de eerste wacht.'

Careena aarzelde even en knikte toen, terwijl ze het boek opzij legde. Ik hielp haar om op de grotvloer te gaan liggen, waarbij ik mijn jas als geïmproviseerd kussen gebruikte. Tot mijn verbazing legde ze haar hoofd op mijn borst, haar lichaam krulde zich tegen het mijne. De warmte van haar aanwezigheid was zowel geruststellend als verontrustend, een herinnering aan de groeiende band tussen ons. Een enorme zwarte vleugel lag over me heen, warm en zacht, een zoete geur steeg eruit op om de vochtige geuren van de grot te verdringen.

Terwijl Careena's ademhaling verdiepte tot het gestage ritme van de slaap, merkte ik dat ik afwezig haar haar streelde, de zijdeachtige lokken gleden door mijn vingers. Mijn blik dwaalde af naar Alyster, die een positie had ingenomen bij de ingang van de grot, zijn zilveren ogen tuurden in de duisternis daarachter.

Terwijl ik naar hem keek, kon ik niet anders dan me verbazen over de vreemde wending die mijn leven had genomen. Slechts een paar dagen geleden was ik een eenzame vormveranderaar, mijn enige zorg mijn eigen overleving. Nu was ik onderdeel van dit onwaarschijnlijke trio – een opstandige engel, een zoekende Fae-ridder en ikzelf – verbonden door het lot en de omstandigheden.

Terwijl ik daar lag, Careena's warmte in mijn huid sijpelde, Alysters waakzame aanwezigheid een stille bewaker, voelde ik een gevoel van verbondenheid dat ik nog nooit eerder had gekend. Het was zowel opwindend als angstaanjagend, het besef dat mijn leven niet langer alleen van mij was.

Slaap trok aan de randen van mijn bewustzijn, maar ik weerstond de aantrekkingskracht, mijn geest was een werveling van gedachten over wat er in het verschiet lag. Het spreukenboek, de coven, de groeiende band tussen ons drieën – het was allemaal zoveel om te verwerken.

Alysters zachte voetstappen trokken mijn aandacht toen hij naderde, zijn slanke frame afgetekend tegen de vage gloed van het vuur. Hij hurkte naast ons neer, zijn stem laag. 'Ga maar rusten, Rafail. Ik houd de wacht.'

Ik aarzelde, terughoudend om mijn rol als beschermer af te staan, zelfs voor een moment. Maar de vermoeidheid in mijn botten en het vertrouwen in Alysters ogen overtuigden me. Met een knikje ging ik weer liggen en liet mijn ogen dichtvallen.

Slaap overviel me snel, maar het was verre van rustgevend. Dromen plaagden me – visioenen van de coven, van de macht die ze zochten, van de chaos die zou volgen als ze slaagden. Ik trok en mompelde, mijn geest kon geen rust vinden.

Een zachte aanraking maakte me wakker en ik knipperde naar Careena, haar nachtzwarte ogen zacht van bezorgdheid. 'Sst, het is goed', mompelde ze, haar vingers door mijn haar halend. 'We zijn veilig, voor nu.'

Ik leunde in haar aanraking en putte troost uit haar aanwezigheid. Ik keek naar de ingang van de grot en zag Alyster nog steeds op wacht staan, zijn rug naar ons toe, een stille schildwacht. Een golf van dankbaarheid overspoelde me en ik verwonderde me opnieuw over de kracht van de band die in zo'n korte tijd tussen ons was ontstaan.

Ik moet weer in slaap zijn gevallen, want het volgende wat ik wist, was dat ik wakker werd door het zicht van Alyster die zachtjes Careena's schouder schudde. 'Jouw beurt', mompelde hij, zijn stem schor van uitputting.

Careena ging rechtop zitten en wreef in haar ogen. 'Ga wat rusten', zei ze tegen hem, haar toon duldde geen tegenspraak.

Alyster leek te willen protesteren, maar bedacht zich toen. Met een vermoeid knikje zakte hij praktisch naast me in elkaar.

Ik keek hoe Careena Alysters post bij de ingang van de grot overnam, haar vleugels spreidden zich iets uit terwijl ze ze uitstrekte. Het zachte geritsel van veren vulde de lucht en ik vond het geluid vreemd geruststellend.

Naast me bewoog Alyster, zijn schouder schuurde tegen de mijne. Ik keek naar hem en nam in me op hoe het vuurlicht over zijn gelaatstrekken speelde en ze scherp aftekende.

Ik merkte dat ik me afvroeg over zijn verleden, over de gebeurtenissen die hem tot de man hadden gevormd die hij was. Er was zoveel dat ik niet wist, zoveel dat ik wilde begrijpen.

Alsof hij mijn blik voelde, fladderden Alysters ogen open. Een moment lang keek hij me alleen maar aan, zijn uitdrukking onleesbaar. Toen sprak hij, zijn stem nauwelijks luider dan een fluistering. 'Dank je, Rafail. Dat je me vertrouwt.'

Ik slikte moeizaam, er vormde zich een brok in mijn keel. 'Ik...' Mijn stem stierf weg, niet zeker hoe ik moest reageren.

Alyster glimlachte alleen maar, een kleine, trieste glimlach. 'Ga wat slapen', zei hij en herhaalde Careena's eerdere woorden. 'We zullen onze kracht nodig hebben voor wat er ook komen gaat.'

Ik knikte, ging weer liggen en liet mijn ogen dichtvallen. Terwijl ik op de rand van de slaap zweefde, hoorde ik Alysters ademhaling naast me gelijkmatig worden en wist ik dat hij aan zijn uitputting had toegegeven.

Het was een vreemd leven, maar toen ik de slaap eindelijk zijn gang liet gaan, besefte ik dat er geen andere plek was waar ik liever wilde zijn en niemand anders met wie ik de komende uitdagingen liever aan zou gaan dan de twee buitengewone wezens die op de een of andere manier mijn familie waren geworden.

HOOFDSTUK TWINTIG

CAREENA

DE NACHT WAS ZWAAR van de schaduwen. Ik zat alleen bij de ingang van de grot, met een bezwaard hart bladerde ik door de eeuwenoude pagina's van het spreukenboek, turen naar de oude hiërogliefen bij het zwakke licht van het vuur. De geheimen binnenin fluisterden over macht, over duisternis. Over gevaar.

Mijn onbehagen groeide met elk cryptisch symbool dat ik ontcijferde. Met welke krachten bemoeiden we ons? Ik wreef over mijn slapen, het gewicht van de verantwoordelijkheid drukte op me.

De dageraad brak aan en bleek licht sijpelde de grot in. Alyster en Rafail werden wakker en kwamen naar me toe, hun gezichten grimmig van verwachting.

'Wat heb je gevonden?' vroeg Alyster, zijn zilveren ogen boorden zich in de mijne.

Ik aarzelde. 'De kracht in deze pagina's... die is immens. En gevaarlijk.'

Rafail fronste. 'Hoezo gevaarlijk? Waar hebben we hier precies mee te maken?'

'Oude Egyptische magie. Spreuken om vreselijke dingen te doen.' Ik streek met mijn vinger over een vervaagd hiëroglief. 'In de verkeerde handen kan het chaos ontketenen.'

Alyster ijsbeerde heen en weer, zijn hand om het gevest van zijn zwaard geklemd. 'Dus de coven probeert deze kracht te gebruiken. Waarvoor?'

'Niets goeds.' Een rilling liep door me heen toen ik Alysters blik ving. 'We moeten ze tegenhouden.'

Rafail knikte met geklemde kaken. 'Eens. Maar hoe? We zijn niet bepaald een leger.'

Ik keerde terug naar het spreukenboek, mijn wenkbrauwen gefronst in concentratie terwijl ik de oude teksten bestudeerde. De cryptische symbolen leken voor mijn ogen te dansen en me te tarten met hun verborgen betekenissen – hoewel ik de taal kon lezen, was het nog steeds cryptisch en vereiste het interpretatie. Ik voelde de blikken van Alyster en Rafail op me gericht, hun verwachting voelbaar in de gespannen stilte van de grot.

Terwijl ik dieper in de geheimen van het spreukenboek dook, nestelde een groeiend gevoel van onbehagen zich in de kuil van mijn maag. De kracht die deze pagina's bevatten, overtrof alles wat ik ooit was tegengekomen. Het was rauw, oeroud en volkomen angstaanjagend in zijn potentieel voor vernietiging.

Mijn gedachten schoten alle kanten op met de mogelijkheden van wat de coven zou kunnen doen met zo'n kracht tot hun beschikking. De gedachte dat ze de oude Egyptische magie op de wereld zouden loslaten, bezorgde me een rilling over mijn rug. Ik wist dat we ze moesten stoppen, maar twijfel begon in mijn gedachten te sluipen.

Waren we echt in staat om zulke immense kracht te beheersen? Wat als we, in onze pogingen om de plannen van de coven te dwarsbomen, per ongeluk iets nog ergers ontketenden? De verantwoordelijkheid om deze kennis te bewaken, woog zwaar op mijn schouders, en ik voelde de druk met elk voorbijgaand moment toenemen.

Ik keek op naar Alyster en Rafail, hun gezichten getekend door bezorgdheid terwijl ze me aan het werk zagen. Ze vertrouwden erop dat ik de mysteries van het spreukenboek zou ontrafelen en hen zou leiden in onze missie om de coven te stoppen. Maar wat als ik hen op een dwaalspoor bracht? Wat als mijn beslissingen nog grotere chaos en vernietiging teweegbrachten?

Toen ik me weer tot het spreukenboek wendde, wankelde mijn vastberadenheid, vervangen door een groeiend gevoel van onzekerheid. Het pad dat voor ons lag, was bezaaid met gevaar, en ik kon het gevoel niet van me afschudden dat we op het scherp van de snede balanceerden tussen redding en verdoemenis.

Rafails stem doorbrak mijn sombere gedachten. 'Careena, ik vroeg me af wat de verschillen zijn tussen hemelse en Fae-magie. Kun je me dat uitleggen?'

Ik keek op, dankbaar voor de afleiding. 'Natuurlijk,' zei ik, en haalde diep adem om mijn gedachten te verzamelen. 'In de hemelen is hemelse magie overvloedig en vrij beschikbaar, als een neerstortende waterval. Het is een constante aanwezigheid, vibrerend van energie en potentieel.'

Mijn blik dwaalde af naar de vallei onder ons, badend in de vroege ochtendzon. 'Maar hier op aarde is het anders. Hemelse magie is schaars, als druppels dauw die moeizaam verzameld en opgepot moeten worden. Zonder mijn engelenzwaard, dat ik moest achterlaten toen ik verbannen werd, zijn mijn krachten ernstig beperkt. Ik moet vertrouwen op mijn eigen innerlijke kracht en de magere restjes hemelse energie die ik kan verzamelen.'

'En Fae-magie?' vroeg Rafail, zijn ogen flitsten naar Alyster. 'Hoe verschilt dat?'

Alyster gaf hem antwoord. 'Fae-magie is nauwer verbonden met de natuurlijke wereld. Het is verweven in het weefsel van de aarde, het gefluister van de wind en de geheimen van de bossen. Wij Fae hebben een diepe verbinding met het land en kunnen op manieren die hemelingen niet kunnen, van de kracht ervan gebruikmaken.'

Rafail verschoof op zijn plek, zijn blik intens terwijl hij naar onze uitleg luisterde. Ik kon de radertjes in zijn hoofd zien draaien, terwijl hij de informatie verwerkte en de implicaties ervan overwoog.

'Maar,' vervolgde ik, 'Fae-magie en hemelse magie komen uit verschillende rijken, wat betekent dat hier op aarde de oude Egyptische magie die dit boek bevat, iets heel anders is. Iets wat in dit rijk misschien veel krachtiger is, en ik vrees dat zelfs de gecombineerde kracht van hemelingen en Fae misschien niet genoeg is om het te beheersen.'

Er viel een zware stilte toen mijn woorden indaalden. De ernst van onze situatie drukte op ons, en ik voelde het gewicht van onze verantwoordelijkheid opnieuw op mijn schouders drukken.

Rafail leunde naar voren, zijn wenkbrauwen gefronst in gedachten. 'Maar Alyster,' zei hij, zijn stem vol nieuwsgierigheid, 'hoe ben jij aan een hemels zwaard gekomen?'

Ik keek naar Alyster en realiseerde me dat Rafail ons gevecht met de hellehond niet had gezien. Alyster ving mijn blik, een flits van onzekerheid in zijn zilveren ogen.

'Ik heb het zwaard gemaakt,' legde ik uit, mijn stem vastberaden ondanks de schroom die ik voelde. 'Tijdens ons gevecht met de hellehond heb ik Alysters dolk in een hemels zwaard veranderd, zodat we hem konden verslaan. Het is nu aan hem gebonden, en hij is de enige die het kan hanteren.'

Rafails ogen werden groot, zijn uitdrukking een mengeling van verbazing en intrige.

'Het zwaard fungeert als een magneet,' ging ik verder, 'en verzamelt hemelse magie uit de omgeving. Het is een krachtig stuk gereedschap, maar het brengt een grote verantwoordelijkheid met zich mee.'

Alyster leunde naar voren, zijn stem laag en dringend. 'Careena, is er een manier voor mij om deze magie te hanteren? Om de kracht ervan te benutten?'

Ik aarzelde, mijn gedachten raceten door de mogelijke gevolgen van mijn acties. Aurelius zou woedend zijn als hij ontdekte dat ik een Fae een engelenblad had gegeven. De gedachte aan zijn afkeuring bezorgde me een rilling over mijn rug.

Maar toen ik in Alysters ogen keek, zag ik alleen een verlangen om deze nieuwe kracht voor het goede te gebruiken.

'Ik kan het je leren,' zei ik, mijn stem nauwelijks een fluistering. 'Maar je moet de ernst van deze beslissing begrijpen. Het hanteren van hemelse magie is geen kleinigheid, en het zal grote discipline en beheersing vereisen.'

Rafails wenkbrauwen fronsten terwijl hij onze uitwisseling gadesloeg, zijn ogen schoten heen en weer tussen Alyster en mij. 'Careena,' zei hij, zijn stem vol nieuwsgierigheid, 'waarom maak je niet gewoon een nieuw hemels zwaard voor jezelf? Zou dat niet helpen om de kansen gelijk te trekken?'

Ik kon een grinnik om de suggestie niet onderdrukken, me realiserend dat die gedachte nog nooit bij me was opgekomen. Waarom deed ik dat inderdaad niet? 'Weet je, Rafail, dat is geen slecht idee,' zei ik, een glimlach trok aan mijn lippen. 'Maar ik heb een geschikte basis nodig om mee te werken. Een dolk of een snijmes misschien. Ik zal er een moeten zoeken.'

Nu dat was geregeld, richtte ik mijn aandacht weer op het spreukenboek, de versleten pagina's kraakten onder mijn vingers terwijl ik erdoorheen bladerde. De oude symbolen leken voor mijn ogen te dansen, hun betekenissen langzaam ontrafelend in mijn geest.

'Ik heb iets gevonden,' zei ik, mijn stem ernstig terwijl ik opkeek naar Alyster en Rafail. 'Het spreukenboek spreekt over Set, de oude Egyptische god van chaos en geweld. Ik... denk dat het rituelen zou kunnen bevatten om hem vrij te laten!'

Alysters ogen vernauwden zich, zijn kaken spanden zich aan bij de onthulling. 'Set is een geduchte godheid,' zei hij, zijn stem laag en serieus. 'Als de coven erin slaagt om zelfs maar een klein deel van zijn macht te kanaliseren, kunnen de gevolgen catastrofaal zijn. En als ze in staat zijn om hem vrij te laten...'

Ik slikte misselijk. Het was duizenden jaren geleden dat Set uit deze wereld verbannen was, maar ik had gefluister gehoord over de chaos die hij ooit had ontketend, zelfs toen hij toen beperkt was tot het land van de farao's. Als hij vandaag bevrijd zou worden... ik wilde het me niet eens voorstellen.

We wisselden een blik, een stilzwijgend begrip ging tussen ons over.

'We moeten ze tegenhouden,' zei ik, mijn stem trilde, maar was vol vastberadenheid. 'Wat er ook voor nodig is, we kunnen ze Set niet laten vrijlaten.'

'Wat betekent dat we ze dit boek nooit meer in handen mogen laten krijgen,' merkte Rafail op. 'Als ze het niet nog steeds nodig hadden om hem vrij te laten, zouden ze ons niet zo wanhopig achtervolgen.'

Ik knikte en voelde een klein sprankje hoop. Wat de coven ook had gedaan, of nog zou kunnen doen, logischerwijs moest Rafail gelijk hebben.

Alyster stond op om te ijsberen. 'Als we het spreukenboek vernietigen, kan het voorkomen dat ze het ritueel voltooien. Maar we riskeren waardevolle informatie te verliezen die ons zou kunnen helpen hen te stoppen.'

Rafail schudde zijn hoofd. 'Te riskant. We kunnen het risico niet nemen dat ze het weer in handen krijgen. Ik zeg: we verbranden het en dan zijn we er vanaf.'

Ik beet op mijn lip, verscheurd tussen de twee opties. Het rebelse deel in mij wilde het boek houden, de geheimen ervan ontrafelen en ze tegen onze vijanden gebruiken. Maar de logische kant wist dat Rafail een punt had.

'Wat als we het ergens veilig verstoppen?' stelde ik voor, mijn gedachten razend op zoek naar andere oplossingen. 'Ergens waar ze nooit zouden denken te kijken. Op die manier kunnen we de informatie nog steeds raadplegen als we die nodig hebben, maar is het buiten hun bereik.'

Alysters zilveren ogen ontmoetten de mijne, een glinstering van goedkeuring in hun diepten. 'Dat zou kunnen werken. Maar waar? Het zou een goed beschermde plaats moeten zijn, zowel fysiek als magisch.'

Ik haalde diep adem. 'Misschien moet ik het terugbrengen naar Aurelius, zoals hij me oorspronkelijk had opgedragen.'

Beide mannen keken me aan. Alyster beet op zijn lip, en ik kon zien dat hij zich ertegen verzette om het met me eens te zijn. Het was echter Rafail die het argument verwoordde.

'Ik ben het ermee eens dat als iemand de coven zou kunnen stoppen, het de hele Hemelse Heerschare is. Maar wat betekent dat voor Alyster, Careena? Hij zal aan de Hoge Koningin van de Fae moeten toegeven dat hij heeft gefaald.'

En we wisten allemaal dat dat zijn dood zou betekenen. Zelfs het geldige excuus dat een engel hem te vlug af was om het boek te pakken – wat volledig waar was – zou hem niet redden van de woede van de Koningin. Dus ondanks dat we allemaal wisten dat het de beste optie was, kon ik het niet doen.

Ik schudde vastberaden mijn hoofd. 'Nee, dat kunnen we Alyster niet aandoen. We vinden een andere manier. We zitten hier nu samen in.'

Alysters schouders ontspanden zich, en hij gaf me een dankbaar knikje.

Rafail zuchtte en streek met een hand door zijn haar. 'Oké, dus we verstoppen het boek. Maar we hebben nog steeds een plan nodig om de coven te stoppen. We kunnen niet zomaar achteroverleunen en wachten tot ze een zet doen.'

'Nou, misschien juist wel,' was Alyster het niet met hem eens. 'We verplaatsen en verbergen het boek natuurlijk eerst. Maar dan... misschien laten we de coven naar ons toe komen, en vechten we deze keer op ons eigen terrein. Op onze voorwaarden.'

'Een val zetten?' Een kleine glimlach verscheen op Rafails lippen. 'Ik wist wel dat er een reden was dat ik je mocht. Je bent net zo sluw als ik.'

Alysters ondeugende grijns keerde terug. 'Hé, wat is het leven zonder een beetje risico? Bovendien sta ik te popelen om eens goed te vechten.'

Ik rolde met mijn ogen. 'Laat je alleen niet te veel meeslepen. We moeten dit slim aanpakken.'

Alyster en Rafail kwamen bij elkaar, hun stemmen zacht terwijl ze mogelijke ideeën voor een val bespraken. Ik keek van een kleine afstand toe, ik wilde hun strategische planning niet onderbreken.

Rafails gereserveerde aard leek weg te smelten terwijl hij en Alyster samenwerkten, hun gemakkelijke kameraadschap een schril contrast met de spanning die slechts enkele dagen geleden tussen hen had gehangen.

En Alyster – onder zijn charmante uiterlijk zag ik de diepte van zijn wijsheid en de felle loyaliteit die hij voelde voor degenen die hij als bondgenoten beschouwde.

Samen hadden ze bijna twee millennia aan ervaring, vechtend en overlevend op hun eigen manieren. Ik voelde me bijna een kind naast hen, ondanks al mijn engelachtige krachten.

En toch keken ze beiden naar mij voor antwoorden.

'Dus waar en hoe gaan we het boek verstoppen?' vroeg Alyster me, en ik dwong mezelf mijn gevoelens van onbekwaamheid van me af te schudden.

'Nou, daar heb ik over nagedacht. En over wat we moeten doen als... nou ja, als het misgaat en we het niet overleven.'

De gezichten van beide mannen werden ernstig, en ze knikten. 'Ja. We hebben een reserveplan nodig,' stemde Rafail in.

'En als we het niet overleven, is de woede van de Fae-Koningin niet langer een zorg, dus het reserveplan moet Aurelius zijn. Toch?'

Ze knikten allebei opnieuw.

'Ik ga een brief schrijven en via het menselijke postsysteem versturen, om hem te vertellen waar hij het boek kan vinden. Ik weet hoe en waar ik het moet verstoppen zodat de coven het niet zal vinden.' Ik had de perfecte plek bijna gevonden zodra het idee bij me opkwam. De Vaticaanse Archieven. Beschermd door millennia-oude verbergingsspreuken die zelfs de coven niet zou kunnen doorbreken. Ik zou het precies op de plek verstoppen waaruit ik dat allereerste document had gestolen dat Aurelius me had laten ophalen – het document dat eruitzag alsof het al eeuwen niet was aangeraakt.

'Dat is geniaal,' zei Alyster, onder de indruk, toen ik mijn idee uitlegde. 'Ik denk niet dat zelfs de machtigste van de Fae het daar zou kunnen vinden.'

'Het is daar veilig totdat Aurelius mijn brief krijgt en het gaat zoeken. Of we verslaan de coven en pakken het eerst. Welke van de twee dan ook.' Ik haalde mijn schouders op. 'De verbergingsbetovering erop zal houden tot ik het daar heb – het is niet zo ver van hier, zoals engelen vliegen. Driehonderd mijl, of iets meer. Ik zou bij het vallen van de avond terug kunnen zijn, als ik nu vertrek.'

'En dan?' vroeg Rafail.

'En dan kom ik hier terug en laten we de coven ons vinden.' Ik haalde mijn schouders op, hoewel ik gespannen was bij het idee. 'Jullie twee gebruiken de tijd terwijl ik weg ben om van deze plek een dodelijke val te maken.'

'Dat idee bevalt me wel,' zei Alyster, zijn grijns werd woest.

'Kus me voor je gaat,' verzocht Rafail brutaal, en ik moest lachen.

'Natuurlijk.'

Hij boog zich voorover en kuste me, langzaam en hartstochtelijk genoeg om mijn hoofd te doen tollen. 'Slechts een voorproefje van wat er in het verschiet ligt nadat we de coven en al deze rotzooi hebben afgehandeld,' zei hij met een glimlach.

'Daar houd ik je aan.' Ik legde mijn hand even tegen zijn wang, tenminste totdat Alyster hoopvol aan mijn andere kant dichterbij leunde. Lachend kuste ik hem ook, en we stonden met z'n drieën in een omhelzing die veel te kort duurde.

'Ik ben zo snel mogelijk terug,' beloofde ik, terwijl ik het boek in mijn jas stopte. Het verscheurde mijn hart om hen te verlaten, maar ik moest het boek veilig verstoppen voordat de coven ons zou vinden.

Het was geen lange vlucht naar Rome, en het was net na het middaguur toen ik neerstreek op het Sint-Pietersplein, mijn verhullende illusie stevig op zijn plaats om me te verbergen voor de toeristen en de lokale bevolking. Ik glipte langs nonnen en priesters, volgde dezelfde weg naar beneden de Archieven in, en was op weg naar de schuilplaats die ik had uitgekozen toen het gevoel van een bekende aanwezigheid me abrupt deed stoppen.

Aurelius.

Wat deed hij hier? Ik keek voorzichtig om een hoek en daar was hij, zijn grijze vleugels netjes achter hem gevouwen, hoewel ze ongetwijfeld onzichtbaar zouden zijn voor de bejaarde priester met wie hij in gesprek was.

Verdorie.

Ik overwoog om door te gaan, maar als Aurelius zou merken dat ik hier was geweest, zou hij mijn spoor kunnen volgen. Hij zou het boek vinden, lang voordat ik dat wilde. Terwijl ik toekeek, trilden zijn vleugels en draaide hij zijn hoofd een beetje, alsof hij mijn aanwezigheid voelde.

Ik moet hier weg, nu meteen!

Ik draaide me om en sprintte terug in de richting waar ik vandaan kwam. Ik moest weer de lucht in en weg zijn voordat Aurelius me kon volgen. Geen tijd om te stoppen, geen tijd om het boek te verstoppen. Rennen, anders zou hij me vinden en zou Alyster gedoemd zijn. Rafail ook, want de coven zou hen aanvallen lang voordat Aurelius me naar hen terug zou laten gaan.

Ik was halverwege terug naar de berghelling waar ik ze had achtergelaten toen ik het me realiseerde.

Ik had het boek nog steeds.

Ik had geen reserveplan voor waar ik het moest verstoppen. En geen tijd meer.

Ik kon Rafail en Alyster niet alleen de coven laten trotseren. Ik moest teruggaan en met hen vechten... en het risico lopen dat het boek in handen van de coven zou vallen, omdat het ergens anders verstoppen ontdekking riskeerde.

Het gevecht dat zou komen had plotseling veel meer betekenis gekregen. We moesten winnen, want het waren niet alleen onze levens die op het spel stonden.

Het was het lot van de hele wereld.

Hoofdstuk Eenentwintig

Rafail

Ik ving een glimp op van Careena's ravenzwarte vleugels die glinsterden in het schemerlicht toen ze net buiten de ingang van de grot landde. Alyster en ik hadden net de laatste van onze vallen gezet — een nare verrassing voor ongewenste bezoekers. We grijnsden naar elkaar, te popelen om haar ons handwerk te laten zien.

Maar toen Careena de grot binnenkwam, voelde ik meteen dat er iets mis was. Haar gebruikelijke vloeiende gratie was vervangen door schokkerige, opgewonden bewegingen. De paniek rolde in golven van haar af.

'Wat is er gebeurd?' vroeg ik dwingend, terwijl ik naar voren stapte.

'Jongens, we hebben een probleem,' hijgde ze, met een gespannen stem.

Alysters speelse houding verdween en maakte plaats voor bezorgdheid. 'Wat is er gebeurd?'

Careena slikte en worstelde om de woorden te vinden. 'Aurelius... hij was in de Vaticaanse Archieven. Ik kon het boek niet achterlaten.' Ze klemde het kleine boek tegen haar borst.

'Verdomme,' mompelde Alyster. 'Dat is niet alles, hè?'

Aan de manier waarop ze aarzelde, kon ik zien dat er meer was. Mijn instincten schreeuwden dat ik me schrap moest zetten voor welke onthulling dan ook zou volgen.

'Nee, dat is het niet,' gaf ze bevend toe. 'Op de terugweg zag ik de coven. Ze hebben hun kamp opgeslagen, een paar mijl verderop. Ze wachten duidelijk tot het donker wordt om hun aanval te beginnen. We hebben nu geen tijd meer om het te verbergen.'

'Verdomme,' vloekte ik, terwijl ik het gewicht van de situatie op ons voelde drukken. Ik keek naar Alyster en Careena en woog mijn opties af.

'Oké,' zei ik, met vaste stem. 'We moeten voorbereid zijn. En we hebben meer informatie nodig.'

Mijn gedachten gingen alle mogelijkheden af en ik kwam uit op een riskant plan. Een plan dat al mijn vaardigheden zou vereisen — en een flinke portie geluk. Ik keek Careena aan.

'Ik ga hun kamp binnensluipen. Hun plannen en aantallen verkennen.'

Careena en Alyster begonnen allebei tegen te sputteren, maar ik hief een hand op om hen tot stilte te manen. 'We hebben inlichtingen nodig als we dit willen overleven. Mijn gedaanteverwisselingskunsten geven me de beste kans om ongemerkt binnen en buiten te komen.'

'Nee, Rafail,' smeekte Careena. 'Het is te gevaarlijk.'

'Mee eens,' viel Alyster bij. Zijn gebruikelijke ondeugende grijns was verdwenen en vervangen door een strenge uitdrukking. 'Je maakt geen schijn van kans tegen hun duistere magie. Het is te riskant.'

'Luister,' wierp ik tegen, terwijl ik mijn stem kalm probeerde te houden. 'We hebben geen keus. Ze gaan een aanval inzetten en we hebben elk voordeel nodig dat we kunnen krijgen.' Ik balde mijn handen tot vuisten, gevoed door vastberadenheid.

'Je gedaanteverwisselingskunsten zijn indrukwekkend,' gaf Careena toe, met strakgespannen kaken. 'Maar je bent niet onoverwinnelijk.'

'Dat is niemand van ons, Careena,' herinnerde ik haar, terwijl ik haar intense blik beantwoordde. 'Maar als ik iets te weten kan komen dat ons zal helpen het tij te keren, is het het risico waard.'

Alyster zuchtte en haalde gefrustreerd een hand door zijn haar. 'Oké,' mompelde hij uiteindelijk. 'Maar we zullen hier zijn, klaar om je te helpen als het nodig is.'

'Dank je,' antwoordde ik, terwijl ik naar hen beiden knikte. Ik wist dat ze zich zorgen maakten, maar dit was onze beste kans om te overleven. Ik vermande mezelf, richtte mijn focus naar binnen en deed een beroep op mijn gedaanteverwisselingskunsten.

Mijn lichaam tintelde terwijl ik transformeerde. Mijn menselijke gedaante maakte plaats voor de gestroomlijnde en behendige verschijning van een vos. Mijn zintuigen werden onmiddellijk scherper en ik voelde de kracht van mijn nieuwe vorm door me heen stromen.

'Wacht,' gebood Careena, net toen ik wilde vertrekken. Ze stak een hand uit en haar vingers bewogen in ingewikkelde patronen terwijl ze zachtjes in zichzelf begon te zingen. Bij elke lettergreep kwam er een zwakke violette gloed uit haar vingertoppen, die me in zijn warme omhelzing hulde.

'Wees voorzichtig, Rafail,' fluisterde ze, terwijl ze vooroverboog om zachtjes met haar vingers door de dikke vacht in mijn nek te gaan. 'Deze spreuk zou je magie moeten helpen verbergen voor de coven, maar het zal je niet volledig onzichtbaar maken.'

'Begrepen,' antwoordde ik, mijn stem nu een zacht gegrom. 'Ik zal mijn best doen om verborgen te blijven. Hopelijk is dit genoeg.'

Met een laatste knikje naar zowel Alyster als Careena, glipte ik de grot uit, de snel vallende duisternis in. De nachtlucht voelde koel aan op mijn vacht terwijl ik me heimelijk naar het kamp van de coven begaf, mijn scherpe oren vingen gefluister en het geritsel van bladeren in de verte op.

Toen ik dichterbij kwam, ving ik flarden op van hun duistere rituelen – gemantelde figuren die ineengedoken zaten rond flikkerende vuren en eensgezind zongen terwijl schaduwen over de grond dansten. Door de gaten tussen de bomen zag ik ze demonen oproepen uit de onderwereld, hun verwrongen gedaanten materialiseerden in rook- en vlammenpluimen.

Ik drong dichterbij, mijn hart bonkte en ik spande me in om flarden van gesprekken tussen de covenleden op te vangen. Hun woorden waren hard en dringend, onderbroken door keelklank bezweringen. Ik luisterde aandachtig en probeerde hun plannen te reconstrueren, terwijl ik verborgen bleef onder Careena's spreuk.

'Selene heeft het ritueel bijna voltooid,' mompelde een van hen, de angst in hun stem was voelbaar. 'Binnenkort zal onze macht ongeëvenaard zijn.'

'Inderdaad,' antwoordde een ander, op een koude en berekenende toon. 'Zodra het spreukenboek in ons bezit is, zal niemand ons nog durven tegen te spreken.'

Ik spande me aan, me realiserend dat dit mijn kans zou kunnen zijn om cruciale informatie te verzamelen. Ik concentreerde me op mijn ademhaling en probeerde zo stil mogelijk te blijven terwijl mijn geest op volle toeren draaide met strategieën en mijn oren zich inspanden om de woorden van de heksen te horen.

'Maar,' ging de eerste heks aarzelend verder, 'Selene heeft slechts enkele van de eerdere spreuken in het boek kunnen ontcijferen. Het laatste deel ontgaat haar nog. We moeten het terughebben zodat ze verder kan studeren!'

'Geduld,' vermaande de tweede heks. 'Ze zal onze vijanden vernietigen en de geheimen ervan spoedig ontsluiten. We moeten vertrouwen hebben in onze leider.'

'Natuurlijk,' gaf de eerste heks toe. 'Maar we moeten ook voorbereid zijn op eventuele obstakels die zich kunnen voordoen.'

Ik kon hun onbehagen praktisch voelen, een tastbare spanning die zwaar in de lucht hing. Dit was de opening waarop ik had gewacht – de perfecte gelegenheid om verder het kamp in te glippen en meer waardevolle inzichten te ontdekken.

Terwijl ik dichterbij sloop, verborgen achter een cluster van struiken, spande ik me in om Selene zelf te zien. Daar stond ze, haar donker gouden haar viel in een waterval over haar rug, haar groene ogen gloeiden van vastberadenheid.

'Zodra ik dat spreukenboek heb,' zei ze tegen een jongere heks die naast haar stond, 'zal Set zelf aan onze zijde staan, en ik zal zijn dienares zijn. Zelfs engelen zullen me dan niet durven uitdagen!'

Selene hief haar armen op, haar slanke vingers tekenden obscure symbolen in de lucht terwijl ze een spreuk begon uit te spreken. Haar stem wervelde om me heen als een beklijvende melodie en ik kon de kracht van haar magie door de lucht voelen golven.

Terwijl de spreuk vorm kreeg, overspoelde een onverwachte sensatie me – mijn gedaanteverwisselingskunsten resoneerden met de energie van de spreuk, een vreemde connectie die ik niet helemaal kon begrijpen. Voordat ik het zelfs kon verwerken, schoten Selene's ogen naar me toe, haar blik doorboorde de schaduwen waar ik me verborg.

'Wie is daar?' eiste ze, haar melodieuze stem nu doorspekt met dreiging. 'Laat je zien!'

Mijn hart bonkte, ik realiseerde me dat ik ontdekt was. Er was geen tijd meer voor subtiliteit – het was tijd om in actie te komen. Met een golf van adrenaline deed ik een beroep op mijn gedaanteverwisselingskrachten om te veranderen in een formidabele bruine beer. Mijn lichaam zwol op van spierkracht en kracht.

'Val aan!' gebood Selene, en de covenleden kwamen in actie en slingerden spreuken naar me toe terwijl ik uit mijn schuilplaats barstte.

Ik brulde, stormde vooruit en haalde met mijn massieve poten uit naar de heksen, terwijl ik hun spreuken zo goed mogelijk ontweek. Mijn gedachten gingen op volle toeren, in een poging een plan te bedenken om aan deze netelige situatie te ontsnappen en terug te keren naar Careena en Alyster met de informatie die ik had verzameld.

'Je trucjes zullen je niet redden, indringer!' snauwde Selene, haar ogen brandden van woede.

'Leuke coven heb je hier,' zei ik, mijn stem keelachtig en woest in mijn berengedaante. 'Maar ik ben bang dat ik niet kan blijven voor het eten.'

Ik zette nog meer kracht, gebruikmakend van de behendigheid en brute kracht van mijn beer om de magische aanval te weerstaan. De strijd was intens, maar ik wist dat ik het me niet kon veroorloven te falen – de levens van Careena en Alyster hingen ervan af.

Een kakofonie van bezweringen en keelklank gegrom vulde de lucht terwijl ik met hand en tand vocht tegen de covenleden. Een heks viel me aan, maar werd opgewacht door een krachtige uithaal van mijn poot, waardoor ze tegen een van haar kameraden vloog.

'Geef het op, gedaanteverwisselaar!' siste een mannelijke heks, die een bliksem van groene energie op me afvuurde. Ik kreunde van de pijn toen het mijn vacht schroeide, maar sloeg terug, en bracht hem uit balans met een woeste kopstoot.

Ik voelde mijn kracht afnemen, maar de gedachte aan Careena en Alyster die op me rekenden, voedde mijn vastberadenheid. 'Is dat alles wat je hebt?' hoonde ik, terwijl ik mijn uitputting probeerde te verbergen.

'Brutaal beest!' spuugde Selene, haar ogen vernauwend. Ze gebaarde naar me, een onzichtbare kracht greep mijn massieve gedaante en tilde me de lucht in.

'Eens zien hoe je het hier tegen doet!' schreeuwde ze, terwijl ze me door de open plek smeet. Terwijl ik door de lucht suisde, wist ik dat ik snel moest denken, anders riskeerde ik verpletterd te worden onder mijn eigen gewicht.

In de lucht veranderde ik in mijn wolvengedaante, waardoor mijn massa aanzienlijk verminderde en ik sierlijker kon landen. Mijn poten raakten rennend de grond en ik schoot tussen de bomen door, gebruikmakend van mijn scherpe zintuigen om door het bos te navigeren terwijl ik de achtervolgende coven ontweek.

'Kom op, Rafail,' zei ik tegen mezelf, terwijl ik mijn pijnlijke spieren tot het uiterste dreef. 'Je hebt het zover geschopt. Geef nu niet op.'

Mijn hart bonkte terwijl ik door de donkere bossen rende, vastbesloten om mijn vrienden te bereiken voordat de coven me te pakken kreeg.

Ik stormde de grot binnen, mijn longen brandden en spieren deden pijn van de wanhopige sprint. Careena en Alyster draaiden zich om, verrassing en bezorgdheid stonden op hun gezichten getekend. Ik veranderde terug in mijn menselijke gedaante, naar adem happend.

'Ze komen eraan,' bracht ik hijgend uit. 'De coven. Ze hebben demonen opgeroepen, hellehonden. En Selene...' Ik slikte. 'Ze is van plan Set te doen herrijzen. Om zijn dienares en gemalin te zijn.'

Careena's nachtzwarte ogen werden groot van afschuw. 'Set? De god van de chaos? Is ze gek?'

'Blijkbaar,' mompelde ik somber. 'Machtswellustig en gek.'

Alysters zilveren blik schoot naar de ingang van de grot, zijn houding was alert. 'Hoeveel tijd hebben we?'

'Hooguit een paar minuten. Ik ben ze maar net voorgebleven.' De adrenaline gierde nog steeds door mijn aderen van de wilde achtervolging.

Careena ontvouwde haar ravenvleugels met een zacht geruis. Violet licht glinsterde langs de veren. 'Dan houden we hier stand. Samen.'

Alyster toonde een scherpe grijns, maar er zat een randje aan, een wilde glinstering in zijn ogen. 'Welnu. Laat ze maar komen. We hebben een paar verrassingen in petto voor Selene en haar kroost.'

Ik knikte, rolde met mijn schouders en kraakte mijn nek. Mijn huid jeukte om opnieuw te veranderen, het dier in mij ijsbeerde rusteloos. 'Wat er ook gebeurt, we kunnen ze Set niet laten oproepen.'

'Mee eens,' zei Careena plechtig. 'Het lot van werelden hangt aan een zijden draadje.'

Gehuil en geschreeuw in de verte bereikten onze oren en werden met de seconde luider. De coven naderde. Ik keek mijn metgezellen aan en zag mijn eigen vastberadenheid weerspiegeld.

De strijd stond op het punt van beginnen.

Geschreeuw scheurde door de lucht toen de coven naderde, een krioelende massa van donkere gewaden en gloeiende ogen. Demonen scheerden over op leerachtige vleugels terwijl hellehonden snauwden en hapten, hun kaken droegen zwavelhoudend speeksel.

Alyster hief zijn handen op, groen licht vlamde rond zijn vingers. Wijnranken schoten uit de aarde en verstrikten de dichtstbijzijnde honden. Naast hem ging Careena de lucht in in een vlaag van obsidiaanveren, hemelse violette magie flitste uit haar handen terwijl ze de demonen aanviel.

Ik groef diep in mezelf en putte uit de bron van oerenergie die me altijd had geterroriseerd met zijn intensiteit. Maar dit keer hield ik me niet in. Ik omarmde het en liet het door me heen stromen tot mijn lichaam trilde van de noodzaak om te veranderen.

Ik liet me op handen en voeten vallen terwijl mijn ruggengraat zich verlengde, mijn huid verhardde tot dikke, grijze platen. Spieren zwollen op en botten verschoven, de wereld breidde zich om me heen uit terwijl ik steeds groter werd.

De grond schudde door de impact van mijn transformatie. Ik had nog nooit een vorm van deze omvang geprobeerd, maar wanhoop en woede gaven me kracht. Toen de verandering voltooid was, torende ik boven het slagveld uit, een volgroeide neushoorn klaar om aan te vallen.

Met een gebrul dat de lucht verbrijzelde, denderde ik voorwaarts en ploegde door de gelederen van de coven als een moloch. Heksen schreeuwden en vluchtten, hun spreuken ketsten onschadelijk af op mijn gepantserde huid. Gespleten hoeven vertrapten gevallen lichamen terwijl ik me omdraaide en opnieuw aanviel, demonen aan mijn hoorn rijgend.

Vanuit mijn ooghoek zag ik Alyster zijn zwaard hanteren, een zwak violet licht glinsterde eromheen, zijn bewegingen waren vloeiend en gracieus terwijl hij door de chaos danste. Careena was een waas van donkere vleugels en flitsende magie boven ons, haar strijdkreet was fel en uitdagend.

We vochten met alles wat we hadden, magie en kracht, macht en doel. Het lot van werelden balanceerde op het scherpst van de snede, en wij waren de enigen die tussen Selene's waanzin en de krachten die ze wilde ontketenen stonden.

Maar de coven bleef maar komen, een eindeloze stroom van duisternis. Voor elke vijand die we velden, namen drie anderen hun plaats in en drongen ons stap voor bloeddoordrenkte stap terug.

'Trek je terug!' schreeuwde Alyster boven het strijdgewoel uit, zijn stem gespannen. 'De vallen, nu!'

Ik veranderde terug in mijn menselijke gedaante, mijn lichaam deed pijn van de inspanning. Samen activeerden Alyster en ik de zorgvuldig gelegde vallen die we urenlang hadden voorbereid. Een moment lang keerde het tij in ons voordeel.

Explosies deden de grond schudden, waardoor geisers van aarde en verbrijzelde lichamen de lucht in werden geslingerd. Hellehonden jankten en huilden toen ze werden gevangen in slim vermomde kuilen en gespietst op scherpe staken. Demonen schreeuwden toen ze verstrikt raakten in netten van wijnranken, doorweven met draden van betoverd Fae-zilver, hun vlees sistte en rookte waar het metaal hen raakte.

Maar het was niet genoeg. Het aantal covenleden leek onuitputtelijk, en voor elk monster dat we vingen, stormden er een dozijn meer naar voren, hongerig naar bloed.

Boven ons schreeuwde Careena het uit van pijn en frustratie. Ik keek op en zag haar in een luchtgevecht verwikkeld met een trio harpijen, hun wrede klauwen en gekartelde snavels sneden in haar vleugels. Ze hield stand, maar nauwelijks, en meer van de vliegende verschrikkingen waren op weg naar haar.

'We kunnen ze niet tegenhouden!' schreeuwde ik, mijn stem schor van wanhoop. 'Het zijn er te veel!'

Alysters ogen ontmoetten de mijne, grimmige vastberadenheid in elke lijn van zijn gezicht gegrift. 'De grot in,' gebood hij, zijn zwaard flitste terwijl hij een slag van een snauwende demon pareerde. 'Het is onze enige kans.'

We gaan het niet redden, fluisterde een stem achter in mijn hoofd terwijl we ons een weg vochten naar de gapende opening van de grot. *We gaan hier sterven, verscheurd door monsters, en de wereld zal branden.*

Maar ik duwde de gedachte weg, klemde mijn tanden op elkaar terwijl ik de gedaante van een Bengaalse tijger aannam, mijn krachtige kaken klapten dicht om de keel van een aanstormende hellehond. Ik zou niet opgeven. Niet nu, nooit. We zouden een manier vinden, of we zouden stervend proberen.

Samen trokken we ons met zijn drieën terug in de grot, de troepen van de coven stroomden achter ons aan als een vloedgolf van vleesgeworden nachtmerries.

Alyster draaide zich om naar de ingang, zijn gouden haar was vervilt door bloed en zweet. 'Careena!' schreeuwde hij. 'Kom op!'

Ik keek op en zag hoe Careena zich losmaakte van de harpijen, haar vleugels sloegen woedend terwijl ze achter ons aan de grot in dook. Samen sprintten we naar de achterwand.

'Vuur in het gat!' schreeuwde Alyster, wat me verbaasde. We hadden geen vallen gezet bij de ingang van de grot.

Hij strekte zijn zwaardhand uit naar de ingang van de grot en de binnendringende demonen, en liet... een steentje vallen?

Oh.

Sympathische Fae-magie. Hij moest het stuk steen van het plafond van de grot bij de ingang hebben gepakt.

Het plafond van de grot explodeerde, tonnen rots en puin regenden neer in een oorverdovende lawine en begroeven de naderende demonen. Misschien waren wij ook begraven, ware het niet dat Alysters andere hand naar het plafond direct boven ons wees en een veilige ruimte creëerde waar wij met zijn drieën konden staan.

Een lang moment was er niets dan duisternis en het geluid van mijn eigen hortende adem. Toen, langzaam, begon het stof neer te dalen, en kon ik de zwakke violette gloed van Alysters zwaard onderscheiden, die de met puin bezaaide grot verlichtte.

'Is iedereen oké?' vroeg hij, zijn stem schor van bezorgdheid.

'Ik ben hier,' kraakte ik, terwijl ik mezelf overeind duwde. 'Careena?'

'Met mij gaat het goed,' antwoordde ze, hoewel ze duidelijk niet in orde was. Bloed stroomde over haar huid en haar kleding was op verschillende plaatsen gescheurd. 'Maar we zitten gevangen. Dat was de enige uitweg.'

Hoofdstuk Tweeëntwintig

Careena

Ik klemde het oeroude spreukenboek vast, de verweerde papyrusbladzijden knisperden onder mijn vingertoppen. De lucht pulseerde van duistere energie, demonen krabden en schreeuwden tegen de ingestorte rotsen die de enige barrière tussen ons vormden. Als gieren die zich rond een verse prooi verzamelden. Mijn hart ging tekeer, mijn vleugels trilden. Ik keek Rafail en Alyster in de ogen en zag dezelfde grimmige beseffing erin weerspiegeld.

'We kunnen niet toestaan dat Selene dit in handen krijgt', zei ik met bevende stem. 'Het is te gevaarlijk.'

Rafail knikte, zijn kaken stonden strak op elkaar. 'Eens. Het is beter om het te vernietigen dan die kracht op de wereld los te laten.'

'Doe het, Careena', drong Alyster aan, terwijl hij zijn zwaard vastgreep. 'We houden ze zo lang mogelijk tegen.'

Ik aarzelde nog een moment, de onherroepelijkheid van de beslissing overspoelde me. Maar er was geen andere weg. Dit was onze laatste verdediging. Als we ten onder gingen, dan namen we het boek met ons mee.

Ik haalde diep adem, concentreerde mijn energie en had een weemoedige gedachte aan mijn hemelse zwaard dat ik had moeten achterlaten toen ik uit de hemel werd verbannen. Als ik dat in mijn hand had, zou dit zo veel makkelijker zijn. Misschien kon ik dat van Alyster gebruiken? Maar ik wist dat dat ijdele hoop was. Zijn zwaard was met zijn wil verbonden lang voordat ik het in een hemels zwaard veranderde; het zou niet aan mij gehoorzamen.

Nee, ik moest dit op de moeilijke manier doen, een manier waarvan ik wist dat die theoretisch mogelijk was, ook al had ik het nog nooit geprobeerd. Elke engel bezat de kracht van de schepping, hoewel we niet iets uit niets konden maken; ik had bijvoorbeeld een zilveren Fae-dolk gebruikt om Alysters zwaard te maken. En net als de kracht van de schepping bezaten we de kracht van de *ont*-schepping. Ik kon dit boek weer veranderen in slechts een verzameling papyrusriet.

'Blijf achter', waarschuwde ik Alyster en Rafail, en ze deinsden zo ver achteruit als de kleine ruimte waarin we vastzaten toeliet. Ik keerde hun mijn rug toe en spreidde mijn vleugels. In de hoop dat het hen zou beschermen tegen wat er stond te gebeuren.

Ik kanaliseerde mijn kracht en voelde die als vloeibaar vuur door mijn aderen stromen. Mijn ogen gloeiden met een onaardse intensiteit terwijl ik al mijn energie richtte op het spreukenboek dat ik stevig in mijn handen geklemd hield. De lucht om me heen knetterde van rauwe, ongetemde kracht, waardoor de fijne haartjes op mijn armen overeind gingen staan.

Het spreukenboek trilde in mijn greep, de eeuwenoude bladzijden wapperden wild alsof ze in een storm waren beland. Een griezelige, pulserende gloed kwam uit de boekband en wierp een etherisch licht op mijn gezicht. Ik voelde hoe de kracht van het boek zich tegen me verzette, mijn pogingen weerstond om het te ontscheppen.

Tandenknarsend zette ik meer kracht en stak elke grein van mijn hemelse kracht in de taak. Zweetdruppels vormden zich op mijn voorhoofd terwijl ik worstelde tegen de oeroude, duistere magie die in het weefsel van het spreukenboek zelf was verweven.

De papyrusbladzijden knetterden en sisten, hun randen krulden om en werden zwart toen mijn kracht erdoorheen stroomde. De lucht werd zwaar van de brandlucht en het boek werd heet om aan te raken, en dreigde mijn huid te verschroeien.

Maar ik weigerde toe te geven. Ik was te ver gekomen, had te veel opgeofferd, om dit boek in verkeerde handen te laten vallen. Met een laatste, wanhopige golf van energie ontketende ik een krachtige explosie.

Het spreukenboek schokte hevig, de pagina's scheurden en versnipperden terwijl de oeroude magie die het samenhield ontrafelde. De onaardse gloed werd intenser en baadde het hele gebied in een verblindend, verzengend licht.

Ik voelde mijn kracht snel wegvloeien; de tol die het ontscheppen van zo'n krachtig artifact eiste van mijn hemelse reserves. Maar ik hield stand, vastbesloten om dit tot het einde toe vol te houden, wat de kosten ook waren.

Een plotselinge, verblindende flits van puur wit licht barstte uit het spreukenboek en verzwolg ons allemaal. De intensiteit was overweldigend en brandde door mijn gesloten oogleden. Instinctief hief ik mijn arm op om mijn gezicht te beschermen, en keerde me af van de felle gloed.

'Careena!', riep Alyster, zijn stem gespannen. 'Wat gebeurt er?'

Ik kon niet antwoorden, het gebrul van energie overstemde alle andere geluiden. Zelfs met mijn ogen dicht leek het licht me te doorboren en tot in het diepst van mijn wezen te reiken.

Midden in de chaos voelde ik een verschuiving in de energie rond het spreukenboek. De oeroude magie die ooit in de pagina's had gepulseerd, transformeerde en veranderde in iets nieuws en onbekends.

Even abrupt als het was begonnen, verdween het licht, en werden we in een griezelige stilte gedompeld. Langzaam liet ik mijn arm zakken en knipperde de nabeelden weg die voor mijn ogen dansten.

Mijn adem stokte in mijn keel toen mijn blik op het spreukenboek viel, of liever, op wat ooit het spreukenboek was geweest. Op zijn plaats zweefde in de lucht een glimmend zwaard zoals ik er nog nooit een had gezien.

Het lemmet was glinsterend goud en het oppervlak golfde met een onaardse energie. Het gevest was versierd met ingewikkelde hiëroagliefische gravures die voor mijn ogen leken te verschuiven en veranderen, pulserend in een betoverend ritme.

Ik staarde naar het zwaard, mijn geest worstelde om de transformatie te begrijpen die zojuist had plaatsgevonden. De rauwe, ongetemde kracht die van het lemmet uitging was tastbaar en bezorgde me koude rillingen.

'Is dat...?', ademde Alyster, zijn stem vol ontzag en ongeloof.

Ik knikte langzaam, niet in staat mijn blik van het etherische wapen af te wenden. 'Het spreukenboek', fluisterde ik. 'Het is een zwaard geworden.'

Rafail liet een halve lach horen, zijn ogen schitterden van vermaak ondanks de ernst van onze situatie. 'Nou, moet je kijken. Was jij het niet die een moment geleden een zwaard wenste, Careena?'

Ik wendde me tot hem, mijn voorhoofd gefronst in verwarring. 'Wat? Nee, dat deed ik niet...'

Rafail trok een wenkbrauw op, een grijns speelde om de hoeken van zijn lippen. 'O, nee? Want ik herinner me duidelijk dat je iets zei over het willen hebben van een wapen om die demonen af te weren.'

Ik schudde heftig mijn hoofd, mijn vleugels fladderden van opwinding. 'Nee, dat is niet wat ik bedoelde. Het was nooit mijn bedoeling dat dit zou gebeuren.'

Rafail haalde zijn schouders op, zijn blik gleed terug naar het glinsterende lemmet. 'Nou, of het nu je bedoeling was of niet, het lijkt erop dat het universum je wens heeft verhoord.'

Ik beet op mijn lip, een mengeling van onzekerheid en angst wervelde in mijn borst. De kracht die van het zwaard uitging was zowel verleidelijk als angstaanjagend, en ik kon het niet helpen me af te vragen of ik het wel echt waardig was om zo'n wapen te hanteren.

'Ik weet niet of ik dit kan', fluisterde ik, mijn stem trilde lichtjes. 'Ik ben geen krijger, Rafail. Ik ben maar een gevallen engel die haar weg probeert te vinden.'

Rafaels uitdrukking werd zachter en hij kwam een stap dichterbij. Zijn hand kwam op mijn schouder te rusten. 'Careena, je bent misschien een gevallen engel, maar je bent allesbehalve 'zomaar' iets. Je hebt een kracht in je die je zelf nog niet eens volledig hebt beseft.'

Ik keek naar hem op, en zocht in zijn ogen naar enig teken van twijfel of bedrog. Maar alles wat ik zag was een onwrikbaar geloof in mij, een vertrouwen dat ik niet helemaal begreep, maar op dat moment wanhopig nodig had.

'Denk je echt dat ik dit kan?', vroeg ik, mijn stem was nauwelijks meer dan een fluistering.

Rafail knikte, en een kleine glimlach trok aan zijn lippen. 'Ik weet dat je het kunt. En je zult niet alleen zijn. Alyster en ik zullen elke stap aan je zijde staan.'

Ik haalde diep adem en voelde een sprankje hoop in me opvlammen. Misschien had Rafail gelijk. Misschien was ik tot meer in staat dan ik ooit had gedacht.

Met een hernieuwde vastberadenheid keerde ik me terug naar het zwaard, mijn vingers jeukten om het gevest te omklemmen en de kracht te ontketenen die erin sluimerde.

Toen mijn vingers het koele metaal van het gevest van het zwaard raakten, stroomde er plotseling een golf van energie door mijn aderen, waardoor mijn vleugels onwillekeurig achter me fladderden. Het was alsof het zwaard zelf leefde, pulserend met een kracht die diep in mijn eigen wezen resoneerde – maar een heel ander soort kracht dan de hemelse energieën die ik mijn hele leven had gehanteerd.

Ik aarzelde een moment, mijn hart bonkte van schrik. Wat als ik deze kracht niet kon beheersen? Wat als het me zou verteren, net zoals de verboden kennis die ik in het verleden had gezocht tot mijn val had geleid?

Maar terwijl ik daar stond, mijn hand zwevend boven het zwaard, voelde ik een zachte warmte me omhullen, een troostende aanwezigheid die in mijn oor leek te fluisteren, me aansporend om op mezelf te vertrouwen en op het pad dat voor me lag.

Met een diepe zucht greep ik het gevest vast, en voelde het zwaard gonzen van energie terwijl het zich perfect naar mijn greep vormde. Het was alsof het speciaal voor mij was gemaakt, een prachtig en dodelijk verlengstuk van mijn eigen wezen.

Terwijl ik het zwaard omhooghield, voelde ik een hernieuwde kracht door mijn lichaam stromen, mijn vleugels strekten zich achter me uit alsof ook zij ontwaakten voor een nieuw doel. De kracht die van het lemmet uitging was bedwelmend en voor een moment voelde ik me onoverwinnelijk, alsof niets me in de weg kon staan.

Ik hief het zwaard hoog boven mijn hoofd, de stralende gloed verlichtte de omgeving en wierp een etherisch licht op mijn metgezellen en de coven, terwijl de demonen door de ingestorte rotsen begonnen te breken. De lucht knetterde van energie en ik voelde de kracht van het zwaard door mijn aderen pulseren en zich vermengen met mijn eigen hemelse essentie.

Rafail en Alyster stonden naast me, hun gezichten vol ontzag terwijl ze getuige waren van de omvang van de kracht die ik nu hanteerde.

De demonen, die de machtsverschuiving aanvoelden, begonnen samen te komen op onze positie, hun groteske vormen gleden door de schaduwen, hun ogen gloeiden van kwaadaardige honger. Ik voelde hun duistere energie tegen de mijne drukken, in een poging het licht te verstikken dat nu in mij brandde.

Maar ik weigerde toe te geven. Ik zwaaide het zwaard door de lucht en kanaliseerde al mijn kracht en vastberadenheid in de slag. Een schokgolf van energie golfde naar buiten, de kracht ervan zorgde ervoor dat de demonen terugdeinsden en verdwenen, hun vormen desintegreerden in het niets toen de kracht van het zwaard hen overspoelde.

Ik voelde een golf van triomf toen ik de demonen zag verdwijnen, hun essentie werd teruggestuurd naar de onderwereld. Maar zelfs terwijl ik genoot van de overwinning, wist ik dat dit pas het begin was. De kracht van het zwaard was een tweesnijdend zwaard, en ik zou moeten leren het met zorg en precisie te hanteren als ik degenen die me dierbaar waren wilde beschermen.

De coven, die getuige was geweest van de vertoning van mijn nieuwe kracht, begon zich uit angst terug te trekken. Hun ogen werden groot, gevuld met afgrijzen terwijl ze zich haastten om te ontsnappen aan de toorn van de gevallen engel die ze nu tegenover zich hadden. De bewegingen van de heksen waren verwoed, hun eens zo zelfverzekerde houding verbrijzeld door het besef van de ware omvang van de kracht die ik bezat.

Te midden van de chaos hield Selene, de leidster van de coven, stand. Haar doordringende groene ogen keken me strak aan, een brandende blik die een mengeling van woede en vastberadenheid overbracht. Ze weigerde te buigen zoals de rest van haar volgelingen; haar trots en ambitie voedden haar verzet.

'Je hebt deze strijd misschien gewonnen, gevallene', siste Selene, haar stem druipend van het gif. 'Maar onthoud mijn woorden, dit is nog lang niet voorbij. Onze paden zullen elkaar weer kruisen, en wanneer dat gebeurt, zal ik je laten boeten dat je me ooit hebt gedwarsboomd.'

Ik beantwoordde haar blik onverstoorbaar, de kracht van het zwaard zoemde door mijn aderen, wat me een hernieuwd gevoel van zelfvertrouwen en doel gaf. 'Ik zal er klaar voor zijn, Selene', antwoordde ik kalm.

Selenes lippen krulden in een grijns, haar ogen flitsten van nauwelijks ingehouden woede. 'Dat zullen we nog wel zien, gevallene. Dat zullen we nog wel zien.' Met die laatste woorden draaide ze zich om en verdween in de nacht, een griezelige stilte achterlatend.

Ik voelde een rilling over mijn rug lopen, het gewicht van Selenes dreigement hing zwaar in de lucht. Ik wist dat we de heks zeker niet voor het laatst hadden gezien. Ook al was het spreukenboek nu voor haar verloren, samen met haar hoop om Set te doen herrijzen en zijn dienares te zijn, ze was nog steeds een gevaarlijke vijand met veel te veel macht tot haar beschikking.

Toen de onmiddellijke dreiging afnam, liet ik het zwaard zakken en de etherische gloed ervan dimde lichtjes. Mijn hart bonkte in mijn borst, een mengeling van triomf en onzekerheid stroomde door mijn aderen. Het aanhoudende gevaar van de kracht van het spreukenboek bleef, een constante herinnering aan de verantwoordelijkheid die ik nu droeg.

Met een diepe zucht draaide ik me om naar Rafail en Alyster. Hun ogen ontmoetten de mijne, een stille uitwisseling die een veelvoud aan emoties overbracht – dankbaarheid, vastberadenheid en een gedeeld begrip van de uitdagingen die voor ons lagen.

Rafail, met een bezorgde frons op zijn voorhoofd, verbrak de stilte. 'Careena, gaat het goed met je?' Zijn stem was doorspekt met oprechte bezorgdheid, een bewijs van de band die we door onze beproevingen hadden gesmeed.

Ik slaagde erin een zwakke glimlach te produceren, mijn greep op het gevest van het zwaard verstevigde. 'Het gaat goed, Rafail. Alleen... overweldigd.' Het gewicht van mijn nieuwe kracht rustte op mijn schouders, een last die ik, zo wist ik, moest dragen.

Alyster stapte naar voren, zijn blik gericht op het zwaard, geschokt ontzag in zijn uitdrukking. 'Dat was... ongelooflijk', ademde hij, zijn stem nauwelijks meer dan een fluistering. 'Maar wat betekent dit voor ons?'

Ik wist wat hij dacht. Het spreukenboek bestond niet meer en de Fae-Koningin zou daar hoogst ontevreden over zijn. Alyster kon nooit meer naar huis, en dat wist hij.

En ik dan? Mijn zoektocht was geweest om het spreukenboek te vinden en het terug te brengen naar het Sanctuarium. Wat zou Aurelius zeggen als ik hem in plaats daarvan een zwaard overhandigde?

Ik gunde mezelf een moment om te ademen, om de omvang te verwerken van wat er was gebeurd. De transformatie van het spreukenboek in een zwaard was een ontwikkeling die ik nooit had kunnen voorzien, en toch voelde het vreemd genoeg goed. Alsof dit het pad was dat ik moest bewandelen.

'Dat weet ik niet precies, Alyster', gaf ik toe. 'Maar dit weet ik wel: ik zal je nooit in de steek laten. Zelfs als ik de Fae-Koningin zelf onder ogen moet komen.'

'Ik hoop van niet', zei Alyster zacht. 'Maar... dank je. Ik sta achter je, Careena. Wat er ook gebeurt.'

'En ik ook', zei Rafail, wat zowel Alyster als mij verraste.

'Je hoeft niet te blijven', zei ik, en draaide me om naar Rafail te kijken. 'Jouw vloek is opgeheven. Je bent vrij.'

Hij haalde een schouder op, een halve glimlach verscheen op zijn gezicht. 'Dat ben ik, en ik ben dankbaarder dan ik je ooit kan vertellen. Toch. Ik denk dat ik blijf hangen.'

Ik kon niet ontkennen dat ik blij was hem erbij te hebben. Ik stak mijn hand uit en greep zijn schouder als woordeloze dank, en zijn glimlach werd breder.

'We moeten hier weg', stelde Alyster voor, zijn stem laag en dringend. 'Voor het geval de coven terugkomt. We moeten ons hergroeperen en onze volgende stap plannen.'

Rafail knikte instemmend en zijn ogen schoten door de omgeving. 'We zijn hier te kwetsbaar. We moeten wat afstand tussen ons en deze plek creëren.'

Ik haalde diep adem en verstevigde mijn greep op het gevest van het zwaard. 'Eens. Laten we gaan. Kun jij van vorm veranderen, Rafail?'

Hij knikte. 'En jij? Ben jij in staat om te vliegen en Alyster te dragen?'

'Ja.' Ik zou dat niet moeten zijn, besefte ik vaag. Ik had een paar harde klappen gekregen tijdens het luchtgevecht met de harpijen, om nog maar te zwijgen van het feit dat ik elk greintje hemelse energie dat ik nog had, had verbruikt in mijn poging om het boek te ontscheppen, maar op het moment dat ik het gevest van het zwaard vastgreep, voelde ik me overspoeld met nieuwe kracht. 'Laten we hier weggaan.'

En hoe eerder, hoe beter. Het was niet alleen de coven die aangetrokken zou kunnen worden door de hoeveelheid magische energie die zojuist op deze plek was verbruikt. Aurelius zou waarschijnlijk vroeg of laat iemand sturen om te kijken, en ik wilde hier niet zijn als ze arriveerden.

HOOFDSTUK DRIEËNTWINTIG

ALYSTER

DE STRIJD WAS VOORBIJ, maar de verwoesting bleef. Ik overzag de verschroeide aarde, mijn ogen schoten van de ene gevallen vijand naar de andere. Mijn hand omklemde het gevest van mijn betoverde zwaard – Careena's spreuk had het eeuwenoude boek in een krachtig wapen veranderd, maar tegen welke prijs? Onrust kolkte in mij. Het zwaard voelde zwaar van de verantwoordelijkheid. Nu het boek weg was, was mijn missie voor koningin Maeve zeker een mislukking.

Careena stond naast me, haar ebbenhouten vleugels uitgespreid. Ze draaide zich naar me toe, haar donkere ogen vol vastberadenheid. 'Ik zal je nooit in de steek laten. Zelfs als ik de Fae-koningin zelf onder ogen moet komen.'

Dankbaarheid welde in me op bij haar woorden. De gedachte Maeve onder ogen te moeten komen om toe te geven wat er was gebeurd, maakte me misselijk. Ze zou me ongetwijfeld doden voor mijn falen. De enige vraag was hoe lang en pijnlijk mijn dood zou zijn.

Ik zou nooit meer naar huis kunnen, maar vreemd genoeg voelde ik geen verdriet bij die gedachte. Mijn trouw lag niet langer bij koningin Maeve en het Fae-hof. Ik had mijn pad gekozen, en dat was de gevallen engel aan mijn zijde volgen, die al alles voor mij op het spel had gezet.

Ik keek nog een moment naar het glimmende gouden lemmet in Careena's hand. De vreemde, eeuwenoud-aanvoelende magie die ervan uitging, joeg een rilling over mijn rug. Welke krachten bezat dit zwaard nu? En wat zou de prijs zijn om die te hanteren?

Wat de toekomst ook in petto had, het maakte niet uit. Ik had mijn keuze gemaakt, en ik zou alles wat op mijn pad kwam staand tegemoet treden, met het zwaard in de hand.

'We moeten hier weg,' zei ik. 'Voor het geval de coven terugkomt. We moeten ons hergroeperen en onze volgende stap plannen.'

Careena knikte, maar haar blik bleef op het zwaard gericht. Haar vingers klemden zich strakker om het gevest, en een flits van onbehagen schoot over haar gezicht. 'Dit zwaard... Ik begrijp het niet. Ik probeerde het boek ongedaan te maken, maar het veranderde...'

Ik stapte dichterbij, mijn ogen werden getrokken naar de ingewikkelde hiëroglifische gravures op het lemmet. 'We komen er samen wel uit. Maar eerst moeten we zorgen dat het veilig is.'

Ik keek om me heen en zag Careena's beschadigde leren jack op de grond liggen. Ik raapte het op en sneed het in lange repen. Careena keek nieuwsgierig toe hoe ik op haar afliep en mijn hand uitstak.

'Mag ik?' vroeg ik, terwijl ik naar het zwaard gebaarde.

Na een moment van aarzeling gaf Careena het aan. Ik wikkelde de leren repen voorzichtig om het lemmet, en maakte zo een geïmproviseerde schede en riem zodat Careena het kon dragen zonder het in haar hand te hoeven houden. Het was niet perfect, maar voorlopig voldeed het.

Terwijl ik bezig was, kwam Rafail bij ons staan, zijn voorhoofd gefronst van bezorgdheid. 'We kunnen hier niet blijven. Die strijd was als een baken dat van alle kanten de aandacht trok. We moeten wegwezen.'

Ik was klaar met het vastmaken van het zwaard en gaf het terug aan Careena. Ze nam het voorzichtig aan, haar vingers streelden de mijne. Ze zag er heel jong uit toen ze me een dankbare glimlach schonk, en ik voelde een plotselinge drang om haar dicht tegen me aan te trekken, om haar te verzekeren dat alles goed zou komen.

Maar ik zette dat gevoel opzij. We hadden dringender zaken aan ons hoofd.

'Rafail heeft gelijk,' zei ik, terwijl ik me naar hen beiden omdraaide. 'We moeten vertrekken, en Frankrijk uit. De coven zal ons zoeken, en Aurelius zal niet ver achterblijven.'

Rafail fronste ongemakkelijk. 'Maar waar kunnen we heen? We kunnen niet zomaar doelloos ronddwalen.'

Mijn gedachten schoten alle kanten op, maar elke mogelijkheid die in me opkwam, verwierp ik onmiddellijk omdat die te makkelijk te vinden zou zijn voor de Fae. 'We vinden wel iets. Maar voor nu moeten we wat afstand scheppen tussen ons en deze plek. Laten we gaan.'

Careena's voorhoofd was diep gefronst terwijl ze onze opties overwoog. 'Wat dacht je van Spanje?' stelde ze voor. 'Dat is ver genoeg van hier en van Aurelius' laatst bekende locatie bij het Vaticaan. Het zou ons wat tijd kunnen opleveren om te hergroeperen en onze volgende stap te plannen.'

Haar woorden bleven in de lucht hangen, en ik merkte dat ik langzaam knikte. Spanje. Dat klonk logisch. We moesten onze vijanden een stap voor blijven, en een aanzienlijke afstand tussen ons en Frankrijk scheppen was een solide strategie.

Ik keek Careena aan, haar ogen zochten de mijne voor instemming. 'Spanje wordt het,' zei ik, mijn stem vastberaden ondanks de zwaarte van onze situatie. 'Maar we zullen voorzichtig moeten zijn. Koningin Maeve zal ons zoeken, net als Aurelius en de coven, en we kunnen het ons niet veroorloven om onze waakzaamheid te laten verslappen.'

Careena's schouders ontspanden zich een beetje, een zweem van opluchting verscheen op haar etherische gelaatstrekken. 'Akkoord. We zullen slim moeten zijn in onze bewegingen en ons gedeisd moeten houden.'

Terwijl we onze plannen afrondden, kon ik niet anders dan me verbazen over Careena's veerkracht. Ze had zoveel meegemaakt, maar haar vastberadenheid wankelde nooit. Het was een eigenschap die ik zowel bewonderde als benijdde.

Rafail veranderde in een valk, duidelijk te popelen om op te stijgen. Ik wist dat hij gelijk had – we moesten snel handelen. Elk moment dat we treuzelden, was een moment dat onze vijanden konden gebruiken om dichterbij te komen.

Ik legde me erbij neer om weer door Careena gedragen te worden. Haar sterke armen sloten zich om mijn middel, en met een krachtige slag van haar ravenzwarte vleugels waren we in de lucht. De windvlaag woei door mijn haar terwijl we hoger stegen en het slagveld achter ons lieten.

We vlogen richting de kust en de zee op, hoog om de wind te vangen. De uitgestrektheid van de Middellandse Zee strekte zich voor ons uit, de witte schuimkoppen op de golven glinsterden in het maanlicht.

Het duurde niet lang voordat een groot containerschip in zicht kwam, zijn massieve romp sneed door de golven terwijl het naar het zuidwesten voer. Rafail cirkelde terug en gaf aan dat dit een tijdelijk toevluchtsoord kon zijn dat in de goede richting ging. We daalden af en landden geruisloos tussen het labyrint van scheepscontainers.

De metalen dozen torenden boven ons uit en boden een gevoel van beschutting en anonimiteit. Ik kon een steek van onbehagen niet onderdrukken, wetende dat we in wezen verstekelingen waren op dit schip. Maar nood breekt wet.

Rafail veranderde terug in zijn menselijke gedaante, zijn ogen schoten om ons heen in onze geïmproviseerde schuilplaats. 'Ik ga wat eten ronselen uit de kombuis,' zei hij met zachte stem. 'Jullie blijven hier en houden de wacht.'

Voordat we konden antwoorden, was hij verdwenen, zijn voetstappen geruisloos terwijl hij in de schaduwen opging. Ik keek naar Careena en merkte de vermoeidheid op haar gezicht. De gebeurtenissen van de afgelopen dagen eisten hun tol van ons allemaal.

We zaten in stilte, onze ruggen tegen het koele metaal van de container gedrukt. Het langzame schommelen van het schip was bijna rustgevend, een tijdelijke onderbreking van de chaos die onze realiteit was geworden.

Rafail keerde terug, zijn armen volgeladen met een assortiment aan eten. Hij verdeelde het onder ons, en we aten zwijgend, ieder in zijn eigen gedachten verzonken. De ernst van onze situatie drukte zwaar op me.

Terwijl ik op een stuk brood kauwde, kon ik het niet helpen me af te vragen wat de toekomst voor ons in petto had. We waren op de vlucht, achtervolgd door machtige vijanden, en het spreukenboek-dat-een-zwaard-was-geworden, was een raadsel dat we nog moesten ontrafelen.

Rafail graaide in zijn jaszak en haalde een prepaidtelefoon en een creditcard tevoorschijn, zijn vingers vlogen over het scherm.

'We zijn dicht genoeg bij de kust dat ik bereik heb. Ik regel een plek voor ons om onder te duiken,' zei hij, zijn ogen geen moment van de telefoon af. 'Een privévilla, buiten de gebaande paden.'

Ik knikte, dankbaar voor zijn vindingrijkheid. We hadden een veilige haven nodig, een plek om te hergroeperen en onze volgende stap te plannen.

Rafail werkte zijn magie, en binnen enkele minuten had hij onze accommodatie geregeld. Hij liet me een grijns zien, een hint van zijn gebruikelijke ondeugd schitterde in zijn ogen.

'Oké,' zei hij, terwijl hij de telefoon en kaart in zijn zak stak. 'We hebben een schuilplaats, een rustige plek, iets boven Barcelona aan de kust.'

Careena knikte, maar maakte geen aanstalten om op te staan. 'Laten we wachten tot het licht wordt,' stelde ze voor, toen ik haar vragend aankeek. 'Het zal dan vast makkelijker te vinden zijn.'

Rafail leek op het punt te staan iets te zeggen, waarschijnlijk over hoe zijn moderne technologie ons er in het donker of licht naartoe kon leiden, maar ik gaf hem een snelle por en schudde mijn hoofd.

Rafail keek naar Careena, die met hangende vleugels en halfgesloten ogen tegen de scheepscontainer was gezakt, sloot zijn mond en knikte. 'Dat klinkt als een goed idee, Careena.'

Ik gaf hem een snelle, dankbare glimlach, en zonder verdere woorden nodig te hebben, gingen we beiden aan weerszijden van Careena zitten, haar ingeklemd tussen onze warmte. Ze legde haar hoofd op mijn schouder en zuchtte diep.

'Probeer wat te rusten,' fluisterde ik, en drukte een kus op de dikke golven van haar donkere haar. 'We zijn hier veilig. Slaap maar.'

Het eerste ochtendlicht kroop over de horizon en schilderde de lucht in tinten oranje en roze. Ik knipperde mijn ogen open en was onmiddellijk klaarwakker, elke spier spande zich aan.

Rafail rekte zich uit, zijn gewrichten kraakten. 'Tijd om te gaan,' zei hij, zijn stem nog zwaar van de slaap.

Careena knikte, haar hand reikte instinctief naar het zwaard dat op haar schoot had gerust terwijl ze sliep. Ik kon de spanning in haar schouders zien, het gewicht van onze nieuwe realiteit dat op haar neerdaalde.

Rafail veranderde in zijn valkengedaante, zijn vleugels strekten zich wijd uit terwijl hij de lucht in ging.

Careena sloeg haar armen om me heen, en ik schrapte me voor het gevoel van vliegen. Terwijl we van het schip opstegen, woei de wind door mijn haar, en ik kon ondanks onze nijpende omstandigheden een gevoel van opwinding niet onderdrukken.

We vlogen urenlang, de glinsterende blauwe uitgestrektheid van de Middellandse Zee strekte zich onder ons uit. De kust van Spanje kwam in zicht, en Rafail leidde ons naar het kleine stadje ten noorden van Barcelona, en de villa die hij aan de rand ervan had gehuurd.

Terwijl we op weg waren naar ons tijdelijke toevluchtsoord, kon ik het gevoel niet van me afschudden dat onze reis nog lang niet voorbij was. Het zwaard pulseerde aan Careena's zijde, een constante herinnering aan de kracht die we droegen en het gevaar dat ons volgde.

We landden buiten de villa, een charmant witgekalkt gebouw omgeven door weelderige tuinen. Rafail veranderde terug in zijn menselijke gedaante, een tevreden grijns op zijn gezicht terwijl hij onze accommodatie overzag.

'Niet slecht, hè?' zei hij, met een opgetrokken wenkbrauw in mijn richting.

Ik moest toegeven, het was een wereld van verschil met onze vorige verblijfplaatsen. 'Rafail, dit is perfect. Dank je wel.'

Careena knikte, haar stem zacht maar oprecht. 'Dit hadden we nodig. Een plek om te rusten, om onze volgende stap te plannen.'

Toen we de villa binnengingen, kon ik niet anders dan me verbazen over Rafails vindingrijkheid. Hij had aan alles gedacht — van de afgelegen locatie tot de volledig gevulde keuken.

Een klop op de deur deed me opschrikken uit mijn gedachten. Rafail stond er in een oogwenk, zijn lichaam gespannen en klaar voor een gevecht.

Maar het was slechts een bezorging – tassen met nieuwe kleding, dozen met eten, zelfs een nieuwe laptop. Rafail had aan alles gedacht.

Terwijl we ons in de villa installeerden, merkte ik Careena's ongemak op. Ze had het zwaard in de woonkamer achtergelaten terwijl ze ging douchen, maar keerde enkele ogenblikken later terug, haar gezicht bleek en getrokken.

Ik liep op haar af, bezorgdheid op mijn gezicht getekend. 'Careena, gaat het?'

Ze probeerde te glimlachen, maar het werd een grimas. 'Het gaat goed, Alyster. Het is niets.'

Maar ik wist wel beter. Ik had gezien hoe haar ogen om de paar seconden naar het zwaard schoten.

'Je hebt pijn,' zei ik zacht, en strekte mijn hand uit om haar arm aan te raken. 'Als je niet bij het zwaard in de buurt bent.'

Careena zuchtte, haar schouders zakten verslagen ineen. 'Ik dacht dat ik het aankon,' gaf ze toe. 'Maar de pijn... het is alsof er een deel van me ontbreekt.'

Ik fronste, mijn gedachten raceten met de implicaties van haar woorden. 'Wat bedoel je?'

Ze schudde haar hoofd, haar blik afwezig. 'Als het zwaard niet dichtbij genoeg is om aan te raken, voelt het alsof mijn hele wezen uit elkaar wordt gescheurd. Alsof ik onvolledig ben.'

Ik slikte moeizaam, een gevoel van onbehagen nestelde zich in mijn maag. Wat hadden we ontketend met die wanhopige betovering?

'We komen hier wel uit,' beloofde ik haar, mijn stem vastberaden ondanks mijn eigen twijfels. 'Samen.'

Careena knikte, haar hand reikte uit om het zwaard weer vast te grijpen. Terwijl haar vingers zich om het gevest sloten, zag ik de spanning uit haar lichaam wegvloeien, vervangen door een gevoel van opluchting.

Ik keek toe hoe Careena haar vingers langs het lemmet liet gaan, een mengeling van ontzag en onbehagen flikkerde over haar gezicht. Het zwaard leek onder haar aanraking te zoemen, de kracht ervan was zelfs van een afstand voelbaar.

'Wat moeten we nu doen?' vroeg ze, haar stem nauwelijks luider dan een gefluister. 'Als ik het niet kan vernietigen, en ik er niet van gescheiden kan zijn...'

Ik schudde mijn hoofd, mijn gedachten schoten alle kanten op. 'We vinden een manier om de band te verbreken,' zei ik, en probeerde zelfverzekerder te klinken dan ik me voelde. 'Er moet een manier zijn.'

Maar zelfs terwijl de woorden mijn mond verlieten, wist ik dat het niet zo eenvoudig zou zijn. Magie zo krachtig, zo oud, werd niet gemakkelijk ongedaan gemaakt. En als Careena's hele wezen nu verbonden was met het zwaard...

Ik zette de gedachte opzij en weigerde me door mijn angsten te laten verteren. We hadden eerder onmogelijke kansen het hoofd geboden en waren als overwinnaars uit de strijd gekomen. Dit zou niet anders zijn.

'Voorlopig richten we ons erop onze vijanden een stap voor te blijven,' zei ik met vaste stem. 'Aurelius en de coven zullen ons zoeken, en we mogen niet toestaan dat ze dat zwaard in handen krijgen.'

Careena knikte, haar greep om het gevest verstevigde. 'En de Fae-koningin dan?' vroeg ze, haar ogen ontmoetten de mijne. 'Jij moest haar het spreukenboek brengen, geen zwaard.'

Ik zuchtte en haalde een hand door mijn haar. 'Op dit moment is het onze prioriteit om jou en het zwaard veilig te houden,' antwoordde ik, de vraag ontwijkend. Ik vermoedde dat ze het antwoord al wist – dat ik de rest van mijn leven op de vlucht zou zijn voor Maeve's toorn.

Careena glimlachte zacht, haar vrije hand reikte uit om mijn wang aan te raken. 'Dank je, Alyster,' mompelde ze. 'Voor alles.'

Ik leunde in haar aanraking, mijn eigen hand kwam omhoog om de hare te bedekken. 'We zitten hier samen in,' beloofde ik haar. 'Wat er ook gebeurt.'

HOOFDSTUK
VIERENTWINTIG

CAREENA

Ik stond op het balkon van de villa, de wind speelde door mijn haar terwijl ik uitkeek over de uitgestrekte tuinen beneden. Mijn glinsterende vleugels trilden en gloeiden zachtjes violet in het schemerige avondlicht. Er was de afgelopen dagen zo veel gebeurd. Alyster, Rafail en ik waren veranderd van argwanende bondgenoten die door de omstandigheden bij elkaar waren gebracht, in iets veel diepers. Een band van vertrouwen en misschien meer was tussen ons ontstaan, ondanks onze totaal verschillende naturen: fae, vormveranderaar en gevallen engel.

De glazen deur achter me schoof open. Ik voelde Alysters faemagie toen hij dichterbij kwam, een tintelende statische lading die mijn huid deed zoemen. Zijn stappen waren geruisloos toen hij naast me kwam staan, zijn gouden haar glanzend.

'Waar gaan je gedachten naartoe?' Zijn toon was licht, maar zijn zilveren ogen doorzochten de mijne aandachtig.

Ik zuchtte. 'Ik denk gewoon na over de recente gebeurtenissen. Over hoever we zijn gekomen... samen.'

Hij knikte, zijn sterke kaak spande zich aan. 'Inderdaad. Ik had nooit gedacht dat ik een gevallen engel en een dief die van vorm kan veranderen zo onvoorwaardelijk zou vertrouwen.'

Een kleine glimlach speelde om mijn lippen. Een groot compliment van de sluwe faeridder.

'Ik zat te denken,' ging Alyster verder. 'Die tuinen... ik kan mijn aardmagie gebruiken om beschermingen rond de villa aan te brengen. Dan weten we het als er iemand nadert.'

'Goed idee,' stemde ik in. 'Ik zal ze versterken met hemelse beschermingen die ook de lucht bewaken.'

We gingen aan het werk. Hij stuurde slierten van knetterende groene faemagie door de weelderige tuinen, terwijl ik met weidse bewegingen van mijn vleugels gloeiende violette sigils in de lucht etste tijdens een korte vlucht langs de rand van de tuin. Onze magieën versmolten en creëerden een glinsterende beschermende koepel rond het landgoed.

Toen ik landde schoof de balkondeur weer open en stapte Rafail naar buiten. Zelfs in zijn menselijke gedaante bewoog hij met de gratie van een roofdier. Zijn ogen, in deze vorm warm en whiskybruin, schoten heen en weer tussen ons.

'Alles in orde?' Zijn stem was laag en rustgevend, met een stalen ondertoon. Altijd de beschermer.

'We nemen gewoon wat extra voorzorgsmaatregelen,' stelde ik hem gerust met een knikje naar de beschermingen.

'Slim.' Hij kwam dichterbij, een van zijn eeltige handen streek langs de mijne, wat tintelingen door mijn arm stuurde. 'We kunnen niet voorzichtig genoeg zijn.'

Plotseling was ik me pijnlijk bewust van onze nabijheid, de hitte die tussen ons uitstraalde en de geladen lucht die knetterde van verlangen. Een klein deel van me deinsde terug bij de gedachte alles op het spel te zetten, maar de bedwelmende opwinding van lust won het.

Ik haalde diep adem, mijn borstkas rees tegen de stof van mijn schone blouse. 'Alyster...'

Hij trok een wenkbrauw op, zijn zilveren ogen glinsterden van verwachting. 'Ja, Careena?'

'Ik... ik zat te denken...' maakte ik mijn zin niet af, terwijl mijn wangen rood werden.

'Denken?' moedigde Alyster me aan, zijn grijns werd breder en veranderde in een glimlach als die van de Cheshirekat. 'Ga vooral door.'

'Nou... ik vroeg me af... of we misschien vannacht... we drieën...' stamelde ik, terwijl de hitte zich op mijn wangen verzamelde.

Rafails ogen werden groot van begrip. 'Je bedoelt...?'

Ik knikte, niet in staat om de woorden hardop uit te spreken.

Alysters grijns werd nog breder. 'Kijk eens aan, het lijkt erop dat onze gevallen engel wat stoute verlangens heeft.'

Rafails grijns was net zo breed. 'Onthoud wel, Careena, dit kun je niet meer terugdraaien.'

Toch knikte ik, zekerder van mijn beslissing dan ooit tevoren.

Een laatste blik tussen ons drieën en alle schijn van fatsoen viel weg. Alysters shirt ging als eerste uit en onthulde een gebeiteld bovenlichaam, gevormd door een leven in de faerijken. Rafails handen trilden lichtjes toen hij de knopen van mijn blouse losmaakte en mijn soepele, smachtende huid blootlegde voor hun hongerige blikken.

Alysters handen lagen op mijn heupen en trokken me zo dichtbij dat ik de rigide lengte van hem tegen mijn dij voelde drukken. Zijn lippen vonden mijn nek en lieten plagende kusjes achter op mijn sleutelbeen, terwijl zijn vingers langs de tailleband van mijn broek dansten en die over mijn dijen naar beneden duwden. Ik voelde hoe hij de leren riem losmaakte die het zwaard aan mijn heup bevestigde en spande me aan, maar hij knikte, alsof hij mijn bezorgdheid begreep.

'Kom hier,' fluisterde hij en hij leidde me door de balkondeur de weelderige slaapkamer in. 'Laten we dit hier leggen. Lekker dichtbij.' Hij legde het zwaard op het nachtkastje en ik voelde mijn adem tot rust komen.

Door halfgesloten ogen zag ik Rafail zich uitkleden, zijn slanke gestalte onthulde een hardheid die me ademloos maakte.

'Vannacht,' spinde Alyster in mijn oor, 'draait alles om jouw genot.'

Alyster knielde aan mijn voeten om mijn laarzen los te veteren en uit te trekken, terwijl Rafail me van de rest van mijn kleren ontdeed, zijn mond heet op de mijne terwijl ik zijn kus zocht. Ik kreunde in zijn mond toen Alyster zich een weg omhoog nestelde tussen mijn dijen, ze zachtjes uit elkaar duwde en met zijn tong lichtjes over mijn knopje flitste.

'Zo nat,' spinde hij, zijn stem schor van verlangen. 'Hier heb je op gewacht, hè, Careena?'

Ik ontkende het niet. In plaats daarvan beet ik op mijn onderlip en welde mijn rug in zijn aanraking.

'Kijk naar haar,' gromde Rafail, zijn ogen donker van lust. Zijn lip krulde op in een roofdierlijke grijns. 'Vannacht is ze van ons.'

Alyster grinnikte, zijn vingers drongen diep naar binnen en stuurden me een tumult van sensaties toen hij ze zachtjes kromde. 'O, mijn lieve Careena,' spinde hij, 'bereid je maar voor. We hebben een eeuwigheid om elke centimeter van je decadente lichaam te verkennen.' En toen zweeg hij, en liet zijn mond een ander soort praatjes doen terwijl zijn tong herhaaldelijk mijn clitoris bewerkte.

Rafail grinnikte ruw toen mijn ogen bijna wegrolden in mijn hoofd. 'Ik denk dat ze dat lekker vindt, Alyster. Ga door.' Zijn sterke handen omsloten mijn borsten en rolden de pijnlijke tepels tussen zijn vingers en duimen, voordat hij zijn hoofd boog om een gevoelige piek in zijn mond te nemen.

Terwijl mijn twee minnaars doorgingen met hun bezigheden, verloor ik mezelf in de sensaties en weerkaatsten mijn kreten tegen de muren. Mijn vleugels ontvouwden zich, een bewijs van mijn opwinding, terwijl de kamer om me heen tolde in een wervelwind van genot.

Zulke overgave had ik nog nooit gekend.

Terwijl Alysters tong zijn magie bleef bedrijven, liet Rafail mijn borst los en bewoog zich achter me, zijn handen gleden langs mijn ruggengraat tot ze de ronding van mijn billen bereikten. Hij kneep zachtjes, zijn vingers volgden de spleet tussen mijn wangen, wat rillingen van verwachting over mijn ruggengraat stuurde. Ik wist wat hij wilde en ik wilde het ook.

'Ja,' fluisterde ik, terwijl ik over mijn schouder naar hem keek. 'Alsjeblieft, Rafail.'

Zijn ogen werden donkerder van verlangen en hij knikte, terwijl hij een zachte kus op mijn schouderblad drukte. Zijn vingers gleden naar voren en hij verzamelde vocht uit mijn spleetje, voordat hij terugkeerde naar mijn billen en zachtjes de strakke, trillende ring van vlees plaagde terwijl hij me op hem begon voor te bereiden.

Alyster keek naar me op, zijn zilveren ogen gevuld met hitte. 'Weet je dit zeker, Careena?' vroeg hij, zijn stem schor van verlangen.

Ik knikte, mijn adem kwam in korte, hijgende stoten terwijl Rafails vingers hun magie bewerkten. 'Ik wil jullie allebei,' wist ik uit te brengen. 'Samen.'

Alysters grijns was ondeugend toen hij opstond, zijn pik hard en klaar. Hij nam mijn mond in een verschroeiende kus, zijn tong verstrengelde zich met de mijne terwijl Rafail doorging met me op te rekken en voor te bereiden. Ik voelde de spanning in mijn lichaam opbouwen, de verwachting van wat komen ging duwde me steeds dichter naar het randje.

Eindelijk hielden Rafails vingers stil. 'Kom hier,' mompelde hij, en ik ging gehoorzaam op de rand van het bed zitten op zijn aandringen, en belandde op zijn schoot toen hij me achterovertrok. 'Zo ja. Goed zo, meid. Ontspan je nu maar...'

Ik kreunde toen ik de kop van zijn pik tegen mijn kont voelde drukken. Ik haalde diep adem, en dwong mezelf te ontspannen terwijl hij langzaam naar binnen begon te duwen. Er was een moment van ongemak, maar dat werd al snel vervangen door een gevoel van volheid dat bijna overweldigend was.

Alysters hand vond mijn clitoris weer, zijn vingers cirkelden zachtjes terwijl Rafail verder naar binnen gleed. De gecombineerde sensaties waren bijna te veel om te verdragen en ik schreeuwde het uit, mijn vingers groeven zich in Alysters schouders terwijl ik me aan hem vasthield voor steun.

'Rustig maar, liefje,' mompelde Alyster, zijn stem rustgevend. 'Adem maar. We hebben je.'

Ik haalde diep adem, en nog eens, en voelde mijn lichaam ontspannen rond Rafails invasie. Hij kreunde, zijn heupen drukten strak tegen mijn kont toen hij me volledig vulde.

'God, Careena,' perste hij eruit, zijn stem schor van verlangen. 'Je voelt ongelooflijk.'

Ik glimlachte en keek met halfgesloten ogen naar Alyster. 'Ik ben er klaar voor,' zei ik, mijn stem nauwelijks een fluistering.

Alysters grijns was ronduit zondig toen hij mijn heupen vastpakte en zichzelf bij mijn ingang positioneerde. Ik voelde de kop van zijn pik tegen me drukken en toen gleed hij naar binnen en vulde me centimeter voor heerlijke centimeter.

De sensatie van hen beiden in me was onbeschrijfelijk. Ik voelde me tot het uiterste opgerekt, volledig gevuld, volledig bezeten. En toch was het perfect. Het was alles waarvan ik nooit had geweten dat ik het nodig had.

Alyster en Rafail begonnen te bewegen, hun lichamen werkten in perfecte harmonie terwijl ze in en uit me stootten. Ik kon elke rand, elke ader van hun pikken voelen terwijl ze in me bewogen. De wrijving was ongelooflijk en stuurde schokgolven van genot door me heen.

Ik voelde mijn orgasme opbouwen, de spanning die zich strakker en strakker in mijn kern oprolde terwijl ze me hoger en hoger dreven.

'Bijna,' hijgde ik, mijn lichaam trillend van de inspanning om me in te houden. 'Zo dichtbij.'

Rafails greep om mijn heupen werd strakker, zijn vingers groeven zich in mijn vlees terwijl hij kreunde. 'Ik ook,' perste hij eruit. 'Verdomme, ik hou het niet lang meer vol.'

Alysters ogen brandden in de mijne, zijn zilveren blik gevuld met hitte en liefde. 'Kom met ons, Careena,' zei hij, zijn stem schor van verlangen. 'Laat los.'

En met een kreet die door de kamer leek te echoën, deed ik dat. Mijn lichaam schokte, mijn binnenste spieren klemden zich om hun pikken terwijl golf na golf van genot over me heen spoelde. Ik voelde hen ook klaarkomen, hun hete zaad stroomde in me terwijl ze hun eigen orgasmes uitreden.

Toen de laatste trillingen van onze ontlading wegebden, stortten we in een wirwar van ledematen op het bed, onze lichamen nog steeds intiem verbonden. Ik voelde hun harten synchroon met het mijne kloppen, hun adem vermengde zich met de mijne terwijl we bijkwamen van de roes van ons liefdesspel.

Ik had me nog nooit zo compleet gevoeld, zo volkomen tevreden. Op dat moment wist ik dat ik nooit meer dezelfde zou zijn. Ik had mezelf aan deze twee ongelofelijke mannen gegeven, met lichaam en ziel, en had daarbij een stukje van mezelf gevonden waarvan ik niet wist dat ik het miste.

Alyster en Rafail, uitgeput, trokken zich langzaam uit me terug. Hun lichamen waren glibberig van het zweet en hun ogen smeulden van bevredigde lust.

Ik had geen energie meer, was volkomen leeggezogen en stortte slap op het bed neer. Ik hoorde Alysters zachte lach voordat hij naast me kwam liggen en me in zijn armen trok. Toen lag Rafail aan mijn andere zijde, beiden stevig en zalig warm. De slaap kwam snel en sleepte me als een vloedgolf de diepte in.

Mijn dromen waren een wervelend landschap van duisternis, met schaduwen die voor mijn ogen verschoven en veranderden. Ik voelde me gedesoriënteerd, onzeker over waar ik was of hoe ik er was gekomen. De duisternis leek zich om me heen te sluiten en me te verstikken in haar koude omhelzing.

Terwijl ik de leegte die me omringde probeerde te doorgronden, stapte een gedaante uit de schaduwen. Het gespierde lichaam was dat van een man, maar zijn hoofd was onmiskenbaar dat van een jakhals, en ik wist, met angstaanjagende zekerheid, dat Set voor me stond. Zijn zwarte vacht glansde, zelfs in de duisternis, en zijn schuin aflopende, goudkleurige ogen met spleetpupillen boorden zich in me met een intensiteit die me deed rillen.

De angst greep me bij de keel terwijl ik in de doordringende blik van deze eeuwenoude god staarde. Ik wist dat onze ontmoeting veel meer zou zijn dan een simpel gesprek. Dit was een wilskrachtmeting, een die ik me niet kon veroorloven te verliezen. Mijn hart bonkte in mijn borst en ik slikte zwaar, in een poging de moed te verzamelen om hem onder ogen te komen.

'Ah, mijn lieve dienares,' Set's stem weerklonk door de duisternis, een diep en vol geluid dat tot in mijn ziel leek te trillen. 'Je bent eindelijk naar me toe gekomen.'

Ik wilde voor hem terugdeinzen, wegrennen en me verstoppen, maar ik merkte dat ik me niet kon bewegen. Zijn blik hield me gevangen, net als een slang een muis.

'Dienares?' spuugde ik het woord uit, mijn stem trillend van opstandigheid ondanks de angst die door me heen raasde. 'Ik ben geen dienares van jou.'

'O nee?' Sets ogen vernauwden zich en een moment lang leek er een flits van verwarring over zijn hondachtige trekken te gaan terwijl hij naar mijn vleugels staarde. 'Je bent niet koningin Maeve, noch de heks Selene.' Zijn toon was koud en berekenend. 'Het maakt niet uit. Vertel me, engel, wat weet je van hun bedoelingen?'

Mijn gedachten schoten alle kanten op toen ik de implicaties van zijn woorden besefte. Zowel koningin Maeve als Selene hadden geprobeerd Set te bevrijden en waren erin geslaagd met hem te communiceren.

'Genoeg om te weten dat jouw boosaardigheid gestopt moet worden,' antwoordde ik, terwijl ik probeerde mijn stem stabiel te houden.

Set slaakte een lage, sinistere lach. 'Dwaas meisje,' sneerde hij. 'Geloof je echt dat je tegen mij opgewassen bent? Tegen de macht van een god?'

'Misschien niet alleen, maar ik sta er niet alleen voor,' wierp ik tegen.

'Ah, ja,' mijmerde Set, zijn grijns breder wordend en scherpe roofdierentanden onthullend. 'Je dierbare minnaars. Zulke breekbare wezens, gemakkelijk te beïnvloeden door sterfelijke verlangens. Zij zullen vallen, net als jij.'

'Nooit!' riep ik, mijn stem weerkaatsend in de leegte die ons omgaf. 'Onze band is sterker dan alles wat je op ons af kunt vuren!'

'O ja?' Sets blik boorde zich in me, en ik had het gevoel dat hij in de diepste krochten van mijn ziel keek. 'Dat zullen we nog wel zien, Careena Seraphiel. Dat zullen we nog wel zien.'

Na die ijzingwekkende woorden begon de duisternis zich om me heen te sluiten, verstikkend en benauwend. Paniek greep me bij de keel en ik vocht om me los te rukken uit Sets greep. Ik zou hem niet laten winnen. Ik kon hem niet laten winnen. *Hoe weet hij mijn naam? Zit hij in mijn hoofd? Hoe kan ik daar ooit van winnen?*

Ik verzamelde al mijn wilskracht en vocht terug. Plotseling vertrok zijn gezicht van woede. Ik had hem op de een of andere manier uit mijn gedachten gedwongen, hoewel het de vraag was of ik hem buiten kon houden.

'Opstandigheid staat je goed,' zei Set lijzig, zijn stem druipend van boosaardigheid. 'Maar het zal je niets baten. Je kunt niet ontsnappen aan de band die ons verbindt. Je bent van mij, dienares. Jouw wil is ondergeschikt aan de mijne.'

Echt niet. Ik lachte hem tartend in zijn gezicht uit. 'Ik ben van niemand, en al helemaal niet van een vergeten god die zich vastklampt aan de vergane restanten van zijn vroegere glorie.'

'Probeer het maar, dienares, maar weet dit: onze lotsbestemmingen zijn nu met elkaar verweven. Wat met de een van ons gebeurt, zal de ander beïnvloeden.' Sets woorden joegen me de rillingen over de rug, maar ik weigerde hem mijn angst te laten zien.

'Je dreigementen doen me niets,' spuugde ik, terwijl ik al mijn hemelse kracht gebruikte om me uit zijn greep te bevrijden. Zweetdruppels parelden op mijn voorhoofd terwijl ik me inspande tegen de oprukkende duisternis. Mijn hart bonkte in mijn oren.

'Goed dan.' Sets toon veranderde, plotseling koud en afwijzend. 'Leer het dan maar op de harde manier. Maar onthoud, Careena Seraphiel: je bent gewaarschuwd.' Hij boog naar voren, hief zijn handen op en ik voelde een golf van zijn kracht die op me neerdrukte. 'Geef je over,' beval hij. 'Geef je over en ik zal genadig zijn.'

De druk om me heen nam toe, verpletterde me van alle kanten en dreigde de essentie van mijn wezen uit te doven. Mijn ademhaling stokte in korte, hijgende teugen terwijl ik wanhopig probeerde vast te houden aan mijn wilskracht.

'Genade? Van de heer van chaos en strijd? Bespaar me je leugens, Set. Ik zal me nooit aan je overgeven.' Ik schreeuwde het bijna in zijn jakhalzengezicht, vol verzet.

En met die laatste kreet riep ik elk greintje kracht bijeen dat nog in me zat en duwde terug tegen de duisternis. De zwakke greep die Set op me had begon te wankelen, en een kort moment zag ik een flits van verbazing op zijn gezicht.

'Onmogelijk,' fluisterde hij, net toen de duisternis om me heen versplinterde als glasscherven.

Plotseling vlogen mijn ogen open en werd ik schreeuwend wakker. De abruptheid van mijn ontwaken maakte me gedesoriënteerd, de echo van mijn schreeuw klonk nog na in mijn oren. Mijn hart bonkte wild in mijn borst terwijl ik mijn omgeving in me op probeerde te nemen.

'Careena!' Alysters stem was vol zorgen toen hij de slaap van zich afschudde en naar mijn zijde bewoog. Zijn doordringende zilveren ogen zochten de mijne naar antwoorden, zijn gebruikelijke ondeugende charme vervangen door oprechte bezorgdheid.

'Rustig, liefje,' mompelde Rafail. Hij strekte een vaste hand uit en legde die zachtjes op mijn schouder. 'Je bent veilig. Wij zijn veilig.'

Terwijl ik op adem kwam, trof het besef me als een mokerslag: Sets ziel was nu gebonden in het zwaard en met mij verbonden. Een koude angst overviel me toen ik de implicaties van deze onthulling overwoog. Wat voor kracht had ik onbedoeld ontketend?

'Er... is iets gebeurd,' fluisterde ik, mijn stem trillend van onzekerheid. 'In mijn droom... Het was Set.'

'Set?' Alyster verstijfde, angst verscheen op zijn gezicht. 'Wat wilde hij?'

'Controle,' antwoordde ik, terwijl ik mijn stem probeerde te beheersen. 'Hij zei dat onze lotsbestemmingen met elkaar verweven zijn en dat wat met een van ons gebeurt, de ander zal beïnvloeden. Hij noemde me zijn *dienares*.'

'Zijn dreigementen betekenen niets,' stelde Rafail me gerust, zijn hand nog steeds op mijn schouder. 'We beschermen je, Careena. Wat er ook gebeurt. En hij kan je niet dwingen iets te doen wat je niet wilt.'

Ondanks de troost die Alyster en Rafail boden, kon ik het gevoel van onheil dat als een tweede huid aan me kleefde niet van me afschudden. Als er ook maar iets waars was van Sets woorden, dan was het niet te zeggen welke gevaren ons te wachten stonden. Ik wist toen dat ik een manier moest vinden om de band tussen Sets ziel en het zwaard te verbreken – niet alleen voor mezelf, maar ook voor de veiligheid van degenen om wie ik het meest gaf.

Ik bleef liggen, met een razend hart, terwijl de aanhoudende angst uit de droom me dreigde te verstikken. De troostende woorden van Rafail en Alyster leken ver weg, gedempt door het gewicht van de openbaring die ik nu probeerde te verwerken. Maar ondanks mijn onrust kon ik niet anders dan de warmte van hun lichamen aan weerszijden van me voelen – een bitterzoete herinnering aan de band die we deelden.

Mijn gedachten raasden, verscheurd tussen het verlangen om hen die ik liefhad te beschermen en de onzekerheid over het hanteren van de kracht van het zwaard. Sets ziel was erin gebonden en zocht controle over me, maar wat zou het zwaard nog meer kunnen bevatten? De mogelijkheden intrigeerden en beangstigden me tegelijk.

'Misschien kunnen we een manier vinden om Sets ziel uit het zwaard te verbannen,' suggereerde Alyster.

Zijn optimisme wakkerde iets in me aan, maar de gedachte de controle te verliezen aan Sets sinistere invloed joeg me rillingen over de rug. Wat als ik hem niet kon weerstaan? Wat als ik een pion werd in zijn verdraaide spel?

'Misschien... misschien moeten we het zwaard vernietigen,' mompelde ik, terwijl het idee wortel schoot in mijn gedachten. 'Als we de band tussen zijn ziel en het lemmet konden verbreken, dan zou Set misschien voor eens en voor altijd verslagen zijn.'

'Vernietigen?' herhaalde Rafail, zijn voorhoofd fronsend van het nadenken. 'Dat hebben we al eens geprobeerd, Careena. En nu ben jij eraan gebonden... de gevolgen zouden ernstig kunnen zijn.'

'Toch is het misschien onze enige kans,' drong ik aan, terwijl ik de urgentie van de situatie met de seconde voelde groeien.

'Of het is precies wat Set wil,' wierp Alyster tegen, zijn blik scherp. 'We moeten meer weten voordat we beslissingen nemen.'

Ze hadden gelijk, natuurlijk. We hadden antwoorden nodig, maar waar zouden we die vinden? Sets oorsprong was in nevelen gehuld, zijn ware doel onbekend. Hoe kon ik hopen zijn geheimen te ontrafelen en de duisternis te bestrijden die ons allemaal dreigde te verzwelgen?

'Eerst moeten we informatie verzamelen,' zei ik met hernieuwde vastberadenheid. 'Er moet een manier zijn om de kracht in het zwaard te begrijpen en hoe we die kunnen beheersen.'

'Zeker weten.' Rafail knikte, zijn uitdrukking ernstig.

'Hoe sneller we een oplossing vinden, hoe beter!' stemde Alyster in.

Mijn hart zwol van dankbaarheid voor de onwankelbare steun van Alyster en Rafail. Maar zelfs terwijl hun aanwezigheid mijn geest versterkte, kon ik de knagende twijfel die aan de rand van mijn gedachten bleef hangen niet van me afschudden. Wat als ik, in mijn zoektocht naar de kennis waar ik zo wanhopig naar verlangde, er alleen maar in slaagde ons lot te bezegelen?

EPILOOG

SET

Mijn ogen schoten open en een juichkreet ontsnapte aan mijn keel terwijl de kracht door mijn ziel stroomde. Millennia aan herinneringen overspoelden mijn oeroude geest: de opkomst en ondergang van rijken, de aanbidding van angstige stervelingen, de glorieuze chaos die ik over de aarde had gebracht.

Ik ben Set, god van stormen en wanorde, en ik ben teruggekeerd.

Ik voelde de band ontstaan, slierten magie die me opnieuw aan het rijk der levenden bonden. Mijn handmaagd had het gedaan – ze had de heilige riten voltooid om mij te herstellen. Maar er ontbrak iets. De verbinding voelde zwak, onvolledig.

Ontevredenheid rommelde door me heen. 'Wat is dit voor bedrog?', snauwde ik, terwijl mijn stem door de afgrond van mijn onstoffelijke gevangenis echode. 'Waarom wandel ik niet opnieuw onder de stervelingen? Waar is het lichaam dat mij beloofd was?'

Ik reikte met mijn geest uit, op zoek naar mijn trouwe dienares, maar vond slechts leegte. De band strekte zich uit tot in de schaduwen en glipte tergend uit mijn greep. Ik raasde, mijn woede deed het niets om me heen schudden.

Na een eeuwigheid kalmeerde ik mezelf. Het gaf niet. Ik kon geduldig zijn. Ik zou ontdekken wat er mis was gegaan. En als ik dat had gedaan, zou deze wereld opnieuw beven voor de macht van Set. Chaos zou zegevieren.

Een duistere grinnik ontsnapte me en ik maakte me op om te wachten, mijn oeroude ogen hongerig gericht op het verre licht van de wereld der levenden, de zwakke baken van de geest van mijn handmaagd. Mijn tijd zou komen. En wee iedereen die in mijn weg durfde te staan.

Terwijl ik me in de donkere hoeken van mijn onstoffe-lijke geest nestelde, spande ik mijn wilskracht en zocht de draden van macht die me nu aan de wereld boven bonden. Daar — een flikkering, een levenspuls aan het andere eind van de band. Mijn handmaagd.

Verlangend stuurde ik mijn bewustzijn langs de etherische keten, reikend naar haar geest. Om door haar ogen te zien, om haar gedachten te vullen met mijn wensen en verlangens. Zij zou het instrument van mijn verrijzenis zijn.

Maar toen ik haar psyche schampte, deinsde ik terug alsof ik me brandde. Ondoorgrondelijke muren van vlam-mend violet licht omringden haar geest en wierpen me terug de schaduwen in. Ik siste gefrustreerd en mijn haren rezen me te berge.

'Wie is deze sterveling die mij durft te tarten?', gromde ik, ijsberend door de eindeloze leegte van mijn gevangenis. Nooit eerder was ik mentale schilden van een dergelijke kracht tegengekomen.

Ik verzamelde mijn kracht en wierp mezelf keer op keer tegen haar barrières, op zoek naar ook maar het kleinste kiertje om doorheen te glippen. Haar geest bleef koppig gesloten, de band tussen ons pulseerde van verzet.

'Insolent wezen!', brulde ik, mijn stem verzwolgen door de hongerige duisternis. 'U kunt mij niet voor eeuwig weerstaan. Ik zal een manier vinden om uw geest binnen te dringen. En wanneer ik dat doe...'

Ik laat de dreiging in de stilte hangen, kwaadaardig en ziedend. Deze handmaagd, wie ze ook moge zijn, *zal* zich aan mij onderwerpen. Ik ben Set, de Machtige en Geduchte. En ik laat me niet tarten.

Maar voor nu leek het erop dat ik geen andere keus had dan te wachten. Mijn tijd afwachten tot de mentale muren van mijn handmaagd zouden zakken in de kwetsbaarheid van de slaap. Alleen dan kon ik haar geest binnenglippen en haar naar mijn wil buigen.

Terwijl ik door de schaduwen van mijn etherische gevangenis sloop, vroeg ik me af welke van mijn potentiële discipelen erin was geslaagd het ritueel gedeeltelijk te voltooien. Ik had zorgvuldig verschillende kandidaten gecultiveerd, stuk voor stuk machtig op hun eigen manier.

Koningin Maeve van de Fae was een sterke kanshebber, mijmerde ik. Haar magie was oeroud en krachtig, haar geslepenheid ongeëvenaard. Ze regeerde haar hof met ijzeren vuist, gevreesd en vereerd in gelijke mate. Als zij mijn handmaagd was, zouden alle rijken van de Fae onder mijn bevel staan.

En toch was er een ander die me intrigeerde. Selene Nightshade, de rijzende ster van de heksenkring. Jong en ambitieus, haar beheersing van duistere magie loogstrafte haar leeftijd. Ze brandde van een honger naar macht die de mijne evenaarde. Met haar aan mijn zijde zou de wereld der stervelingen voor ons beven.

Ik voelde een siddering van verwachting bij de mogelijkheden die voor me lagen. Of het nu een Fae-koningin of een duistere heks was, mijn handmaagd zou de sleutel tot mijn triomf zijn. Samen zouden we chaos ontketenen over de rijken en ze naar mijn beeld hervormen.

Maar eerst had ik toegang tot haar geest nodig. Om mijn gif in haar oor te fluisteren en te zien hoe het wortel schoot. Ik maakte me op om te wachten, een roofdier dat klaarstond om toe te slaan.

'Slaap, mijn discipel,' kirde ik, mijn woorden echoënd door de leegte. 'Laat uw waakzaamheid varen, zodat ik u de mijne kan maken. Want wanneer u ontwaakt, zult u buigen voor Set, de herboren God van Stormen en Chaos!'

Mijn gelach schalde, duister en gevuld met de belofte van de vernietiging die zou komen.

De tijd verstreek, elk moment een eeuwigheid terwijl ik wachtte tot mijn handmaagd in slaap zou vallen. Ongeduld vrat aan me, drong me aan om te handelen, om de controle te grijpen. Maar ik heb eonen gewacht; een paar uur meer is niets.

Eindelijk voelde ik de verschuiving. Haar geest dreef af, haar verdediging verzwakte toen de slaap haar overviel. Verlangend reikte ik uit, klaar om haar bewustzijn met het mijne te omhullen, en daar stond ze binnen de muren van mijn gevangenis, met grote ogen toen ik mezelf aan haar onthulde.

Maar toen ik mijn handmaagd aankeek, deinsde ik bijna terug van de schok. Dit was geen Fae-tovenares of sterfelijke heks. Ze was lang en had een donkere huid, net als de oude Egyptenaren die mij ooit hadden gediend, maar ze was geen sterveling, en was dat ook nooit geweest; niet met die zwarte vleugels met violette randen die achter haar oprezen terwijl ze me moedig tegemoet trad. De stralende essentie van haar wezen verblindde me bijna – ik stond in de aanwezigheid van een engel.

'Onmogelijk,' siste ik, terwijl ik het probeerde te begrijpen. Engelen waren zeldzame wezens, wezens van puur licht en goedheid. Wat deed er een met mijn boek van chaos en duisternis?

Ik zocht dieper terwijl ze mijn claim probeerde te ontkennen, op zoek naar antwoorden in de krochten van haar geest. Haar naam kwam naar boven... Careena Seraphiel. Een gevallen engel, maar nog steeds een wezen met een enorme kracht.

Op mijn hoede verkende ik verder, en stuitte op een verrassende onthulling. Deze gevallen engel koesterde een diepe genegenheid voor twee anderen: een Fae-ridder en een menselijke shifter. Hun gezichten bleven in haar geheugen hangen, verbonden met een reeks complexe emoties. Zelfs nu, realiseerde ik me, sliepen ze naast haar lichaam in de wereld boven.

Ik pauzeerde, berekenend. Een engel die verliefd was op wezens van magie en schaduw? Het was ongehoord. Onnatuurlijk.

En toch, misschien lag daar een kans. Liefde was een zwakte die uitgebuit kon worden, een barst in haar heilige pantser.

De radertjes in mijn hoofd draaiden en smeedden complotten binnen complotten. Ik zou het mysterie van deze engel ontrafelen en haar naar mijn hand zetten. Op de een of andere manier zou Careena mij dienen.

Dan zouden de rijken branden, en uit de as zou een nieuw tijdperk herrijzen – het tijdperk van Set, ongebonden en niet te stoppen.

Ik trok me terug uit Careena's geest en overwoog mijn volgende zet. Ze was een raadsel, deze engel, en een dat ik wilde oplossen. Maar eerst moest ik meer te weten komen over haar minnaars: de Fae en de shifter. Zij konden de sleutel zijn tot het ontsluiten van haar geheimen.

Ik concentreerde mijn kracht en stuurde slierten van gedachten naar buiten, op zoek naar enig spoor van de twee mannen. De Fae was gemakkelijk te vinden; zijn soort liet altijd een glinsterend spoor achter in het astrale vlak. De shifter bleek ongrijpbaarder, zijn aura gemaskeerd door het beest vanbinnen.

Maar ik was niets als niet volhardend.

Eindelijk ving ik een flikkering van de aanwezigheid van de shifter op. Hij was dicht bij Careena, zijn dromen verstrikt met de hare. Ik glipte zijn slapende geest binnen, voorzichtig om hem niet op mijn binnendringen te attenderen.

Fragmenten van recente herinneringen flitsten voorbij – een maanverlicht bos, een verduisterde grot, en altijd, altijd, de engel aan zijn zijde. Careena, woest en stralend, vechtend met een gratie die haar dodelijke vaardigheid loogstrafte.

En door dit alles heen, een onbreekbare band van liefde en loyaliteit. De diepte van hun verbinding verbijsterde me.

Geschokt trok ik me terug. Dit was geen gewone verliefdheid van Careena's kant. De engel, de Fae en de shifter waren verbonden door iets veel diepers.

Kon ik hen uit elkaar rukken?

Twijfel sloop naar binnen, verraderlijk en onwelkom. Ik duwde het opzij. Ik was Set, god van chaos en strijd. Ik boog voor niemand – en al helemaal niet voor een gevallen engel en haar bonte minnaars.

Hun band zou hun ondergang worden. Daar zou ik voor zorgen.

Ik dook terug in Careena's geest, met de bedoeling haar dromen in nachtmerries te veranderen. Om zaden van twijfel en wantrouwen te planten die zouden etteren en groeien, en zo een wig te drijven tussen haar en haar geliefde metgezellen.

Maar op het moment dat ik de drempel van haar bewustzijn overschreed, stond ik oog in oog met de engel zelf. Haar nachtzwarte ogen brandden van woede, haar ravenzwarte vleugels ontvouwden zich in een vertoon van verzet.

'Hoe durf je mijn geest binnen te dringen, Set?', Careena's stem klonk als een zweepslag. 'Je neemt te veel aan.'

'Opstandigheid staat u goed,' zei ik, ondanks mezelf haar woeste schoonheid bewonderend. 'Maar het zal u niets baten. U kunt niet ontsnappen aan de band die ons verbindt. U bent de mijne, handmaagd. Uw wil is ondergeschikt aan de mijne.'

Ze lachte toen, een geluid als verbrijzeld glas. 'Ik behoor niemand toe, en al helemaal niet een vergeten god die zich vastklampt aan de flarden van zijn vroegere glorie.'

Woede golfde door me heen, heet en bitter. Ik haalde uit met mijn geest, in een poging haar verzet te verpletteren onder het gewicht van mijn goddelijke macht.

Maar Careena pareerde elke aanval, haar eigen kracht vlamde feller op bij elke botsing van onze wilskrachten. Ik had haar onderschat, realiseerde ik me met een beklemmend gevoel. Dit was niet zomaar een engel, maar een wezen gesmeed in de smeltkroes van rebellie en getemperd door het vuur van haar eigen overtuigingen.

'Geef u over,' beval ik, mijn stem doorspekt met de dwang van een god. 'Geef u over, en ik zal genadig zijn.'

Careena's lippen krulden in een spottende glimlach. 'Genade? Van de heer van chaos en strijd? Bespaar me je leugens, Set. Ik zal me nooit aan je overgeven.'

Met een golf van kracht die me deed wankelen, verbrak Careena de banden van de droom en slingerde me met een kracht die me deed duizelen uit haar geest.

Ik kwam weer bij zinnen in de vormeloze leegte van het astrale vlak, mijn trots net zo gehavend als mijn psyche. Careena had me niet alleen getart – ze had me compleet op de vlucht gejaagd en me met een gemak dat me schokte uit haar bewustzijn verbannen.

Dit zou veel moeilijker worden dan ik had verwacht. De engel was wilskrachtig en fel onafhankelijk, haar loyaliteit aan haar minnaars onwrikbaar. Haar naar mijn wil buigen zou subtiliteit en list vereisen, geen brute kracht.

Maar ik was Set, de grote bedrieger, de zaaier van twee-dracht. Ik zou een manier vinden om haar te breken, om de banden te verbreken die haar aan de Fae en de shifter bonden.

En wanneer ik dat zou doen, wanneer Careena in on-derwerping voor me zou knielen, zou ik des te meer van mijn overwinning genieten vanwege de uitdaging die ze had geboden.

Het spel was nog maar net begonnen.

Careena, Alyster, Rafail en Set keren terug in *Op-standige Engel*, **de tweede helft van** *De Gevallen En-gel–tweeluik*!

ANDERE BOEKEN VAN CARYSSA COLE

De Chimera-trilogie

Duistere Genesis
Onnatuurlijke Selectie
Ontspoorde Evolutie

De Gevallen Engel – tweeluik

Gevallen Engel
Opstandige Engel

De opkomst van Atlantis

Een troon van koraal en beenderen
    Een hof van getijden en stormen
    Een kroon van maalstromen en herinneringen

Op zichzelf staande romans

Zwarte vleugels in de sneeuw: Een ingesneeuwde paranormale kerstromance
    De leerling van de alchemist: Een romantasy vol hofintriges, dodelijk gif en verboden magie
    Teveel Magie voor Eén Man (exclusief voor nieuwsbriefabonnees)

Ontdek alle publicaties van Shenanigans Press op onze websitehttps://www.shenaniganspress.com/nl!

Of volg ons op sociale media; we zijn te vinden op Facebook en Instagram.

En vergeet je niet in te schrijven voor onze nieuwsbrief om op de hoogte te blijven van nieuwe uitgaven, acties, winacties en meer!

9 781923 727946